张㧑之 王水照 选注

唐宋散文选注 典藏版 下

王水照先生

宋代散文选注

中华书局上海编辑所 1963年3月、5月

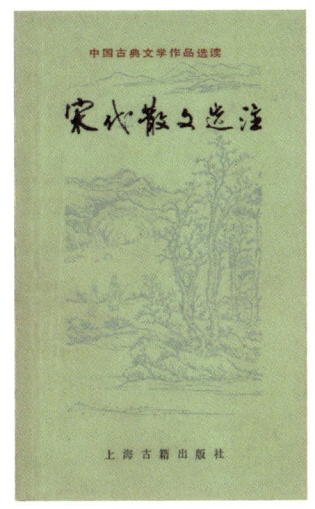 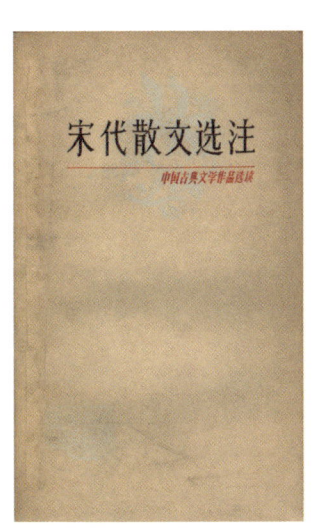

上海古籍出版社 1978 年 11 月

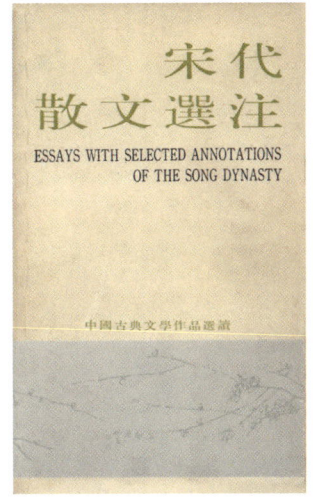

上海古籍出版社 1984 年 4 月

上海古籍出版社 2010 年 7 月

宋代散文选注

王水照 选注

前　言

王水照

　　宋朝散文标志着我国古代散文史上一个重要的发展阶段。三百多年间出现了人数众多的散文作家，在"唐宋古文八大家"中，宋朝人就占了六位（欧阳修、苏洵、苏轼、苏辙、曾巩、王安石）。从《宋文鉴》（宋吕祖谦辑）、《南宋文范》（清庄仲方辑）等总集来看，作品的数量十分惊人，是一笔丰富的文化遗产。

　　宋朝初年，文坛上承袭了晚唐、五代浮艳柔弱的文风，一味追求词藻的典丽和声律的谐美，内容浅薄空泛，这在当时就引起了一些知识分子的不满和反对。到宋仁宗赵祯（1023—1063在位）时，欧阳修开始主持文坛，和他的革新政治的主张相适应、相联系，发起和领导了古文革新运动。这是唐朝韩愈和柳宗元所倡导的"古文运动"的继续和发展。欧阳修团结并且培养了大批的古文作者（苏洵父子、曾巩、王安石等），理论和写作齐头并进，又校补韩愈的文集作为典范，运用自己的政治影响，经过三十多年的努力，终于奠定了一代文风。

　　散文的特点是题材广泛，笔法自由，因此对两宋三百年间的文章，要在思想内容上作一个科学的概括，是很困难的。本书选文56篇，就已经有政论、史论、奏议、书序、传记、杂说、记、赋、随笔、书简、日记、题跋等各种样式，其中或论国家大事、历史教训，或叙山川风貌、社会习俗，或是个人的抒情述志，内容很广。但我们可以看出，宋朝的散文和当时现实政治的联系是特别密切的，它是直接参与政治、影响政治的有力手段。北宋的不少名作如《朋党论》《本朝百年无事劄子》《答司马谏议书》乃至范仲淹的《岳阳楼记》等，都与北宋先后两次著名的变法运动有关；南宋的优秀散文大都根植于苦难而动荡的时代土壤，表现了抗击金、元贵族统治者的侵扰和恢复中原的民族意志，反映了当时人民普遍高涨的爱国主义精神。这是两宋散文的一个可贵的思想特色。

宋朝散文风格的特点，大体说来是：平易自然，流畅婉转。比之唐文，宋代散文更宜于说理、叙事和抒情，更能适应政治斗争和社会生活各方面的实际需要，因而成为后世散文家学习的一种法式。从布局谋篇上来说，大抵唐文重于纵横开合，波澜起伏，在转接之间又不可测识；宋文贵在曲折舒缓，不露锋芒，洋洋洒洒而少突兀奇峰。在语言上，唐朝古文家大都致力于锤炼的工夫，选择或熔铸色泽强烈的尖新词语；而宋朝的散文语言以明白如话见长，还善于发挥虚字的作用。我们读唐、宋文时往往会得到这种不同的印象。

宋朝散文继承了唐朝散文的优良传统而加以发展，加强了议论性和抒情性，丰富了表现技巧和手法，在散文样式上也作了新的开拓和改革。但他们的议论和抒情，有时会显得空泛和矫揉造作，平易婉转的风格又往往流于冗长、粗率，这在评价它的整体成就时也是需要注意的。

有些选文的个别文字，在各种版本里略有出入，这里择善而从，限于体例，不再一一注明。书中一定还有疏漏和错误的地方，衷心地希望得到读者的批评和指正。

目　录

前　言（王水照） 231

王禹偁
　　待漏院记 239
　　黄冈竹楼记 244
　　录海人书 247

范仲淹
　　岳阳楼记 250

欧阳修
　　朋党论 254
　　五代史伶官传论 258
　　醉翁亭记 261
　　梅圣俞诗集序 264
　　祭石曼卿文 268
　　秋声赋 270

苏舜钦
　　沧浪亭记 273

苏　洵
　　权书·六国　　　　　　　　　　276
　　权书·心术　　　　　　　　　　280

周敦颐
　　爱莲说　　　　　　　　　　　　283

司马光
　　进资治通鉴表　　　　　　　　　285
　　训俭示康　　　　　　　　　　　289

曾　巩
　　寄欧阳舍人书　　　　　　　　　294
　　墨池记　　　　　　　　　　　　299

王安石
　　本朝百年无事劄子　　　　　　　301
　　答司马谏议书　　　　　　　　　307
　　游褒禅山记　　　　　　　　　　310
　　读孟尝君传　　　　　　　　　　314
　　伤仲永　　　　　　　　　　　　316

沈　括
　　活字板　　　　　　　　　　　　318
　　雁荡山成因　　　　　　　　　　322
　　正午牡丹　　　　　　　　　　　325

苏　轼
　　答谢民师书　　　　　　　　　327
　　书蒲永升画后　　　　　　　　332
　　日喻　　　　　　　　　　　　334
　　石钟山记　　　　　　　　　　337
　　记承天寺夜游　　　　　　　　340
　　前赤壁赋　　　　　　　　　　341
　　后赤壁赋　　　　　　　　　　345

苏　辙
　　上枢密韩太尉书　　　　　　　348

晁补之
　　新城游北山记　　　　　　　　351

李格非
　　书洛阳名园记后　　　　　　　354

李清照
　　金石录后序　　　　　　　　　357

刘子翚
　　试梁道士笔　　　　　　　　　368

胡　铨
　　上高宗封事　　　　　　　　　370

岳　飞
　　五岳祠盟记　　　　　　　　　　376

韩元吉
　　武夷精舍记　　　　　　　　　　378

陆　游
　　师伯浑文集序　　　　　　　　　382
　　姚平仲小传　　　　　　　　　　385
　　跋李庄简公家书　　　　　　　　387
　　入蜀记 三则　　　　　　　　　389

王　质
　　游东林山水记　　　　　　　　　395

朱　熹
　　百丈山记　　　　　　　　　　　399

陆九渊
　　送宜黄何尉序　　　　　　　　　402

辛弃疾
　　美芹十论·审势　　　　　　　　406

陈　亮
　　中兴遗传序　　　　　　　　　　412

谢枋得
　　却聘书　　　　　　　　　　　　418

文天祥
　　指南录后序　　　　　　　　　　421

林景熙
　　蜃说　　　　　　　　　　　　　428

邓　牧
　　吏道　　　　　　　　　　　　　431
　　雪窦游志　　　　　　　　　　　434

谢　翱
　　登西台恸哭记　　　　　　　　　438

王禹偁

王禹偁（chēng）（954—1001），字元之，济州巨野（今山东省巨野县）人。宋太宗（赵光义）时考中进士，做过翰林学士、知制诰（负责草拟皇帝的诏令）等官。他的诗文，朴素自然，清新流畅，是北宋初年首先起来反对绮靡文风的优秀作家。

待漏院①记

天道②不言，而品物亨、岁功③成者，何谓也？四时之吏④，五行之佐⑤，宣其气⑥矣。圣人⑦不言，而百姓亲、万邦宁者，何谓也？三公论道⑧，六卿⑨分职，张其教⑩矣。是知君逸于上，臣劳于下，法乎天⑪也。古之善相天下⑫者，自皋、夔至房、魏⑬，可数也。是不独有其德，亦皆务于勤⑭耳。况夙兴夜寐⑮，以事一人⑯，卿大夫犹然，况宰相乎⑰！

朝廷自国初，因旧制⑱，设宰臣待漏院于丹凤门⑲之右，示勤政也。至若北阙向曙⑳，东方未明，相君㉑启行，煌煌火城㉒。相君至止，哕哕銮声㉓。金门未辟㉔，玉漏犹滴㉕。撤盖㉖下车，于焉㉗以息。

王禹偁《待漏院记》《古文观止》书影（清刻本）

待漏之际，相君其㉘有思乎：其或兆民㉙未安，思所泰之㉚；四夷㉛未附，思所来㉜之；兵革㉝未息，何以弭㉞之；田畴㉟多芜，何以辟㊱之；贤人在野，我将进之；佞人㊲立朝，我将斥之；六气㊳不和，灾眚荐至㊴，愿避位以禳之㊵；五刑未措㊶，欺诈日生，请修德以厘㊷之。忧心忡忡㊸，待旦而入。九门㊹既启，四聪甚迩㊺。相君言焉，时君纳㊻焉。皇风于是乎清夷㊼，苍生以之而富庶。若然，则总㊽百官，食万钱，非幸也，宜也㊾。

其或私仇未复，思所逐之；旧恩未报，思所荣之；子女玉帛，何以致之㊿；车马器玩，何以取之；奸人附势，我将陟之㉛；直士抗言㉒，我将黜㉓之；三时㉔告灾，上有忧色，构巧词以悦之；群吏弄法，君闻怨言，进谄容以媚之。私心慆慆㉕，假寐㉖而坐。九门既开，重瞳屡回㉗。相君言焉，时君惑㉘焉。政柄于是乎隳哉㉙，帝位以之而危矣。若然，则死下狱，投远方，非不幸也，亦宜也。

是知一国之政，万人之命，悬于宰相，可不慎欤！复有无毁无誉，旅进旅退㉠，窃位而苟禄㉡，备员而全身㉢者，亦无所取焉。棘寺小吏㉣王禹偁为文，请志院壁，用规㉤于执政者。

【注释】

① 待漏院：古代百官早晨到了皇宫后等候上朝时休息的地方。漏，漏壶，古代计时的工具，这里用作时间的代称。
② 天道：指大自然。

③ 品物：万物。 亨：通达，这里指万物的顺利成长。 岁功：一年中的农业收获。
④ 四时之吏：掌管四季的天神。上古设官，以四时为名，有春官、夏官、秋官、冬官，分掌教育、军事、司法、财政等工作，这是后文说的"法乎天"的结果。
⑤ 五行之佐：掌管五行（金、木、水、火、土）的天神。佐，辅助。古代阴阳家认为四时的变化是由于五行"相生"的结果。
⑥ 这三句说：古人认为万物的成长、四时的运转都由于一种内在的"气"的促动。这里是说，使万物、四时顺乎自然的规律成长和运转。宣，疏导。
⑦ 圣人：指皇帝。
⑧ 三公：泛指中央政府的最高长官。论道：讨论治国的大道。
⑨ 六卿：中央各部的长官。
⑩ 张其教：发扬教化。
⑪ 法乎天：取法于天道。以上开头一段议论，把封建君主制度说成天经地义、完美无比，这是欺骗劳动人民的唯心主义说教。
⑫ 相（xiàng）天下：辅助（国君）治理天下。
⑬ 皋（gāo）、夔（kuí）：皋陶（yáo）和后夔，舜时贤臣。 房、魏：房玄龄和魏徵，唐朝的名相。他们都是古代奉为典范的杰出政治家。
⑭ 务于勤：勤于职守。
⑮ 夙（sù）兴夜寐：早起晚睡。
⑯ 一人：指皇帝。
⑰ 这句说：连卿大夫们都应该起早落夜地协助国君，何况职位更高、责任更重的宰相呢。
⑱ 因旧制：沿袭唐朝的旧制（待漏院是从唐朝开始设置的）。
⑲ 丹凤门：宋朝皇城的正南门。

⑳ 北阙：指皇帝接见群臣议政的宫殿。阙，宫门前的望楼。 向曙：天快亮了。
㉑ 相君：宰相。
㉒ 煌煌：光亮的样子。 火城：古代每次朝会，百官先集，宰相后到，列烛达数百柱，叫做火城。
㉓ 哕（huì）哕：形容铃声。 銮声：铃声。
㉔ 金门：宫门。 未辟：还没有开。
㉕ 玉漏犹滴：夜还没有过去。漏壶中蓄水，从漏孔滴去，以计时刻。
㉖ 盖：车篷。
㉗ 于焉：在此。
㉘ 其：大概。
㉙ 兆民：百姓。
㉚ 泰之：使（百姓）安泰。
㉛ 四夷：四方的少数民族。
㉜ 来：招徕、安抚。
㉝ 兵革：指战争。兵，兵器；革，盔甲。
㉞ 弭（mǐ）：平息。
㉟ 田畴（chóu）：田地。
㊱ 辟：开辟垦殖。
㊲ 佞（nìng）人：奸邪小人。
㊳ 六气：阴、阳（晴）、风、雨、晦（昏暗）、明六种自然现象。
㊴ 灾眚（shěng）：灾祸。 荐至：一次又一次地发生。
㊵ 愿避位以禳（ráng）之：愿意解去官职来祈求上天消除灾殃。
㊶ 五刑：轻重不等的五种刑法。 措：废止。
㊷ 厘：整理，矫正。
㊸ 忡（chōng）忡：忧虑不安的样子。
㊹ 九门：泛指宫门。
㊺ 四聪：指能听到四面八方反映的人（这里是指国君）。 迩：近。
㊻ 纳：接受。
㊼ 皇风：国家的政治风气。 清夷：清明平静。
㊽ 总：统辖。

㊾ 非幸也，宜也：不是侥幸得来的，而是理应如此的。

㊿ 致之：取得这些东西（美女、宝玉、丝绸）。

(51) 陟（zhì）之：使（奸人）能爬到高位。陟，提升。

(52) 直士抗言：正直的人直言指摘。

(53) 黜（chù）：贬抑。

(54) 三时：指春、夏、秋三个农忙季节。

(55) 私心慆（tāo）慆：个人的打算没有个完。慆慆，放纵无度。

(56) 假寐：打盹儿。

(57) 重瞳（tóng）：相传舜的眼睛有两个瞳子，这里泛指皇帝的眼睛。 屡回：屡屡顾视。

(58) 惑：被（宰相之言）迷惑。

(59) 政柄于是乎隳（huī）哉：国家的政权由此毁坏了。

(60) 旅进旅退：随众人进退。

(61) 窃位而苟禄：窃取高位，苟求厚禄。

(62) 备员而全身：虚充职位，保全身家。

(63) 棘寺：大理寺（管理司法的中央机关）的别称。 小吏：谦词，当时王禹偁是大理寺的官员。

(64) 用：以。 规：劝诫。

【简析】

宋朝开国不久，阶级矛盾和民族矛盾急剧发展，社会危机迅速出现。朝廷中的一些人物开始酝酿“变法”，企图通过对政治中某些部分的补偏救弊的改革和调整，来巩固赵宋王朝的统治。王禹偁也是抱有这种政治主张的人物。他在这篇文章中，主要是总结封建官僚统治的经验，提出了实行“贤明”吏治的要求。他希望由此达到安定社会秩序、发展农业生产、国富民强的目的。这在当时历史条件下，具有一定的进步性。

本篇文字严谨精练，多用排句，前后对比，增强了文章的气势。

黄冈①竹楼记

　　黄冈之地多竹，大者如椽②。竹工破之，刳③去其节，用代陶瓦，比屋④皆然，以其价廉而工省也。
　　子城西北隅，雉堞圮毁⑤，榛莽荒秽⑥，因作小楼二间，与月波楼⑦通。远吞⑧山光，平挹江濑⑨，幽阒辽夐⑩，不可具状⑪。夏宜急雨，有瀑布声；冬宜密雪，有碎玉声。宜鼓琴，琴调虚畅；宜咏诗，诗韵清绝；宜围棋，子声丁丁⑫然；宜投壶⑬，矢声铮铮然：皆竹楼之所助也。
　　公退⑭之暇，被鹤氅⑮，戴华阳巾⑯，手执《周易》⑰一卷，焚香默坐，消遣世虑⑱。江山之外，第⑲见风帆沙鸟、烟云竹树而已。待其酒力醒，茶烟歇，送夕阳，迎素月，亦谪居之胜概⑳也。
　　彼齐云、落星㉑，高则高矣！井幹、丽谯㉒，华则华矣！止于贮妓女、藏歌舞㉓，非骚人㉔之事，吾所不取。吾闻竹工云："竹之为瓦，仅十稔㉕；若重复之，得二十稔。"噫！吾以至道乙未岁自翰林出滁上㉖，丙申移广陵㉗，丁酉又入西掖㉘，戊戌岁除日㉙，有齐安之命㉚，己亥㉛闰三月到郡。四年之间，奔走不暇；未知明年又在何处？岂惧竹楼之易朽乎！幸后之人与我同志嗣而葺㉜之，庶斯㉝楼之不朽也。咸平二年八月十五日记。

【注释】

① 黄冈：今湖北省黄冈市。
② 椽（chuán）：椽子，屋顶结构中放在横木上支架屋顶和瓦片的木条。
③ 刳（kū）：挖去。
④ 比屋：家家户户。
⑤ 子城：指附属于大城的小城，如内城及城门外的套城。 雉堞（dié）：城上矮墙。 圮（pǐ）毁：塌坏。
⑥ 榛（zhēn）莽：密生的树木和野草。 荒秽（huì）：荒凉肮脏。
⑦ 月波楼：黄冈市的一座城楼，也是王禹偁修筑的。
⑧ 吞：实指望见。
⑨ 挹：汲取，这里也指望见。 濑（lài）：沙上的流水。
⑩ 阒（qù）：寂静。 夐（xiòng）：遥远。
⑪ 具状：完全描写出来。
⑫ 丁丁（zhēng zhēng）：象声词。
⑬ 投壶：古代的一种游戏，用箭状的筹棒去投长颈形的壶，按投中的次数来分胜负。
⑭ 公退：办完公务以后。
⑮ 被：披。 鹤氅（chǎng）：用鸟羽织成的裘。
⑯ 华阳巾：道士的一种帽子。
⑰《周易》：《易经》，我国古代一部著名的哲学著作，相传是伏羲氏、周文王、孔丘先后编著而成的。
⑱ 世虑：世俗的念头。
⑲ 第：但。
⑳ 胜概：佳境。概，有"状况"的意思。
㉑ 齐云：齐云楼，在苏州，相传是五代时韩浦建造。 落星：落星楼，在南京东北，三国时吴国孙权建造。
㉒ 井幹（hán）：井幹楼，汉武帝（刘彻）所建。 丽谯（qiáo）：丽谯楼，魏武帝（曹操）所建。
㉓ 歌舞：指能歌舞的人。
㉔ 骚人：诗人。
㉕ 十稔（rěn）：十年。
㉖ 至道：宋太宗（赵光义）的年号（995—997）。乙未岁：指至道元年（995）。 翰林：王禹偁做过翰林学士。 出：贬谪。 滁上：滁州，今安徽省滁州市。这年王禹偁从翰林学士被贬为滁州刺史。
㉗ 丙申：宋太宗至道二年（996）。 广陵：今江苏省扬州市。
㉘ 丁酉：宋太宗至道三年（997）。 西掖：中央最高行政机关中书省的别称。这年王禹偁在中书省任知制诰。
㉙ 戊戌：宋真宗咸平元年（998）。 除日：旧历除夕，大年三十。
㉚ 齐安：指黄州，郡治在今湖北省黄冈市。王禹偁这年因编写《太祖实录》，直书史事，为宰相所不满，被贬。
㉛ 己亥：宋真宗咸平二年（999）。
㉜ 同志：志同道合的人。 嗣（sì）：继续。 葺（qì）：修理。
㉝ 庶：表示希望的虚词。 斯：这个。

【简析】

　　这篇文章是王禹偁在宋真宗（赵恒）咸平二年（999）被贬为黄州刺史时写的。文中通过修筑竹楼的记叙和描写，表达了作者贬谪后随缘自适、游于物外的思想。但王禹偁并没有对世事完全忘情，在表面的平静中，我们仍然可以隐隐感到他的激愤和不平。

　　和主题相适应，这篇文章写得轻灵潇洒。第二段写竹楼的声音，从夏雨、冬雪的自然现象，到鼓琴、咏诗、围棋、投壶等人事活动，层层排比，着力渲染，写出了一个幽邃、清隽的境界。

录海人^①书

秦末有海岛夷人上书诸阙^②者,曰:"月日^③,东海岛夷人臣某谨昧死^④再拜上书皇帝阙下:臣世居海上,盗鱼盐之利^⑤以自给。今秋乘潮放舟,下岸^⑥渐远。无何^⑦,疾飙^⑧忽作,怒浪四起,飘然不自知其何往也。经信宿^⑨,风恬^⑩浪平,天色晴霁,倚桡^⑪而望,似闻洲岛间有语笑声,乃叠棹^⑫而趋之。至则有居人百余家,垣篱庐舍,具体而微,亦小有耕垦处。有曝背而偃者^⑬,有濯足而坐者^⑭,有男子网钓鱼鳖者,有妇人采撷药草者,熙熙然殆非人世之所能及也。臣因问之,有前揖^⑮而对臣者,则曰:'吾族^⑯本中国之人也。天子使徐福^⑰求仙,载而至此,童男卯女^⑱,即吾辈也。夫徐福,妖诞之人也,知神仙之不可求也,蓬莱之不可寻也,至是而作终焉之计^⑲。舟中之粮,吾族播之,岁亦得其利;水中之物,吾族捕之,日亦充其腹。又取洲中葩卉以芼^⑳之,由是吾族延命而未死焉。死则葬于此水矣,生则育于此洲矣,怀^㉑王之情亦已断矣!且不闻五岭之戍^㉒,长城之役^㉓,阿房之劳^㉔也,虽太半之赋^㉕,三夷之刑^㉖,

其若我何㉗?'且出食以饷㉘臣。明日,臣登舟而回,复谓臣曰:'子能以吾族之事闻于天子乎?使薄天下之赋,休天下之兵,息天下之役,则万民怡怡如吾族之所居也,又何仙之求,何寿之祷邪?'臣因漂遐方㉙,传此异说,非敢隐匿,谨录以闻,惟陛下详览焉。"

此书献时,盖秦已乱,而不得上达,故《史记》㉚缺焉。今因收而录之,以示于后㉛。

【注释】

① 海人:生活在海上的居民。
② 夷人:旧时对少数民族人民的污蔑性称呼。 诸:虚词,当"之于"讲。 阙:宫门前的观楼。这里借指皇城。
③ 月日:某月某日。这是古人在草稿上的一种简写,在正式文书中,就要写上具体月、日。
④ 昧死:冒死。
⑤ 盗鱼盐之利:私取鱼盐的收入以维持生活。这里含有自卑的意思。
⑥ 下岸:离岸。
⑦ 无何:没有多久。
⑧ 疾飙(biāo):疾风、暴风。
⑨ 信宿:连宿两夜。再宿叫信。
⑩ 风恬(tián):风停息。恬,安静。
⑪ 桡(ráo):船桨。借指船。
⑫ 叠棹(zhào):收拾起船桨。
⑬ 有曝(pù)背而偃(yǎn)者:有躺着背晒太阳的人。
⑭ 濯(zhuó)足:洗足。
⑮ 前揖(yī):向前拱手施礼。
⑯ 吾族:我们这批人。
⑰ 徐福:秦朝的方士。他为了迎合秦始皇的迷信长生,上书说海上有蓬莱、方丈、瀛洲三座神山,请得童男童女数千人,入海求仙人和不死之药,结果一去不返。
⑱ 丱(guàn)女:幼女。丱,古代儿童把头发束成两角的样子。
⑲ 至是而作终焉之计:到了这儿就作最后定居的打算。
⑳ 葩(pā)卉:指可供药用或观赏的花草。 芼(mào):择取。
㉑ 怀:怀念。
㉒ 五岭之戍(shù):秦始皇为了保卫西南方的安全,曾发遣五十万人去守卫五岭。五岭,即越城、都庞、萌渚、骑田、大庾五岭的总称,在今湖南、江西和广西、广东等省区边境。戍,驻守、守卫。
㉓ 长城之役:秦始皇为了巩固北方,于公元前214年将原来的长城予以修缮,并且连贯为一,成为世界上最古老的伟大建筑之一。
㉔ 阿房(ē páng)之劳:阿房宫是秦始皇于公元前212年开始扩建的极其宏

伟华丽的宫殿，动用人数达七十万，直至秦亡时还未全部完工。
㉕ 太半之赋：占农民收入大部分的高额赋税。太半，三分有二为太半，也就是大多数。
㉖ 三夷之刑：秦朝有诛三族的刑法：一人有罪，他的父母、兄弟、妻子都一律处死。三族，指父母、兄弟、妻子。一说指父族、母族、妻族。夷，杀戮。
㉗ 其若我何：它能对我怎么样呢？
㉘ 饷（xiǎng）：用食物招待人。
㉙ 遐方：远方。
㉚《史记》：我国第一部纪传体历史书，西汉司马迁编撰。
㉛ 从"此书献时"到"以示于后"这段文字，王禹偁另题作《后序》，相当于"后记"。作者加这个后记，是为了使他虚构的故事增加真实感，仿佛确有其事，手法仿效陶渊明《桃花源记》的结尾。

【简析】

　　作者假托秦朝一位海上居民给秦始皇上书，说他在一个孤岛上遇见那些被徐福带到海外的童男童女，他们已建立了一个没有赋税劳役、没有严刑峻法、和平生产、自给自足的世外乐园。作者虚构这个故事，显然受了晋朝陶渊明《桃花源记》的影响，反映了劳动人民要求摆脱压迫和剥削的乌托邦理想。这种理想，包含有对现实社会的不满和批判，但它只是一种脱离历史发展、无法实现的空想，人们不可能从中找到真正的出路。

　　秦始皇是一位杰出的政治家，他创建了我国第一个统一的中央集权的封建国家。但王禹偁批判秦始皇的求仙活动和"阿房之劳"是正确的；联系宋太宗赵光义服丹以求长生而最后致死的愚蠢行为，这篇文章在当时更有现实意义。

范仲淹

范仲淹（989—1052），字希文，苏州吴县（今江苏省苏州市）人。北宋政治家。幼年生活贫困，刻苦好学，立志"以天下国家为己任"。后历任右司谏（向皇帝提意见的官）、吏部员外郎（吏部的助理官员，掌管官员的调派）、知州（地方行政长官）、枢密副使（中央军事机关的副长官）、参知政事（副宰相）等职。在任时，他努力改革弊政。在率兵镇守延安时，抵御了西夏贵族统治者的侵扰，保卫了我国西北地区的和平生产。

岳阳楼①记

庆历四年②春，滕子京谪守巴陵郡③。越明年④，政通人和⑤，百废具兴⑥。乃重修岳阳楼，增其旧制⑦，刻唐贤、今人诗赋于其上，嘱予作文以记之。

予观夫巴陵胜状⑧，在洞庭一湖。衔远山，吞长江⑨，浩浩汤汤⑩，横无际涯；朝辉夕阴⑪，气象万千。此则岳阳楼之大观也，前人之述备⑫矣。然则北通巫峡⑬，南极潇、湘⑭，迁客骚人⑮，多会于此，览物之情，得无异乎⑯？

若夫霪雨⑰霏霏，连月不开⑱，阴风怒号，浊浪排空；日星隐耀⑲，山岳潜形⑳；商旅不行，樯倾楫摧㉑；薄暮㉒冥冥，虎啸猿啼。登斯楼也，则有去国㉓怀乡，忧谗㉔畏讥，满目萧然㉕，感极而悲者矣。

至若春和景明㉖，波澜不惊，上下天光，一碧万顷；沙鸥翔集㉗，锦鳞㉘游泳；岸芷汀兰㉙，郁郁青青㉚。而或长烟一空，皓月千里，浮光耀金㉛，静影沉璧㉜；渔歌互答，此乐何极！登斯楼也，则有心旷神怡㉝，宠辱㉞皆忘，把酒临风，其喜洋洋者矣。

嗟夫，予尝求古仁人㉟之心，或异二者之为㊱。何哉？不以物喜㊲，不以己悲㊳。居庙堂㊴之高，则忧其民；处江湖㊵之远，则忧其君；是进㊶亦忧，退㊷亦忧。然则何时而乐耶？其必曰先天下㊸之忧而忧，后天下之乐而乐欤！噫！微斯人㊹，吾谁与归㊺！

时六年㊻九月十五日。

【注释】

① 岳阳楼：在湖南省岳阳市城西，面对洞庭湖，相传是唐朝初年建筑的。
② 庆历四年：公元 1044 年。庆历，宋仁宗（赵祯）的年号（1041—1048）。
③ 滕子京：名宗谅。当时他因政敌诬告，被贬为岳州巴陵郡（郡治在岳阳市）知州。
④ 越明年：到了第二年。

⑤ 政通：一切政务都办得很妥善。 人和：民心和乐，人事合谐安定。
⑥ 百废具兴：原来被废弃的许多事情，现在一齐兴办起来了。
⑦ 增：扩建。 旧制：原来的规模。
⑧ 胜状：美好的景色。
⑨ 衔远山，吞长江：迎着远山，吸纳长江。

⑩ 浩浩汤（shāng）汤：形容水大的样子。
⑪ 朝辉夕阴：早晨的阳光和傍晚的昏暗，泛指一天中天气的种种变化。
⑫ 前人之述：指上面说到的"唐贤、今人诗赋"。备：详尽。
⑬ 巫峡：长江三峡之一，在湖北省巴东县西。
⑭ 极：远通。潇、湘：潇水和湘水，潇水流入湘水，合流后，又北入洞庭湖。
⑮ 迁客：贬职外调的官吏。骚人：诗人。
⑯ 览物之情，得无异乎：只怕因景物的不同而心情也有所不同吧？得无，表示推测语气。
⑰ 若夫：发语词。霪（yín）雨：连绵不断的雨。
⑱ 不开：不放晴。
⑲ 隐耀：隐没了光辉。
⑳ 潜形：被掩没了形体。
㉑ 樯（qiáng）：船桅。倾：倒。楫（jí）：船桨。摧：断。
㉒ 薄（bó）暮：傍晚。
㉓ 去国：离开京城。
㉔ 忧谗：担心受到诽谤。
㉕ 萧然：萧条凄凉的样子。
㉖ 春和景明：春天天气暖和，景物晴明。
㉗ 翔集：有时飞翔，有时停下聚集。
㉘ 锦鳞：鱼的代称。锦，形容鳞的光彩鲜明。
㉙ 岸芷汀（tīng）兰：岸上的香芷和岸边平处的香兰。汀，岸边平的地方。
㉚ 郁郁：形容香气很浓。青青：茂盛的样子。
㉛ 浮光耀金：浮动着的波光，像黄金那样耀眼。
㉜ 静影沉璧：静静的月影映在水中，犹如白玉沉在水底。
㉝ 心旷神怡：心胸开朗，精神畅快。
㉞ 宠辱：荣宠和耻辱。
㉟ 求：探索。仁人：泛指爱国爱民、品德高尚的人。
㊱ 或异二者之为：或有不同于上述两种精神状态的。
㊲ 不以物喜：不因外物而喜乐。
㊳ 不以己悲：也不因自己的遭遇而悲伤。
㊴ 庙堂：代指朝廷。
㊵ 江湖：代指民间。
㊶ 进：进用。
㊷ 退：退隐。
㊸ 天下：指天下的人。
㊹ 微：若不是。斯人：这样的人，指"古仁人"。
㊺ 吾谁与归：我与谁一道呢？归，同一趋向。
㊻ 六年：指庆历六年（1046）。当时范仲淹任邓州（治所在今河南省邓州市）刺史。

【简析】

　　这是作者在"庆历新政"变法运动失败后贬居外地时写的。它通过对一般"迁客骚人"局限在个人狭窄圈子里的感情的否定，提出了"先天下之忧而忧，后天下之乐而乐"的宏大抱负。这是范仲淹在贬居生活中仍然坚持政治理想的自我鞭策，也是对遭到同样陷害的朋友们（首先是本文中提到的滕子京）的勉励和鼓舞。

全文由扼要的叙事、生动的写景和简短的议论三部分组成。议论是文章的主旨所在，然而是通过着力景物描写而突出主题的。篇中写阴雨、晴明的两段文字，用语凝练，形象富有特征性，达到极高的艺术水平。

欧阳修

欧阳修(1007—1072),字永叔,自号醉翁,晚年又号六一居士,吉州永丰(今江西省永丰县)人。幼年丧父,家境较为贫困。宋仁宗(赵祯)时考中进士,在当时革新派范仲淹和保守派吕夷简的斗争中,他是站在进步方面的,因而受到政敌的打击,屡被罢职贬官。后历任枢密副使(中央军事机关的副长官)、参知政事(副宰相)等显要职位,政治立场渐趋保守,反对王安石变法。他是宋朝第一个在散文、诗、词各方面都很有成就的杰出作家,是当时公认的文坛领袖,团结和培养了许多著名作者,领导了北宋的诗文革新运动。

朋党[①]论

臣闻朋党之说,自古有之,惟幸[②]人君辨其君子小人而已。大凡君子与君子,以同道为朋[③];小人与小人,以同利为朋;此自然之理也。

然臣谓小人无朋,惟君子则有之。其故何哉?小人所好[④]者禄利也,所贪者财货也,当其同利之时,暂相党引[⑤]以为朋者,伪也;及其见利而争先,或利尽而交疏,则反相贼害[⑥];虽其兄弟亲戚,不能相保;

故臣谓小人无朋，其暂为朋者伪也。君子则不然：所守者道义，所行者忠信，所惜者名节，以之修身，则同道而相益；以之事国，则同心而共济⑦；终始如一，此君子之朋也。

故为人君者，但当退⑧小人之伪朋，用君子之真朋，则天下治⑨矣。

尧⑩之时，小人共工、驩兜⑪等四人为一朋，君子八元、八恺⑫十六人为一朋。舜佐⑬尧，退四凶小人之朋，而进元、恺君子之朋，尧之天下大治。及⑭舜自为天子，而皋、夔、稷、契⑮等二十二人，并列于朝，更相称美，更相推让，凡二十二人为一朋，而舜皆用之，天下亦大治。

《书》⑯曰："纣有臣亿万⑰，惟亿万心；周有臣三千，惟一心。"纣之时，亿万人各异心，可谓不为朋矣；然纣以亡国。周武王之臣三千人为一大朋，而周用⑱以兴。

后汉献帝时，尽取天下名士囚禁之，目为党人⑲。及黄巾贼⑳起，汉室大乱，后方悔悟，尽解党人而释之，然已无救矣。

唐之晚年，渐起朋党之论㉑。及昭宗时，尽杀朝之名士，咸投之黄河，曰："此辈清流，可投浊流。"㉒而唐遂亡矣。

夫前世之主，能使人人异心不为朋，莫如纣；能禁绝善人为朋，莫如汉献帝；能诛戮清流之朋，莫如唐昭宗之世；然皆乱亡其国。更相称美推让而不自疑，莫如舜之二十二臣；舜亦不疑而皆用之，然而后世不诮㉓舜为二十二人朋党所欺，而称舜为聪明㉔之圣者，以能辨君子与小人也。周武之世，举其国之臣三千人共为一朋，自古为朋之多且大，莫如周；然周用此以兴者，善人虽多而不厌㉕也。

夫兴亡治乱之迹，为人君者，可以鉴矣！

【注释】

① 朋党：人们因某种相同的目的而聚合在一起。
② 幸：希望。
③ 同道为朋：在道义一致的基础上结合成朋党。
④ 好（hào）：喜爱。
⑤ 党引：勾结。
⑥ 贼害：伤害。
⑦ 济：成事。
⑧ 退：废斥不用。
⑨ 治：指社会安定兴旺。
⑩ 尧：和下文中的舜、周武王都是儒家推崇的古代贤君。
⑪ 共工、驩兜（huān dōu）：尧时被称为"四凶"中的两个。
⑫ 八元：指的是上古高辛氏的八个儿子。八恺：指的是上古高阳氏的八个儿子。元、恺，都是善良的意思。
⑬ 佐：辅助。
⑭ 及：等到。
⑮ 皋（gāo）、夔（kuí）、稷（jì）、契（xiè）：都是舜时贤臣，分别被舜委任为管理刑法、音乐、农事和教育的长官。
⑯ 《书》：《尚书》，收录上古时代的政府文告。下面引的四句话见于《周书·泰誓篇》，这是周武王伐纣，会师于孟津（在今河南省孟州市南）时发表的誓师词。
⑰ 纣：商朝亡国之君帝辛。 亿万：指人数众多。
⑱ 用：因此。
⑲ 汉桓帝（147—167在位）时，宦官专权，一些名士如李膺、杜密、陈实、范滂等都被诬为营私结党，逮捕入狱，后赦免，但终身不许做官。到了灵帝（168—189在位）时，宦官曹节等，杀死窦武、陈蕃和李膺等一百多人。文中说是献帝时的事，当系作者误记。献帝，刘协，汉朝的亡国之君（189—220在位）。
⑳ 黄巾：东汉末年的一支伟大的农民起义军，用黄巾为标志。 贼：封建统治阶级对农民起义军污蔑的说法。
㉑ 唐穆宗长庆初年（821），以牛僧孺、李宗闵为首和以李德裕为首的官僚集团，各树朋党，展开斗争。这次党争一直延续到文宗（827—840在位）、武宗（841—846在位）、宣宗（847—859在位）时代，历时近四十年。历史上称"牛李党争"。

㉒ 此辈清流，可投浊流：昭宣帝天祐二年（905），李振唆使权臣朱全忠诱杀当时士大夫裴枢等三十余人时说："此辈常自谓清流，宜投入黄河，使为浊流！"朱全忠竟然这样干了。文中说是昭宗时的事，也系作者误记。 昭宗：李晔（yè），唐朝的亡国之君（889—904在位）。
㉓ 诮（qiào）：责备。
㉔ 聪明：听得明白，看得清楚。
㉕ 虽多而不厌：多多益善。厌，满足。

【简析】

庆历三年（1043），贵族官僚在朝廷中的代表人物夏竦（sǒng）、吕夷简等人，由于欧阳修、蔡襄等的弹劾而先后被罢免，范仲淹、韩琦等革新派上台执政，提出许多改革主张，这就是"庆历新政"。但是，这批暂时受到排斥的保守人物仍然拥有强大的实力，他们积极制造舆论，攻击范仲淹等引用朋党。

欧阳修的这篇文章，尖锐地、有力地驳斥了保守派的这种污蔑。他首先划清"君子之朋"和"小人之朋"的界限，又进一层剖析"小人无朋"和"君子有朋"的道理，然后引证大量的历史事实，说明国家的兴亡治乱和朋党的真实关系，给予政敌以致命的打击。

这是一篇著名的政论。文中连用排笔，增加了说理的气势，也使事理在正反两面的对比中显得更加明白清楚。

五代史伶官[1]传论

　　呜呼！盛衰之理，虽曰天命，岂非人事哉！原庄宗[2]之所以得天下，与其所以失之者，可以知之矣。世言晋王之将终也，以三矢[3]赐庄宗，而告之曰："梁，吾仇也[4]；燕王[5]，吾所立；契丹，与吾约为兄弟[6]，而皆背晋以归梁。此三者吾遗恨也。与尔三矢，尔其无忘乃父之志[7]！"庄宗受而藏之于庙[8]，其后用兵，则遣从事以一少牢告庙[9]，请其矢，盛以锦囊，负而前驱，及凯旋而纳之[10]。

　　方其系燕父子以组[11]，函梁君臣之首[12]，入于太庙，还矢先王，而告以成功。其意气之盛，可谓壮哉！及仇雠[13]已灭，天下已定，一夫夜呼，乱者四应，仓皇东出，未及见贼，而士卒离散，君臣相顾不知所归，至于誓天断发，泣下沾襟，何其衰也[14]！岂得之难而失之易欤？抑本[15]其成败之迹，而皆自[16]于人欤？《书》[17]曰："满招损，谦受益。"忧劳可以兴国，逸豫[18]可以亡身，自然之理也。故方其盛也，举天下之豪杰莫能与之争；及其衰也，数十伶人困之而身死国灭[19]，为天下笑。夫祸患常积于忽微[20]，而智勇多困于所溺[21]，岂独伶人也哉，作《伶官传》。

【注释】

① 五代史：指《新五代史》，欧阳修编纂，记录五代时梁、唐、晋、汉、周五个朝代的历史。 伶官：宫廷中的乐官。
② 原：查考原因。 庄宗：李存勖（xù）。他的父亲李克用因镇压黄巢起义有功，封陇西郡王，后又封为晋王。李存勖继承王位，消灭后梁称帝，建立后唐。后因贪图游乐，宠信乐官，终于覆灭。
③ 矢：箭。
④ 梁，吾仇也：朱温原是黄巢起义军的将领，叛变降唐。唐朝"赐"名全忠，封为梁王。后篡唐自立，建立后梁。他曾企图谋害李克用，因而结下世仇。
⑤ 燕王：指燕王刘守光的父亲刘仁恭。李克用曾向唐朝保荐他为卢龙节度使（管理一路军政民政的长官），又帮助他击退敌军，他却拒绝李克用征兵的要求，发生武装冲突。他战胜李克用后，依附于后梁。后来刘守光兵力渐强，自称大燕皇帝。
⑥ 这两句说：公元907年，李克用曾与契丹族首领耶律阿保机拜为兄弟，结成军事同盟，约定联合灭梁。但后来阿保机背约投向了梁朝。
⑦ 其：作副词用，表示命令。 乃父：你的父亲。
⑧ 庙：宗庙。下文的"太庙"与此意同。
⑨ 从事：原指州刺史（地方长官）辖下地位较低的僚属，这里泛言一般的幕僚随从。 少牢：古代祭祀，牛、羊、豕（猪）都全备，叫太牢；只有羊、豕而无牛，叫少牢。 告庙：祷告于宗庙。
⑩ 及：等到。 纳之：再把箭放好。
⑪ 系：捆绑。 组：原为丝带或丝绳，这里指绳索。公元913年，李存勖的大将周德威打败刘守光，刘守光父子被俘，次年即被杀死。
⑫ 函：用木匣装首级。公元923年，李存勖领兵攻梁，梁末帝朱友贞为了免得死在仇人手里，要将领皇甫麟杀了他。皇甫麟自己也刎颈自杀。
⑬ 仇雠（chóu）：敌人。
⑭ 这几句说：公元926年，李存勖妻刘皇后听信宦官诬告，杀死大臣郭崇韬，一时谣言纷起，人心惶惶。不久，邺都（在今河北省临漳县西）发生兵变，李存勖派李嗣源（李克用的养子）前往镇压。不料李嗣源反被他的部下推为皇帝，联合邺都乱兵，向京城（洛阳）进军。李存勖仓皇进兵汴京，又被迫折回。归途中满目凄凉，精神沮丧。随从他的部将元行钦等百余人，断发向天立誓，表示忠于后唐，君臣相对大哭。
⑮ 抑：或。 本：考察原因。
⑯ 自：由于。
⑰ 《书》：《尚书》，收录上古时代的政府文告。
⑱ 逸豫（yù）：安乐。
⑲ 这两句说：李存勖灭梁以后，骄傲自满，纵情声色，宠信乐工、宦官。李嗣源兵反，乐官郭从谦作乱，李存勖中流矢而死。
⑳ 积于忽微：从细小的事情里发展起来。
㉑ 所溺：所溺爱的人或事物。

【简析】

　　这篇文章通过对五代时后唐盛衰过程的具体分析，得出"忧劳可以兴国，逸豫可以亡身"的结论。生活在 11 世纪的欧阳修，固然不可能从历史唯物主义的观点正确地了解王朝更替的社会和阶级的原因，但是他摆脱了当时流行的天命论的束缚，能从具体的政治实践中去寻找根源，这是难能可贵的；而且他对统治主提出的防微杜渐、力戒私欲的要求，对于他们穷奢极欲、荒淫无耻的生活也是一种有力的告诫。

　　这篇文章前段叙事，后段议论。议论处紧紧抓住一兴一亡的对比，反复说明。文短而有力，语少而富有感情，历来为一些散文家所推崇。

公退之暇，被鹤氅，戴华阳巾，手执《周易》一卷，焚香默坐，消遣世虑。江山之外，第见风帆沙鸟、烟云竹树而已。

（王禹偁《黄冈竹楼记》，见第二四四页）

（明）沈藻　楷书《黄州竹楼记》

夏宜急雨，有瀑布声；冬宜密雪，有碎玉声。宜鼓琴，琴调虚畅；宜咏诗，诗韵清绝；宜围棋，子声丁丁然；宜投壶，矢声铮铮然：皆竹楼之所助也。

（王禹偁《黄冈竹楼记》，见第二四四页）

（明）沈贞 竹炉山房图（局部）

予观夫巴陵胜状，在洞庭一湖。衔远山，吞长江，浩浩汤汤，横无际涯；朝晖夕阴，气象万千。此则岳阳楼之大观也，前人之述备矣。

（范仲淹《岳阳楼记》，见第二五〇页）

（清）王时翼 岳阳大观图

（元）夏永　岳阳楼图（局部）

登斯楼也,则有心旷神怡,宠辱皆忘,把酒临风,其喜洋洋者矣。

(范仲淹《岳阳楼记》,见第二五〇页)

(元)赵孟頫 草书《岳阳楼记》(局部)

醉翁之意不在酒，在乎山水之间也。山水之乐，得之心而寓之酒也。

（欧阳修《醉翁亭记》，见第二六一页）

（明）文徵明　楷书《醉翁亭记》

醉翁亭記

環滁皆山也其西南諸峰林壑尤美望之蔚然而深秀者瑯琊也山行六七里漸聞水聲潺潺而瀉出於兩峰之間者釀泉也峰回路轉有翼然臨於泉上者醉翁亭也作亭者誰山之僧智仙也名之者誰太守自謂也太守與客來飲於此飲少輒醉而年又最高故自號曰醉翁也醉翁之意不在酒在乎山水之間也山水之樂得之心而寓之酒也若夫日出而林霏開雲歸而巖穴暝晦明變化者山間之朝暮也野芳發而幽香佳木秀而繁陰風霜高潔水落而石出者山間之四時也朝而往暮而歸四時之景不同而樂亦無窮也至於負者歌於塗行者休於樹前者呼後者應傴僂提攜往來而不絕者滁人遊也臨溪而漁溪深而魚肥釀泉為酒泉香而酒洌山肴野蔌雜然而前陳者太守宴也宴酣之樂非絲非竹射者中弈者勝觥籌交錯坐起而諠譁者眾賓歡也蒼顏白髮頹然乎其中者太守醉也已而夕陽在山人影散亂太守歸而賓客從也樹林陰翳鳴聲上下遊人去而禽鳥樂也然而禽鳥知山林之樂而不知人之樂從太守遊而樂而不知太守之樂其樂也醉能同其樂醒能述以文者太守也太守謂誰廬陵歐陽修也

余於梅韻堂展玩右軍黃庭經初刻見其筋骨內三者俱備後人得其一忘其一即唐初諸公觀視右軍墨跡尚不能得何況今日至於水姿玉質究如飛天仙人又如臨波仙子雖文為規撫而杳不能至近中秉頭日置黃庭經一本展玩逾時倦則啜苦茗數林否引臥再日顫然如是者數月而右軍運筆之法炎之愈出味之愈永幾為執筆擬之終日不成一字近秋初氣爽偶撫閱歐陽公文集愛其媲逸流媚社傳歐陽公浮昌黎遺稿于慶書篋中讀而心慕至志寢食遂以文章名冠天下予輒有動於中固傚右軍作小楷數百餘字聊以寄意敢云如鳳凰臺之於黃鶴樓也

嘉靖三十年辛亥七月二十四日長洲文徵明書於玉磬山房時年八十有二

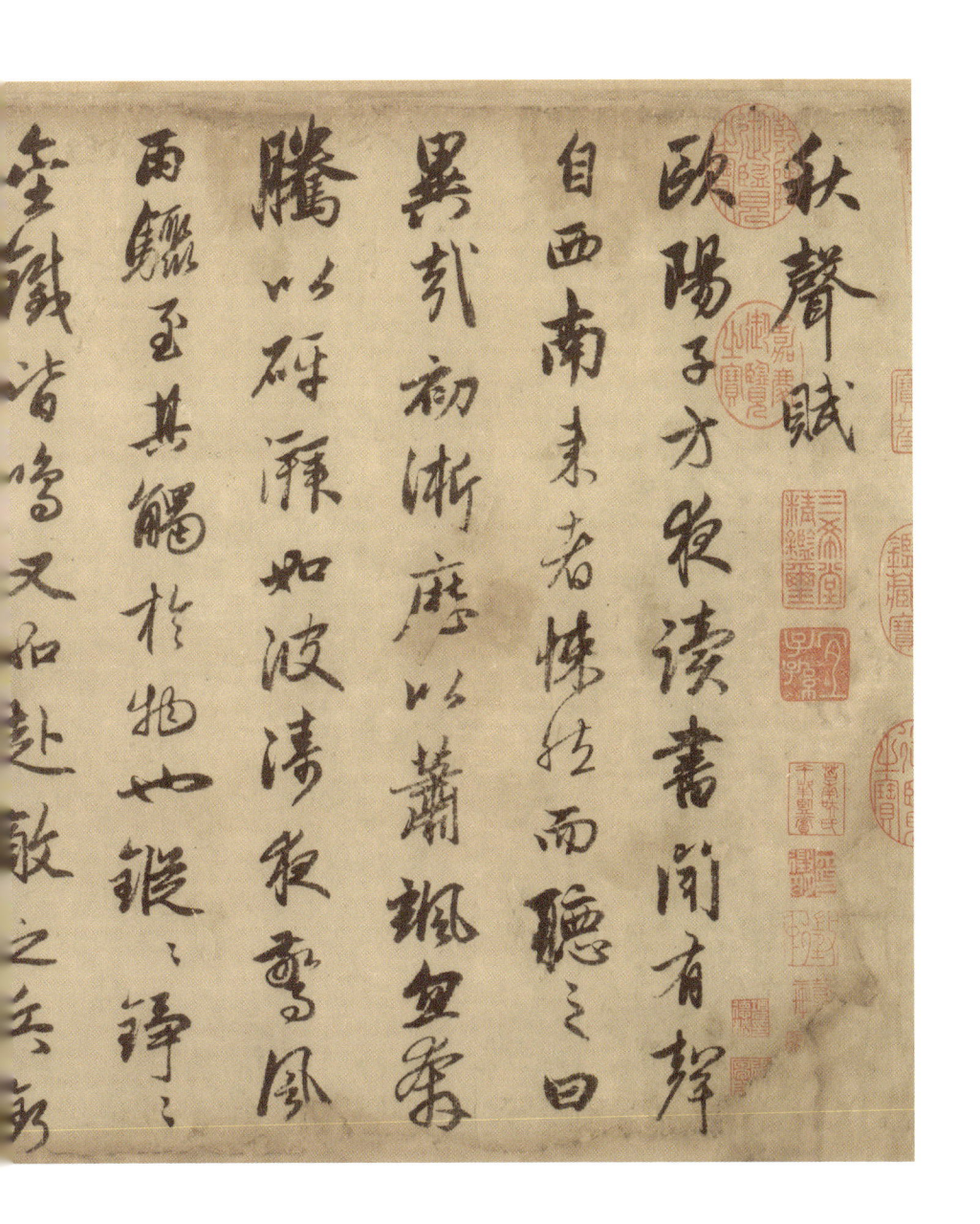

（元）赵孟頫　行书《秋声赋》（局部）

星月皎洁，明河在天，四无人声，声在树间。

（欧阳修《秋声赋》，见第二七〇页）

予独爱莲之出淤泥而不染,濯清涟而不妖,中通外直,不蔓不枝,香远益清,亭亭静植,可远观而不可亵玩焉。

(周敦颐《爱莲说》,见第二八三页)

(清)朱耷 墨荷图(局部)

醉翁亭①记

环滁皆山也。其西南诸峰，林壑②尤美，望之蔚然③而深秀者，琅琊④也。山行六七里，渐闻水声潺潺⑤，而泻出于两峰之间者，酿泉也。峰回路转⑥，有亭翼然⑦临于泉上者，醉翁亭也。作亭者谁？山之僧智仙也。名之⑧者谁？太守⑨自谓也。太守与客来饮于此，饮少辄醉⑩，而年⑪又最高，故自号曰醉翁也。醉翁之意不在酒，在乎山水之间也。山水之乐，得之心而寓之酒也⑫。

若夫日出而林霏开⑬，云归而岩穴暝⑭；晦明变化者，山间之朝暮也。野芳⑮发而幽香，佳木秀而繁阴⑯，风霜高洁⑰，水落而石出者，山间之四时⑱也。朝而往，暮而归，四时之景不同，而乐亦无穷也。

至于负者歌于途，行者休于树，前者呼，后者应，伛偻提携⑲，往来而不绝者，滁人游也。临溪而渔，溪深而鱼肥；酿泉为酒，泉香而酒洌⑳；山肴野蔌㉑，杂然而前陈者，太守宴也。宴酣之乐，非丝非竹㉒；射㉓者中，弈㉔者胜；觥筹交错㉕，坐起而喧哗者，众宾欢也。苍颜白发，颓乎其中㉖者，太守醉也。

已而㉗夕阳在山，人影散乱，太守归而宾客从也。树林阴翳㉘，鸣声上下，游人去而禽鸟乐也。然而禽鸟知山林之乐，而不知人之乐；人知从太守游而乐，而不知太守之乐其乐也㉙。醉能同其乐，醒能述以文者，太守也。太守谓谁？庐陵㉚欧阳修也。

【注释】

① 醉翁亭：在安徽省滁州市西南七里。当时作者贬为滁州刺史。
② 壑（hè）：山谷。
③ 蔚（wèi）然：草木茂盛的样子。
④ 琅琊（láng yá）：琅琊山，在滁州市西南十里。
⑤ 潺（chán）潺：水流的声音。
⑥ 峰回路转：山势回环，山路也跟着转弯。
⑦ 有亭翼然：有座亭子四角向上翘起，好像鸟儿展翅欲飞的样子。
⑧ 名之：给（亭子）题名。
⑨ 太守：地方行政长官的古称，这里是作者自指。
⑩ 饮少：稍许喝一点酒。 辄（zhé）醉：立刻就醉了。
⑪ 年：年纪。
⑫ 这两句说：游山玩水的乐趣，心领神会，而又付托在饮酒之中。寓，寄托。
⑬ 若夫：至于。 日出而林霏（fēi）开：太阳升起后，林间雾气就消散了。霏，雾气。
⑭ 云归：云烟聚集。归，原指云回到山中。 暝（míng）：昏暗。
⑮ 芳：花。
⑯ 秀：茁长。 繁阴：浓郁的树荫。
⑰ 风霜高洁：秋高气爽，霜色洁白。
⑱ 四时：四季。
⑲ 伛偻（yǔ lǚ）：俯身躬背的样子，这里指老年人。 提携：搀手领着走，这里指小孩。
⑳ 洌（liè）：清凉。
㉑ 山肴（yáo）：野味。 蔌（sù）：蔬菜。
㉒ 丝、竹：泛指音乐。丝，弦乐器。竹，管乐器。
㉓ 射：古代一种投壶的游戏，用箭状的筹棒去投长颈形的壶，按投中的次数来分胜负。
㉔ 弈（yì）：下围棋。
㉕ 觥（gōng）：酒器。 筹：酒筹，用来行酒令或饮酒计数的签子。 交错：交互错杂。
㉖ 颓（tuí）：形容酒醉后昏沉欲倒的样子。 其中：在诸位宾客中间。
㉗ 已而：过后。
㉘ 阴翳（yì）：树荫覆盖着。翳，遮蔽。
㉙ 这两句说：人们只知道跟随太守游玩而感到快乐，而不知道太守为他们的快乐而感到快乐。（这里有所谓"与民同乐"的意思。）
㉚ 庐陵：欧阳修的祖籍,今江西省吉安市。

【简析】

　　本篇在"记"这种文体中是很有特色的：第一，骈偶句的大量应用，但又长短错落而不呆板，并夹有散句，形成似骈非骈、似散非散的风格；第二，全文都用说明句，以二十一个"也"字结尾，虽然不免稍有故作姿态的痕迹，但造成了一种一唱三叹的吟咏句调，加上句子整齐而又有变化，音调响亮而又和谐，使这篇散文特别宜于朗诵。

　　从文章开头交代醉翁亭的环境位置，一直到山中四季景物的描写等，似乎信笔所至，散漫无章，其实都集中地表现了人们生活的快乐，衬托出作者自己为政有成绩，流露出"与民同乐"的思想情绪。整篇文章，表面上把自己描写得很闲适，而实际上反映了作者贬官后寄情山水、排遣愁怀的生活态度。

梅圣俞诗集序

予闻世谓诗人少达而多穷[①]。夫岂然哉[②]？盖世所传诗者，多出于古穷人之辞也。凡士之蕴其所有[③]，而不得施于世者，多喜自放于山巅水涯之外[④]，见虫鱼草木风云鸟兽之状类，往往探其奇怪；内有忧思感愤之郁积，其兴于怨刺[⑤]，以道羁臣[⑥]寡妇之所叹，而写人情之难言；盖愈穷则愈工。然则非诗之能穷人，殆穷者而后工也。

予友梅圣俞，少以荫补为吏[⑦]，累举进士，辄抑于有司[⑧]，困于州县[⑨]，凡十余年。年今五十[⑩]，犹从辟书[⑪]，为人之佐[⑫]。郁其所蓄，不得奋见于事业。其家宛陵[⑬]，幼习于诗，自为童子，出语已惊其长老[⑭]。既长，学乎六经仁义之说，其为文章，简古纯粹，不求苟悦于世[⑮]。世之人徒知其诗而已。然时无贤愚，语诗者必求之圣俞；圣俞亦自以其不得志者，乐于诗而发之，故其平生所作，于诗尤多。世既知之矣，而未有荐于上者。昔王文康公[⑯]尝见而叹曰："二百年无此作矣！"虽知之深，亦不果荐[⑰]也。若使其幸得用于朝廷，作为雅、颂[⑱]，以歌咏大宋之功

梅聖俞詩集序

予聞世謂詩人少達而多窮夫豈然哉蓋世所傳詩者多出於古窮人之辭也凡士之蘊其所有而不得施於世者多喜自放於山巔水涯之外見蟲魚草木風雲鳥獸之狀類往往探其奇怪內有憂思感憤之鬱積其興於怨刺以道羈臣寡婦之所歎而寫人情之難言蓋愈窮則愈工然則非詩之能窮人殆窮者而後工也予友梅聖俞少以蔭補為吏累舉進士輒抑於有司困於州縣凡十餘年年今五十猶從辟書為人之佐鬱其所蓄不得奮見於事業其家宛陵幼習於詩自為童子出語已驚其長老既長學乎六經仁義之說其為文章簡古純粹不求苟說於世之人徒知其詩而已然時無賢愚語詩者必求之聖俞聖俞亦自以其不得志者樂於詩而發之故其平生所作於詩尤多世既知之矣而未有薦於上者昔王文康公嘗見而歎曰二百年無此作矣雖知之深亦不果薦也若使其幸得用於朝廷作為雅頌以歌詠大宋之功德薦之清廟而追商周魯頌之作豈不偉歟奈何使其老不得志而為窮者之詩乃徒發於蟲魚物類羈愁感歎之言世徒喜其

欧阳修《梅圣俞诗集序》《御选唐宋文醇》书影（清刻本）

德，荐之清庙[19]，而追[20]商、周、鲁颂之作者，岂不伟欤！奈何使其老不得志，而为穷者之诗，乃徒发于虫鱼物类、羁愁感叹之言。世徒喜其工，不知其穷之久而将老也！可不惜哉！

圣俞诗既多，不自收拾。其妻之兄子谢景初，惧其多而易失也，取其自洛阳至于吴兴[21]以来所作，次[22]为十卷。予尝嗜圣俞诗，而患不能尽得之，遽喜谢氏之能类次[23]也，辄序而藏之。

其后十五年[24]，圣俞以疾卒于京师，余既哭而铭之[25]，因索于其家，得其遗稿千余篇，并旧所藏，掇其尤者[26]六百七十七篇，为一十五卷。呜呼！吾于圣俞诗论之详[27]矣，故不复云。

【注释】

① 达：显达。 穷：穷困不得志。
② 夫（fú）岂然哉：难道真是这样吗？
③ 士：知识分子。 蕴其所有：这里指有才学、有抱负。蕴，蓄聚。
④ 自放于山巅水涯之外：指放浪山水，隐居不做官。
⑤ 兴于怨刺：产生怨恨、讽刺的念头。
⑥ 道：表达出。 羁（jī）臣：在外地宦游的官吏。
⑦ 荫（yīn）补为吏：靠了祖先的功勋而得官。梅尧臣荫袭他叔父梅询的官爵，任为河南主簿（县的副长官，协理县的政务）。
⑧ 辄（zhé）抑于有司：一直被主考官所压制。有司，负有专责的官吏。这里指主考官。
⑨ 困于州县：只在州县做小官。
⑩ 年今五十：年龄快五十岁了。今，是"即将""快要"的意思，这里不当"现在"讲。
⑪ 辟（bì）书：聘请书。
⑫ 佐：辅佐，指僚属。
⑬ 宛陵：今安徽省宣城市。
⑭ 长（zhǎng）老：年长的人。
⑮ 不求苟悦于世：不以苟且迎合来取得世人的欢心。
⑯ 王文康公：王曙，宋仁宗（赵祯）时的宰相，文康是他的谥号。
⑰ 不果荐：最终没有推荐。
⑱ 雅、颂：指商、周两朝和春秋时鲁国在祭祀祖先时用的乐歌，在我国第一部诗歌总集《诗经》里还保存着一部分。
⑲ 荐：这里是"奉献"的意思。 清庙：宗庙。

⑳ 追：赶上。
㉑ 洛阳：今河南省洛阳市。 吴兴：今浙江省湖州市。梅尧臣曾先后到这两地居留。
㉒ 次：编。
㉓ 遽（jù）：立刻。 类次：分类编排。
㉔ 其后十五年：宋仁宗嘉祐五年（1060）。
㉕ 铭之：替他做了一篇墓志铭。
㉖ 掇（duō）：采取。 其尤者：其中最优异的。
㉗ 于圣俞诗论之详：欧阳修在他的《书梅圣俞稿后》等文和《六一诗话》里，都曾论及梅尧臣的诗歌成就。

【简析】

梅尧臣，字圣俞，北宋杰出的诗人，在宋朝中叶的诗文革新运动中，起过良好的作用。欧阳修十分佩服他的清新的诗风，受过他的创作影响。因此，这篇序文无论议论或叙事，都充满了对这位诗人的倾慕和同情。欧阳修从生活和创作的关系出发，认为并非诗能使作者穷困，而是诗人们在对贫苦生活有了深切的体验以后，才能取得较高的创作成就。这个见解在当时是很有见地的。

全文明白畅晓，舒纡婉转，可以看出欧阳修文风的主要特点。

祭石曼卿文

　　维治平四年七月日具官①欧阳修,谨遣尚书都省令史李敭至于太清②,以清酌庶羞之奠③,致祭于亡友曼卿之墓下,而吊之以文曰:
　　呜呼曼卿!生而为英④,死而为灵!其同乎万物生死,而复归于无物者,暂聚之形;不与万物共尽,而卓然其不朽者,后世之名⑤。此自古圣贤,莫不皆然;而著在简册⑥者,昭如日星。
　　呜呼曼卿!吾不见子⑦久矣,犹能仿佛子之平生⑧。其轩昂磊落⑨,突兀峥嵘⑩,而埋藏于地下者,意其不化为朽壤,而为金玉之精;不然,生长松之千尺,产灵芝而九茎⑪。奈何荒烟野蔓,荆棘纵横,风凄露下,走磷⑫飞萤,但见牧童樵叟,歌吟而上下⑬;与夫⑭惊禽骇兽,悲鸣踯躅而咿嘤⑮。今固如此;更千秋而万岁兮,安知其不穴藏狐貉与鼯鼪㉖?此自古圣贤亦皆然兮,独不见夫累累乎旷野与荒城⑰!
　　呜呼曼卿!盛衰之理,吾固知其如此,而感念畴昔⑱,悲凉凄怆,不觉临风而陨涕⑲者,有愧乎太上之忘情⑳!尚享㉑!

【注释】

① 维：发语词。　治平四年：公元1067年。治平，宋英宗（赵曙）的年号（1064—1067）。　具官：官爵品级的省称。
② 尚书都省：管理全国行政的衙门。　令史：管理文书工作的官。　毅：音yì。　太清：在今河南省商丘市南，石曼卿的故乡。
③ 清酌：美酒。　庶羞：各种好吃的食品。　奠：祭品。
④ 英：不平凡的人才。
⑤ 这几句说：化为乌有的是身躯，不朽的是声名。卓然，出类拔萃的样子。
⑥ 简册：指史书。简，古时用来写字的竹板。
⑦ 子：你，指石曼卿。
⑧ 仿佛：依稀，大致记得。　平生：指石曼卿过去的一切。
⑨ 轩（xuān）昂：形容人的气度不凡。　磊（lěi）落：心地光明坦率。
⑩ 突兀（wù）：高而不平。　峥嵘：高峻。这里指人才的特异优秀。
⑪ 这几句说：石曼卿的尸体埋在地下，一定化为金、玉或长松、灵芝，绝不会跟普通事物一样变成烂泥的。灵芝，菌类，古人把它看作表示吉祥的植物。九茎，形容灵芝的茎很多。
⑫ 走磷：旧时指鬼火，实际是夜间空旷地飘荡着（因磷氧化而产生的）青色火光。
⑬ 上下：在墓前来回地走。
⑭ 与夫（fú）：连接词，以及，还有。
⑮ 踯躅（zhí zhú）：徘徊不前。　咿嘤（yī yīng）：哭声，这里指禽兽悲鸣的声音。
⑯ 貉（hé）：一种像狐狸的野兽。　鼯（wú）：飞鼠。　鼪（shēng）：黄鼠狼。
⑰ 累累：重迭相连的样子。　城：指坟墓。
⑱ 畴（chóu）昔：从前。
⑲ 陨（yǔn）涕：落泪。
⑳ 太上之忘情：晋朝人王衍死了儿子，山简前去慰问，看到他悲痛欲绝，就说："何必为了一个小孩子弄成这个地步？"王衍回答说："只有圣人才能忘情，愚蠢的人本来就没有感情，有感情而又不能忘却的恰恰是像我们这一类人。"太上，最上，指圣人。
㉑ 尚享：祭文的套语，意思就是："请享用祭品吧！"

【简析】

　　石曼卿（名字叫延年）是欧阳修的诗友，一生遭遇冷落，很不得志，使他愤世嫉俗，蔑视礼法。欧阳修很推崇他的诗文，两人的友谊是颇为深厚的。这篇祭文中三呼曼卿，先称赞他的声名不朽，必传后世；又对墓地满目凄凉的情景，表示沉痛的悲哀；最后归结到生前友情，直抒自己对死者的怀念。全文充满了低回凄咽的情调，具有较强的表现力。

秋 声 赋

欧阳子^①方夜读书,闻有声自西南来者,悚然^②而听之,曰:"异哉!"初淅沥以萧飒^③,忽奔腾而砰湃^④,如波涛夜惊,风雨骤至。其触于物也,鏦鏦铮铮^⑤,金铁皆鸣,又如赴敌之兵,衔枚^⑥疾走,不闻号令,但闻人马之行声。余谓童子:"此何声也?汝出视之!"童子曰:"星月皎洁,明河^⑦在天,四无人声,声在树间。"

余曰:"噫嘻悲哉!此秋声也,胡为而来哉?盖夫秋之为状也:其色惨淡,烟霏云敛^⑧;其容清明,天高日晶^⑨;其气栗冽^⑩,砭^⑪人肌骨;其意萧条,山川寂寥^⑫。故其为声也:凄凄切切,呼号奋发。丰草绿缛^⑬而争茂,佳木葱茏而可悦;草拂之而色变,木遭之而叶脱;其所以摧败零落者,乃一气之余烈。夫秋,刑官也^⑭,于时为阴^⑮;又兵象也,于行为金^⑯;是谓天地之义气^⑰,常以肃杀而为心。天之于物,春生秋实。故其在乐也,商声主西方之音^⑱;夷则为七月之律^⑲。商,伤也,物既老而悲伤;夷,戮也,物过盛而当杀。

"嗟乎！草木无情，有时飘零，人为动物，惟物之灵[20]，百忧感其心，万事劳其形，有动于中，必摇其精[21]。而况思其力之所不及，忧其智之所不能，宜其渥然丹者为槁木[22]，黟然黑者为星星[23]；奈何以非金石之质，欲与草木而争荣。念谁为之戕贼[24]，亦何恨乎秋声[25]？"

童子莫对，垂头而睡。但闻四壁虫声唧唧[26]，如助余之叹息。

【注释】

① 欧阳子：作者自称。
② 悚（sǒng）然：吃惊的样子。
③ 淅沥（xī lì）：雨声。 萧飒（sà）：风声。
④ 砰湃（pēng pài）：波涛声。
⑤ 铮（cōng）铮铮（zhēng）铮：金属相击的声音。
⑥ 衔枚：古代行军时，命令士兵口里横衔一种筷形的小棒，使他们不能讲话，以保守行军的秘密。
⑦ 明河：天上的银河。
⑧ 霏（fēi）：雾。 敛：（云雾）消失。
⑨ 日晶：阳光灿烂。
⑩ 栗冽（lì liè）：寒冷。
⑪ 砭（biān）：刺。
⑫ 寂寥（liáo）：冷落。
⑬ 缛（rù）：丰茂。
⑭ 夫秋，刑官也：上古设官，以四时为名，掌管刑法的司寇为秋官。
⑮ 于时为阴：古人以春夏为阳，秋冬为阴。
⑯ 行：五行：金、木、水、火、土。古人认为四季的变化是五行"相生"的结果，并把五行分配于四季，秋属金。
⑰ 天地之义气：《礼记·乡饮酒义第四十五》说：天地肃杀之气，开始于西南方，到西北方时是极盛的顶点，这是"天地之义气"。由西南方至西北方，正是秋的方位。
⑱ 商：五声（宫、商、角、徵[zhǐ]、羽）之一。五声也分配于四时：角属春，徵属夏，商属秋，羽属冬，宫属中央。又，五声和五行相配，商声属金，主西方之音。
⑲ 夷则：十二律（黄钟、大吕、太簇、夹钟、姑洗、仲吕、蕤[ruí]宾、林钟、夷则、南吕、无射[yì]、应钟）之一。律，本来是正音的器具，后来配于每年十二个月，以占气候。七月，正相当于十二律中的夷则。
⑳ 惟物之灵：为万物之灵。
[21] 精：精神。
[22] 渥（wò）然丹者：指容貌的红润，比喻年轻力壮。 槁（gǎo）木：枯木，指衰老。
[23] 黟（yī）然黑者：指乌亮的头发，比喻健壮。 星星：比喻白色点点。 这句说：人衰老了，头发慢慢发白。

㉔ 戕（qiāng）贼：伤害。
㉕ 这句意思是，人的衰颓是自己被忧思折磨的结果，怎好恨秋声悲凉呢。
㉖ 唧（jī）唧：虫声。

【简析】

　　赋是一种以铺张排比为主要表现手段的诗体，讲究词藻的华美。发展到宋朝，逐渐走向散文化，但仍保持了形象性和音乐美的特质，成为一种类似散文诗的赋。

　　文章开头一段写无形的秋声，一连用了三四个形象化的比喻，把秋声由远及近以至撞击物品时发出的声响，渲染得仿佛倾耳可闻，衬托出秋夜的萧瑟幽森。中间两段文字吸取了传统赋的铺张手法，运用了整齐而有变化的句法，加强了艺术效果。结尾仍与秋声息息相关，但写得含而不露。

苏舜钦

苏舜钦（1008—1048），字子美，梓州铜山（今四川省中江县）人。做官后，屡次上书议论时政得失，在政治上属于范仲淹为首的革新集团。后被保守派借故革职，长期放废，闲居在苏州沧浪亭。他是北宋中叶的优秀诗人，与梅尧臣齐名，诗风豪放雄健，在欧阳修领导的诗文革新运动中起过重要的作用。

沧浪亭记

予以罪废①无所归，扁舟②南游，旅于吴中③。始僦④舍以处，时盛夏蒸燠⑤，土居皆褊狭，不能出气。思得高爽虚辟⑥之地，以舒所怀，不可得也。

一日过郡学⑦，东顾草树郁然，崇阜广水⑧，不类乎⑨城中。并水得微径于杂花修竹之间，东趋数百步，有弃地，纵广合五六十寻⑩，三向皆水也。杠⑪之南，其地益阔，旁无民居，左右皆林木相亏蔽⑫，访诸旧老，云："钱氏有国⑬，近戚孙承祐⑭之池馆也。"坳隆胜势⑮，遗意尚存。予爱而徘徊，遂以钱四万得之，构亭北碕⑯，号沧浪焉。前竹后水，水之阳[17]又竹，无穷极，澄川翠干[18]，光影会合于轩[19]户之间，尤与风月为相宜。

予时榜[20]小舟，幅巾[21]以往，至则洒然忘其归。箕[22]而浩歌，踞[23]而仰啸，野老不至，鱼鸟共乐。形骸[24]既适，则神不烦；观听无邪，则道[25]以明。返思向之汩汩[26]荣辱之场，日与锱铢利害相磨戛[27]，隔此真趣，不亦鄙哉[28]！

噫！人固动物耳！情横于内而性伏，必外寓于物而后遣，寓久则溺，以为当然；非胜是而易之，则悲而不开[29]。唯仕宦溺人为至深，古之才哲[30]君子，有一失而至于死者多矣[31]；是未知所以自胜[32]之道。予既废而获斯境，安于冲旷[33]，不与众驱[34]，因之复能见乎内外失得之源，沃然[35]有得，笑傲万古[36]。尚未能忘其所寓目，用是以为胜焉[37]。

【注释】

① 罪废：被弹劾免职。
② 扁（piān）舟：小船。
③ 吴中：指今江苏苏州。
④ 僦（jiù）：租赁。
⑤ 蒸燠（ào）：闷热。
⑥ 虚辟：空旷辽阔。
⑦ 郡学：苏州府学宫，旧址在今苏州市南，沧浪亭就在它的东面。
⑧ 崇阜：高山。　广水：阔河。
⑨ 不类乎：不同于。
⑩ 纵广：纵横。　寻：古代的长度单位，八尺为寻。
⑪ 杠（gàng）：小桥。
⑫ 亏蔽：有的无树遮蔽，有的却有。
⑬ 钱氏有国：指五代十国时钱镠（liú）做吴越王。
⑭ 孙承祐：吴越的皇亲国戚，官居要职。
⑮ 坳（ào）：低洼。　隆：高处。　胜势：美好的形势。
⑯ 碕（qí）：曲岸。
⑰ 水之阳：水的北面。
⑱ 澄川：清澈的流水。　翠干：翠绿的竹干。
⑲ 轩（xuān）：小室。
⑳ 榜：划船。
㉑ 幅巾：用布包头，代替帽子。

㉒ 箕:箕坐。古人席地而坐,把两脚分开,姿态像畚箕似的。
㉓ 踞(jù):蹲坐。
㉔ 形骸(hái):躯体。
㉕ 道:事理。
㉖ 向:从前。 汩(gǔ)汩:匆忙的样子。
㉗ 锱铢(zī zhū):古代的重量单位,六铢为锱,二十四铢为两。这里比喻极微量。 磨戛(jiá):磨擦打击,比喻钩心斗角。
㉘ 不亦鄙哉:不是很可笑吗。
㉙ 这几句说:人的欲望原来潜伏在内心,遇到外面的利禄便动心了,久而久之,溺于其中而以为当然;如果不加克服予以改变,就会陷入悲苦的境地而不能自拔了。
㉚ 才哲:有才学、有品德。
㉛ 这句说:偶然陷入名利场中而至于丧失性命的人,是很多的啊!
㉜ 自胜:克服个人的私欲。
㉝ 冲旷:指空旷辽阔的环境,兼指淡泊虚静的心境。
㉞ 不与众驱:不与众人一起追逐名利。
㉟ 沃然:形容获得上述见解时怡然自得的心情。
㊱ 笑傲万古:傲然嘲笑古往今来争名夺利的人。
㊲ 这两句说:我虽然未能完全忘怀外物,还欣赏着沧浪亭的优美景色,但用它可以克服对利禄的欲望。

【简析】

　　这是作者在贬谪后写的,表达出与自然美景心领神会的怡然情趣,也反映了士大夫在仕途不得意时的抑郁和苦闷。

　　这篇文章受了唐朝大散文家柳宗元山水记的影响。字句凝练简洁,风格峭劲拗折。他采取移步换形的手法,来写亭的位置和景物,使读者似乎跟着作者一起去寻幽探胜,这也是柳宗元山水记的一种常用的写法。

苏　洵

苏洵（1009—1066），字明允，眉山（今四川省眉山市）人。二十七岁才发奋读书，写作古文。但是举试屡次落第，愤而烧毁自己的文章，再度悉心攻读古代典籍，终于成为著名的古文家。他和他的儿子苏轼、苏辙，被合称为"三苏"。

权书·六国[1]

六国破灭，非兵[2]不利、战不善，弊在赂[3]秦。赂秦而力亏，破灭之道也。或曰[4]：六国互[5]丧，率[6]赂秦耶？曰：不赂者以赂者丧，盖失强援不能独完[7]，故曰：弊在赂秦也。

秦以攻取之外，小则获邑，大则得城，较秦之所得，与战胜而得者，其实百倍[8]；诸侯之所亡[9]，与战败而亡者，其实亦百倍，则秦之所大欲，诸侯之所大患，固不在战矣[10]！思厥先祖父暴霜露[11]，斩荆棘，以有尺寸之地，子孙视之不甚惜，举以予人，如弃草芥，今日割五城，明日割十城，然后得一夕安寝，起视四境，而秦兵又至矣。然则诸侯之地有限，暴秦之欲无厌⑫，奉之弥⑬繁，侵之愈急，故不战而强弱胜负已判⑭矣。至于颠覆⑮，理固宜然。古人⑯云："以地事秦，犹抱薪救火，薪不尽，火不灭。"此言得之⑰。

齐人未尝赂秦，终继五国迁灭⑱，何哉？与嬴⑲而不助五国也。五国既丧，齐亦不免矣。燕、赵之君，始有远略⑳，能守其土，义不赂秦，是故燕虽小国而后亡，斯用兵之效也。至丹以荆卿㉑为计，始速祸㉒焉。赵尝五战于秦，二败而三胜，后秦击赵者再，李牧连却㉓之，洎㉔牧以谗诛，邯郸为郡㉕，惜其用武而不终也。且燕、赵处秦革灭殆尽㉖之际，可谓智力孤危，战败而亡，诚不得已。向使三国㉗各爱其地，齐人勿附于秦，刺客㉘不行，良将㉙犹在，则胜负之数，存亡之理，当与秦相较，或未易量㉚。

呜呼！以赂秦之地，封天下之谋臣，以事秦之心，礼天下之奇才，并力西向㉛，则吾恐秦人食之不得下咽也。悲夫㉜！有如此之势，而为秦人积威之所劫㉝，日削月割，以趋于亡。为国者无使为积威之所劫哉！

夫六国与秦皆诸侯，其势弱于秦，而犹有可以不赂而胜之之势；苟以天下之大，下而从六国破亡之故事㉞，是又在六国下矣。

【注释】
① 《权书·六国》：苏洵的《权书》共十篇，《六国》是其中之一。权书，研究

策略的书。六国，指战国时的齐、楚、韩、赵、燕、魏。
② 兵：武器。
③ 赂：贿赂，这里指用割地的办法来讨好秦国。
④ 或曰：有人说。
⑤ 互：交互，接连，一个接一个地。
⑥ 率：全是。
⑦ 强援：强有力的支援者。　完：保全。
⑧ 这几句说：秦国由于诸侯贿赂而得到的土地，比起因为战胜而夺得的土地，要多许多倍。百倍，虚指，形容数量很大。
⑨ 所亡：指所丧失的土地。
⑩ 这几句说：那么，秦国所最希望的事，诸侯所最感危险的事，实在不在于战争（而在于"赂秦"）。
⑪ 厥：其。　先祖父：祖先。　暴（pù）霜露：冒着风霜雨露之苦。
⑫ 无厌：不满足。
⑬ 弥：愈。
⑭ 判：决定
⑮ 至于颠覆：直到灭亡。
⑯ 古人：指战国时的苏代。文中所引的这段话是苏代对魏安釐（xī）王说的。又，孙臣对魏安釐王也说过这同样的话。
⑰ 此言得之：这话说对了。
⑱ 迁灭：灭亡。
⑲ 与：结交。　嬴（yíng）：秦国国君的姓，这里借指秦国。
⑳ 始：起初。　远略：远大的谋略。
㉑ 荆卿：荆轲。他曾受燕国太子丹的派遣，到秦国去谋刺秦王，未成被杀。秦国便大举伐燕，燕亡。
㉒ 速祸：招来祸患的到来。作者在这里指责谋刺是一种侥幸获得成功的冒险手段。
㉓ 李牧：赵国名将，曾两次抵拒秦兵侵入。后来秦国就买通赵国的奸臣郭开，诬蔑他要谋反，因此被杀。　却：打退。
㉔ 洎（jì）：等到。
㉕ 邯郸：赵国的首都，故址在今河北邯郸西南。李牧死后，赵即为秦所灭。秦始皇十九年（公元前228年）置邯郸郡。
㉖ 革灭殆尽：（把各国）快要消灭干净。殆，差不多。
㉗ 向使：以前假如。　三国：指韩、魏、楚。
㉘ 刺客：指荆轲。
㉙ 良将：指李牧。
㉚ 或未易量：或许还不容易判断。意思是六国不一定会败亡。
㉛ 并力：协力。　西向：对付西面的秦国。
㉜ 悲夫：真可悲啊！
㉝ 积威：积久的威势。　劫：挟制。
㉞ 这句说：蹈袭六国的覆辙，走六国灭亡的老路。下，指在六国之后。下句中的"下"，作"下等"讲。故事，旧事，前例。

【简析】

　　战国时代，七国争雄。秦自商鞅变法以后，国力日益强盛；又采取了"远交近攻"的正确策略，对六国分化瓦解，各个击破，终于统一中国。其根本原因在于它适应了历史前进的要求，结束了长期分裂割据的局面，建立了我国历史上第一个统一的中央集权的封建国家，推动了生产力的发展。苏洵的这篇文章，把秦灭六国的原因归结为六国的"赂秦"。

苏洵写作这篇史论，在当时有其进步的现实意义。北宋中叶以来，我国境内东北的契丹和西北的西夏奴隶主贵族，势力逐渐强大，成为北宋王朝的严重威胁。然而，宋朝统治者没有积极起来抗御他们的入侵，反而每年向他们输币纳绢，乞取苟安。苏洵是在这种形势下，借古论今地向统治者指出屈服求和是自取灭亡的道路，团结"天下"的"谋臣"和"奇才"奋力抵抗，必定可以得到胜利，因此希望统治者不要被敌人的"积威"所吓倒。

文章劈头提出"弊在赂秦"的论点，然后分别从"赂秦"与"未尝赂秦"两类国家加以论证，最后作出总结，呼应开端。结构谨严缜密，雄辩滔滔，可以代表苏洵文风的特点。

权书·心术

　　为将之道，当先治心①。泰山崩于前而色不变，麋鹿兴于左而目不瞬②，然后可以制利害③，可以待敌。

　　凡兵上义④；不义，虽利勿动。非一动之为害，而他日将有所不可措手足也。夫惟义可以怒⑤士，士以义怒，可兴百战。

　　凡战之道，未战养其财，将战养其力，既战养其气，既胜养其心。谨烽燧⑥，严斥堠⑦，使耕者无所顾忌，所以养其财；丰犒而优游之⑧，所以养其力；小胜益急⑨，小挫益厉⑩，所以养其气；用人不尽其所欲为，所以养其心⑪。故士常蓄其怒，怀其欲而不尽。怒不尽则有余勇，欲不尽则有余贪。故虽并天下⑫，而士不厌兵⑬，此黄帝之所以七十战而兵不殆⑭也。不养其心，一战而胜，不可用矣。

　　凡将欲智而严，凡士欲愚。智则不可测，严则不可犯，故士皆委己而听命，夫安得不愚？夫惟士愚，而后可与之皆死。

　　凡兵之动，知敌之主，知敌之将，而后可以动于险。邓艾缒兵于蜀中⑮，非刘禅⑯之庸，则百万之师可以坐缚，彼固有所侮[17]而动也。故古之贤将，能以兵尝敌[18]，而又以敌自尝[19]，故去就可以决。

凡主将之道，知理而后可以举兵，知势而后可以加兵，知节而后可以用兵。知理则不屈，知势则不沮，知节则不穷。见小利不动，见小患不避，小利小患，不足以辱吾技也[20]，夫然后有可以支大利大患[21]。夫惟养技而自爱者，无敌于天下。故一忍可以支百勇，一静可以制百动。

兵有长短，敌我一也。敢问："吾之所长，吾出而用之，彼将不与吾校[22]；吾之所短，吾蔽而置之，彼将强与吾角[23]，奈何？"曰："吾之所短，吾抗而暴之[24]，使之疑而却；吾之所长，吾阴而养之，使之狎[25]而堕其中，此用长短之术也。"

善用兵者，使之无所顾[26]，有所恃。无所顾，则知死之不足惜；有所恃，则知不至于必败。尺箠[27]当猛虎，奋呼而操击；徒手遇蜥蜴[28]，变色而却步，人之情也。知此者，可以将[29]矣。袒裼[30]而按剑，则乌获[31]不敢逼；冠胄衣甲[32]，据兵[33]而寝，则童子弯弓杀之矣。故善用兵者以形固[34]。夫能以形固，则力有余矣。

【注释】

① 治心：指锻炼和培养军事上的镇静与忍耐。
② 麋（mí）：鹿属动物。　兴：起。　瞬（shùn）：眨眼。
③ 制利害：掌握利弊得失。
④ 尚义：重视正义。上，崇尚。

⑤ 怒：激发。
⑥ 谨烽燧（suì）：指认真地做好报警工作。烽燧，古代告警用的烽火。
⑦ 严斥堠（hòu）：指严格地做好放哨瞭望工作。斥堠，士兵居住、守望的亭堡。
⑧ 丰犒：丰厚的犒赏。 优游之：让他们（士兵）得到空闲、休息。
⑨ 小胜益急：打了小胜仗，越发要抓紧不放松。
⑩ 小挫益厉：打了小败仗，更加要给予激励。
⑪ 这两句说：用人时不要全部满足他们的欲望，这是为了使他们心中永远保持着欲望。
⑫ 并天下：打遍整个天下。
⑬ 士不厌兵：士兵们不厌恶打仗。
⑭ 殆：疲乏。
⑮ 邓艾缒兵于蜀中：三国时，魏将邓艾秘密地从一条艰险的山路，进军攻打蜀国。士兵们被用绳子拴住送下山去，邓艾自己也用毡布包住身体，从山顶滑下。
⑯ 刘禅：蜀国的后主。他在邓艾大军抄过险路来袭击时仓皇出降。

⑰ 侮：轻视。
⑱ 以兵尝敌：（作战前）以一部分兵力去试探敌军的虚实。
⑲ 以敌自尝：利用敌人的试探性的进攻来发现自己兵力的强弱、配置是否得当等问题。
⑳ 这两句说：小的利害得失，我的技能不值得去对付它。
㉑ 支：经得起。
㉒ 校：较量。
㉓ 角：角斗。
㉔ 抗而暴之：故意做出抗击的姿态。
㉕ 使之狎（xiá）：使敌方因轻视而麻痹。
㉖ 顾：顾虑。
㉗ 尺箠（chuí）：尺把长的马鞭。
㉘ 蜥蜴（xī yì）：俗称"四脚蛇"。
㉙ 将：带兵。
㉚ 祖裼（tǎn xī）：露着手臂。
㉛ 乌获：古代著名的大力士。
㉜ 冠胄（zhòu）：戴了盔。 衣甲：穿着甲。
㉝ 据兵：依靠着武器。
㉞ 以形固：凭形势来固守。

【简析】

　　这篇文章逐节自成段落，而又围绕一个中心，似断似续，像是一个研究军事学的提纲，或者说是一份供主将们参考的"用兵须知"。从主将的自我修养说起，分析了将和兵的关系，研究了战役的具体过程，指出了如何根据敌我形势，制造矛盾和利用矛盾，并提出了"知理、知势、知节"和有备无患的战略、策略思想，其中包含一些朴素辩证法的因素。

周敦颐

周敦颐（1017—1073），原名敦实，字茂叔，道州营道（今湖南省道县）人。宋代哲学家，宋朝理学的创导者。当时被称为"濂溪先生"。

爱 莲 说

水陆草木之花，可爱者甚蕃①。晋陶渊明②独爱菊；自李唐③来，世人盛爱牡丹；予独爱莲之出淤泥而不染，濯清涟而不妖④，中通外直，不蔓不枝⑤，香远益清，亭亭静植⑥，可远观而不可亵⑦玩焉。予谓菊，花之隐逸者也；牡丹，花之富贵者也；莲，花之君子者也。噫！菊之爱，陶后鲜有闻；莲之爱，同予者何人？牡丹之爱，宜乎众矣！

【注释】
① 蕃（fán）：繁多。
② 陶渊明：晋朝大诗人，酷爱菊花。
③ 李唐：指李姓做皇帝的唐朝（618—907）。
④ 濯（zhuó）：洗涤。　清涟（lián）：清澈的水。　妖：美丽而不正派。
⑤ 不蔓不枝：指莲梗既不蔓延，也不分枝。
⑥ 亭亭：耸立的样子。　植：树立。
⑦ 亵（xiè）：亲近而态度不庄重。

【简析】

　　这篇短文以精炼的笔墨，通过对莲花的描绘，写出了作者自己的性格。他歌颂了坚贞的气节，鄙视奔名逐利的世态，也表现出士大夫洁身自好的情趣。

司马光

司马光（1019—1086），字君实，陕州夏县（今山西省夏县）人。宋仁宗（赵祯）时中进士。神宗时任御史中丞（御史台的实际长官，负责监察工作），极力反对王安石变法，成为保守派的领袖。哲宗时，他任尚书左仆射（yè）门下侍郎（宰相），主持朝政，把王安石施行的新法一律废除。他所编著的《资治通鉴》在我国史书中有极重要的地位。

进资治通鉴表

臣光言：先奉敕^①编集历代君臣事迹，又奉圣旨赐名《资治通鉴》，今已了毕者。伏^②念臣性识愚鲁，学术荒疏，凡百事为，皆出人下，独于前史，粗尝尽心，自幼至老，嗜之不厌。每患迁、固^③以来，文字繁多，自布衣之士^④，读之不遍；况于人主，日有万几^⑤，何暇周览？臣常不自揆^⑥，欲删削冗长，举撮机要^⑦，专取关国家兴衰，系生民休戚^⑧，善可为法，恶可为戒者，为编年一书，使先后有伦^⑨，精粗不杂。私家力薄，无由可成。伏遇英宗皇帝，资睿智之性^⑩，敷文明之治^⑪，思历览古事，用恢张大猷^⑫，爰^⑬诏下臣,俾⑭之编集。臣夙昔⑮所愿,一朝获伸,踊跃奉承⑯,惟惧不称⑰。

先帝仍命自选辟⑱官属,于崇文院置局,许借龙图、天章阁、三馆、秘阁⑲书籍,赐以御书笔墨缯帛⑳,及御前钱,以供果饵,以内臣为承受㉑。眷遇㉒之荣,近臣莫及。不幸书未进御,先帝违弃群臣㉓。陛下绍膺大统㉔,钦㉕承先志,宠以冠序㉖,锡之嘉名㉗,每开经筵㉘,常令进读。臣虽顽愚,荷两朝知待如此其厚,陨身丧元㉙,未足报塞㉚,苟㉛智力所及,岂敢有遗。会差知永兴军㉜,以衰疾不任治剧㉝,乞就冗官㉞。陛下俯从所欲,曲赐容养,差判西京留司御史台㉟,及提举嵩山崇福宫㊱。前后六任,仍听以书局自随,给之禄秩㊲,不责职业。臣既无他事,得以研精极虑,穷竭所有;日力不足,继之以夜;遍阅旧史,旁采小说;简牍盈积,浩如烟海;抉摘幽隐㊳,校计毫厘㊴。上起战国,下终五代,凡一千三百六十二年,修成二百九十四卷。又略举事目,年经国纬㊵,以备检寻,为《目录》三十卷。又参考群书,评其同异,俾归一途,为《考异》三十卷:合三百五十四卷。自治平㊶开局,迨㊷今始成,岁月淹久㊸,其间牴牾㊹,不敢自保,罪负之重,固无所逃。

重念臣违离阙庭㊺,十有五年,虽身处于外,区区之心,朝夕寤寐,何尝不在陛下之左右。顾以驽蹇㊻,

无施而可(47)，是以专事铅椠(48)，用酬(49)大恩，庶竭涓尘(50)，少裨海岳(51)。臣今筋骸癯瘁(52)，目视昏近，齿牙无几，神识衰耗，目前所为，旋踵(53)遗忘，臣之精力，尽于此书。伏望陛下宽其妄作之诛，察其愿忠之意，以清闲之燕(54)，时赐省览，监前世之兴衰，考当今之得失，嘉善矜恶(55)，取是舍非，足以懋稽(56)古之盛德，跻无前之至治(57)，俾四海群生，咸蒙其福，则臣虽委骨九泉(58)，志愿永毕矣。

【注释】

① 敕（chì）：帝王的诏书、命令。

② 伏：趴着。这是旧时下对上表示敬意的用语。

③ 迁、固：《史记》作者司马迁和《汉书》作者班固，都是著名的历史学家。

④ 布衣之士：指没有官职的知识分子。

⑤ 万几（jī）：指皇帝所治理的事务很多。

⑥ 自揆（kuí）：自己估量。

⑦ 举撮（cuō）机要：把重要的内容汇聚起来。

⑧ 系：涉及。　生民：老百姓。　休戚：比喻切身的利害。休，欢喜；戚，忧愁。

⑨ 伦：次序。

⑩ 资：倚仗。　睿（ruì）智之性：英明智慧的品性。

⑪ 敷：施行。　治：政治。

⑫ 用：以。　恢张：施展。　大猷（yóu）：鸿图壮志。

⑬ 爰（yuán）：于是。

⑭ 俾（bǐ）：使。

⑮ 夙昔：平素。

⑯ 奉承：遵行（圣旨）。

⑰ 不称（chèn）：不称职。称，符合，相副。

⑱ 仍：乃，因而。　选辟（bì）：选拔聘请。

⑲ 龙图、天章阁、三馆、秘阁：收藏图书、编修国史的机关。龙图，阁名。三馆，史馆、集贤院、昭文馆。秘阁，皇宫中收藏图书的地方。

⑳ 御：皇帝用的。　缯（zēng）帛：丝织品，这里代指纸张。

㉑ 内臣：太监。　承受：专职官员。

㉒ 眷遇：关怀、待遇。

㉓ 违弃群臣：指皇帝逝世。

㉔ 绍膺大统：继承皇位。绍，继承。膺，接受。

㉕ 钦：古代尊敬皇帝的称谓。

㉖ 宠以冠序：宠幸地写了序言放在卷首。

㉗ 锡之嘉名：赐予美好的书名。

㉘ 经筵：宋朝为皇帝讲解经史特设的讲席。

㉙ 陨身丧元：指死亡。元，头。

㉚ 报塞：报答。

㉛ 苟：只要。

㉜ 知永兴军：任永兴军（今陕西省西安市）的地方长官。

㉝ 治剧：政务繁忙。
㉞ 冗官：不负实际职务的挂名官员。
㉟ 差判：改任。 西京：今河南省洛阳市。 留司御史台：西京的监察机关。
㊱ 提举：宋朝对于某些领薪无职的官僚，往往给以提举某某宫（道观）的名义。
㊲ 禄秩：官俸。
㊳ 抉擿（tì）幽隐：发掘隐蔽罕见的史料。
㊴ 校计毫厘：考证一点一滴史实的真伪。
㊵ 年经国纬：这里是说《目录》以年表的形式，分国编排。直线叫经，横线叫纬。
㊶ 治平：宋英宗（赵曙）的年号（1064—1067）。
㊷ 迨（dài）：到。
㊸ 淹久：长远。
㊹ 牴牾：矛盾。
㊺ 违离阙庭：离开朝廷。阙，原是宫廷外面的观楼。
㊻ 驽（nú）蹇（jiǎn）：愚笨。驽，劣马。蹇，跛脚；也引申为劣马。
㊼ 无施而可：没有什么可以作为了。
㊽ 专事铅椠（qiàn）：借指写书。铅，粉笔，用来修改错字。椠，书写用的木板。
㊾ 酬：报答。
㊿ 庶竭涓尘：庶几竭尽我微薄的力量。
(51) 少裨海岳：稍稍有助于像大海高山一般的建国大业。
(52) 癯（qú）：瘦。 瘁（cuì）：劳累成疾。
(53) 旋踵（zhǒng）：转身。踵，脚后跟。
(54) 燕：休息。
(55) 矜恶：警惕坏人坏事。
(56) 懋（mào）：勉励。 稽：考查。
(57) 跻（jī）：攀登。 无前之至治：史无前例的清明的政治。
(58) 委骨九泉：埋身于地下。

【简析】

《资治通鉴》是一部上接《左传》、从战国到五代十六个王朝的编年史，是一部重要的历史著作。司马光是这部巨著的主编人。他从宋英宗治平三年（1066）奉命编纂，直到神宗元丰七年（1084）书成，前后达十九年之久。这篇奏表就是当年十二月随书送给宋神宗的。他首先说明编纂的目的是为了帮助“人主”便于“周览”历史，取得统治经验；其次叙述编纂的过程；最后希望神宗从这部书中取得历史教训，鉴戒得失，造成清明的政治局面。

这篇文章虽然受着表状体裁的束缚，不能驰骋情怀，但笔端还是流露出作者对《资治通鉴》的深厚感情，文势也很流畅。

训俭示康①

　　吾本寒家②，世③以清白相承。吾性不喜华靡，自为乳儿，长者加以金银华美之服，辄羞赧④弃去之。二十忝⑤科名，闻喜宴⑥独不戴花，同年⑦曰："君赐，不可违也。"乃簪一花。平生衣取蔽寒，食取充腹，亦不敢服垢弊以矫俗干名⑧，但顺吾性而已。众人皆以奢靡为荣，吾心独以俭素为美。人皆嗤吾固陋⑨，吾不以为病，应之曰："孔子称与其不逊也宁固⑩。"又曰："以约失之者鲜矣⑪！"又曰："士志于道而耻恶衣恶食者，未足与议也！"古人以俭为美德，今人乃以俭相诟病。嘻！异哉⑫！

　　近岁风俗尤为侈靡，走卒类士服，农夫蹑丝履⑬。吾记天圣⑭中，先公为群牧判官⑮，客至未尝不置酒，或三行五行⑯，多不过七行。酒沽于市，果止于梨栗枣柿之类，肴止于脯醢⑰菜羹，器用瓷漆，当时士大夫家皆然，人不相非⑱也。会数而礼勤⑲，物薄而情厚。近日士大夫家，酒非内法⑳，果肴非远方珍异，食非多品，器皿非满案，不敢会宾友，常数月营聚㉑，然后敢发书㉒，苟或不然，人争非之，以为鄙吝，故不随俗靡者盖鲜矣。嗟乎！风俗颓敝如是，居位者㉓虽不能禁，忍助之乎？

又闻昔李文靖公㉔为相，治居第㉕于封丘门内。厅事前仅容旋马㉖。或言其太隘㉗，公笑曰："居第当传子孙，此为宰相厅事诚隘，为太祝、奉礼㉘厅事已宽矣。"参政鲁公㉙为谏官，真宗遣使急召之，得于酒家，既入，问其所来，以实对。上㉚曰："卿为清望官㉛，奈何饮于酒肆？"对曰："臣家贫，客至，无器皿肴果，故就酒家觞之㉜。"上以无隐㉝，益重之。张文节㉞为相，自奉养如为河阳掌书记㉟时。所亲或规之，曰："公今受俸不少，而自奉若此，公虽自信清约，外人颇有公孙布被之讥㊱，公宜少从众㊲。"公叹曰："吾今日之俸，虽举家㊳锦衣玉食，何患不能！顾人之常情，由俭入奢易，由奢入俭难。吾今日之俸，岂能常存？一旦异于今日，家人习奢已久，不能顿㊴俭，必致失所。岂若吾居位去位、身存身亡常如一日乎㊵？"呜呼！大贤之深谋远虑，岂庸人所及哉！

御孙㊶曰："俭，德之共也；侈，恶之大也。"共，同也，言有德者皆由俭来也。夫俭则寡欲，君子寡欲，则不役于物㊷，可以直道而行；小人寡欲，则能谨身节用，远罪丰家㊸。故曰："俭，德之共也。"侈则多欲，君子多欲则贪慕富贵，枉道速祸㊹；小人多欲则多求妄用，败家丧身，是以居官必贿，居乡必盗。故曰："侈，恶之大也。"

昔正考父饘[45]粥以餬口，孟僖子知其后必有达人[46]；季文子相[47]三君，妾不衣帛，马不食粟，君子以为忠；管仲镂簋朱纮[48]，山楶藻棁[49]，孔子鄙其小器[50]；公叔文子享[51]卫灵公，史䲡知其及祸[52]，及戍[53]，果以富得罪出亡；何曾日食万钱[54]，至孙以骄溢倾家[55]；石崇以奢靡夸人[56]，卒以此死东市[57]；近世寇莱公[58]豪侈冠一时，然以功业大，人莫之非[59]，子孙习其家风，今多穷困。其余以俭立名、以侈自败者多矣！不可遍数，聊举数人以训汝，汝非徒[60]身当服行，当以训汝子孙，使知前辈之风俗[61]云。

【注释】

① 康：司马光的儿子。
② 寒家：清寒的家庭。
③ 世：一代接一代。
④ 羞赧（nǎn）：羞惭脸红。
⑤ 忝（tiǎn）：谦词，辱。
⑥ 闻喜宴：皇帝"赐"给新科进士的公宴。
⑦ 同年：同榜考取的人。
⑧ 垢弊：肮脏破烂的衣服。　矫俗干名：故意用不同流俗的姿态来猎取名誉。
⑨ 嗤（chī）：讥笑。　固陋：固执而不通达，寒伧。
⑩ 孔子称与其不逊也宁固：孔丘曾经说过："奢则不逊（骄傲），俭则固（寒伧），与其不逊也宁固。"意思是"奢""俭"都有一定的害处，但在抉择时，还是取后者。
⑪ 以约失之者鲜（xiǎn）矣：由于节约而造成过失的是很少的。鲜，少。
⑫ 异哉：真奇怪啊。
⑬ 蹑（niè）：穿。　丝履：丝织的鞋子。
⑭ 天圣：宋仁宗（赵祯）的年号（1023—1032）。
⑮ 先公：称死去的父亲，这里指司马池。　群牧：群牧司，宋朝中央掌管国家马匹的机构。　判官：官名。群牧司的最高长官是群牧使，判官的地位略低于群牧副使。
⑯ 行：斟酒一遍。
⑰ 脯（fǔ）：干肉。　醢（hǎi）：肉酱。
⑱ 非：责难。
⑲ 会数（shuò）：会晤频繁。　礼勤：礼节殷勤。
⑳ 内法：宫廷中酿酒的秘法。
㉑ 营聚：经营聚集。
㉒ 书：请帖。

㉓ 居位者：执政者。
㉔ 李文靖公：李沆（hàng），宋太宗、真宗时的宰相，文靖是他的谥号。
㉕ 治居第：造住宅。
㉖ 厅事：大厅。　旋马：牵马掉头转身。
㉗ 隘：狭窄。
㉘ 太祝、奉礼：太祝、奉礼郎，是掌管宗庙礼仪的两个官，属太常寺，常由功臣的子孙担任。
㉙ 参政鲁公：鲁宗道，宋真宗时为右正言（谏官，向皇帝提意见的官），后为谕德（太子的属官，负责教育太子）。宋仁宗时为参知政事（副宰相）。据《宋史·鲁宗道传》，宋真宗从酒馆把鲁宗道召来，当时鲁宗道已任谕德；司马光却说是他"为谏官"时的事情，互相不同。
㉚ 上：皇帝，这里指宋真宗（赵恒）。
㉛ 卿为清望官：你担任的是清望官（清高有名望的官职）。
㉜ 觞（shāng）之：备酒招待客人。
㉝ 无隐：说话坦率。
㉞ 张文节：张知白，宋真宗、仁宗时的宰相，文节是他的谥号。
㉟ 河阳：在今河南省孟州市西面。　掌书记：掌管一路军政、民政的机关中的僚属。
㊱ 公孙布被之讥：公孙弘，汉朝人，他把俸禄都供宾客花费，自己很俭省，用的被子也是布制的，但为人阴险，所以有人骂他这是奸诈行为。
㊲ 少从众：稍微附和一下众人行事。
㊳ 举家：全家。
㊴ 顿：立刻。
㊵ 这两句说：哪里能像我这样不论做不做官、在不在世，家中生活情况都是天天如此的好呢？
㊶ 御孙：春秋时鲁国人。
㊷ 不役于物：不受外物牵制、摆布。
㊸ 远罪丰家：远离法网，使家道丰盈。
㊹ 枉道：做事不合正道。　速祸：招致祸殃。
㊺ 正考父：春秋时宋国人，辅佐戴、武、宣三公，地位愈高行为愈检点。他是孔丘的祖先。　饘（zhān）：厚粥。
㊻ 孟僖子：春秋时鲁国大夫。　其后：指正考父的后代。　达人：显达的人。
㊼ 季文子：季孙行父，春秋时鲁国大夫，曾辅佐宣、成、襄三公，以忠俭著称，文是他的谥号。　相（xiàng）：辅助。
㊽ 管仲：春秋初期杰出的政治家，帮助齐桓公成为春秋时第一个霸主。　镂：刻上花纹。　簋（guǐ）：古代盛食物的圆形器物。　朱：涂上红彩。　纮（hóng）：古代帽子的系带。
㊾ 山棁（jié）：把柱子上端顶住横梁的方形木块（斗栱）刻成山的样子。　藻棁（zhuó）：大梁上画有水藻的短柱子。
㊿ 鄙其小器：鄙视他见识小。
㉛ 公叔文子：公叔发，春秋时卫国大夫。　享：宴请。
㉜ 史䲡（qiū）：春秋时卫国大夫。　及祸：要招灾了。
㉝ 戌（xū）：公叔文子的儿子。
㉞ 何曾：西晋时的宰相，生活奢侈。日食万钱：每天吃饭要花万钱。
㉟ 骄溢：骄傲狂妄。
㊱ 石崇：晋朝人。　以奢靡夸人：指石崇与同时贵族王恺、羊琇斗富的事。
㊲ 卒：终于。　死东市：被杀。
㊳ 寇莱公：寇准，宋朝名相，封莱国公。
㊴ 莫之非：不去非难他。
㊵ 非徒：不但。
㊶ 风俗：风尚。

【简析】

司马光以他俭朴的作风,取得了当时和后世士大夫的赞扬。他这篇给儿子的家训,详细地阐发了"以俭素为美"的原则。

文章写得非常亲切,既有议论,又有许多正反两方面的具体实例,加强了说服力。

曾 巩

曾巩（1019—1083），字子固，建昌南丰（今江西省南丰县）人。宋仁宗（赵祯）时考取进士后，在中央史馆中做官，不久出任通判（州府行政长官的助理）和刺史（州府行政长官），最后官至中书舍人（审阅公事、草拟有关诏令的官吏）。他在史馆任职时，曾整理校勘《战国策》《说苑》《新序》《列女传》等古代典籍。他的文章很早就得到欧阳修的称许和推崇，后来成为北宋著名的散文家。

寄欧阳舍人①书

巩顿首再拜舍人先生：去秋人还，蒙赐书，及所撰先大父②墓碑铭，反复观诵，感与惭并③。夫铭志之著于世，义近于史，而亦有与史异者。盖史之于善恶，无所不书；而铭者盖古之人有功德才行志义之美者，惧后世之不知，则必铭而现之，或纳于庙④，或存于墓，一也⑤。苟⑥其人之恶，则于铭乎何有⑦？此其所以与史异也。其辞之作，所以使死者无有所憾，生者得致其严⑧。而善人喜于见传，则勇于自立；恶人无有所纪，则以愧而惧。至于通材达识，义烈节

寄歐陽舍人書

鞏頓首再拜舍人先生去秋人還蒙賜書及所譔先大父墓碑銘反覆觀誦感與慚幷夫銘誌之著於世義近於史而亦有與史異者蓋史之於善惡無所不書而銘者蓋古之人有功德材行志義之美者懼後世之不知則必銘而見之或納於廟或存於墓一也苟其人之惡則於銘乎何有此其所以與史異也其辭之作所以使死者無所憾生者得致其嚴而善人喜於見傳則勇於自立惡人無有所紀則以媿而懼至於通材達識義烈節士嘉言善狀皆見於篇則足為後法警勸之道非近乎史其將安近及世之衰人之子孫一欲褒揚其親而不本乎理故雖惡人皆務勒銘以誇後世立言者既莫之拒而不為又以其子孫之所請也書其惡焉則人情之所不得於是乎銘始不實後之作銘者當觀其人苟託之非人則書之非公與是則不足以行世而傳後故千百年來公卿大夫至於里巷之士莫不有銘而傳者蓋少其故非他託之非人書之非

寄歐陽舍人書

策經義必使之人占一經亦是良法子固兩心經世如此己不得行而惓惓以望之當事者固聖賢之用必也但以王安石之為人惡力鷙之以為有補於天下則意其知言知人之功當有未至者歟

曾鞏《寄歐陽舍人書》《唐宋八大家文鈔》書影

士,嘉言善状,皆见于篇,则足为后法。警劝之道,非近乎史,其将安近[9]?

及世之衰,人之子孙者,一欲[10]褒扬其亲,而不本乎理。故虽恶人,皆务勒[11]铭,以夸后世。立言者既莫之拒而不为,又以其子孙之所请也,书其恶焉,则人情之所不得,于是乎铭始不实。后之作铭者,常观其人[12],苟托之非人,则书之非公与是[13],则不足以行世而传后。故千百年来,公卿大夫至于里巷之士,莫不有铭,而传者盖少,其故非他,托之非人,书之非公与是故也。

然则孰为其人,而能尽公与是欤?非蓄道德而能文章者,无以为也。盖有道德者之于恶人,则不受而铭之,于众人则能辨焉。而人之行,有情善而迹非[14],有意奸而外淑[15],有善恶相悬而不可以实指[16],有实大于名,有名侈[17]于实,犹之用人,非蓄道德者,恶[18]能辨之不惑,议之不徇[19]?不惑不徇,则公且是矣!而其辞之不工,则世犹不传,于是又在其文章兼胜焉。故曰:非蓄道德而能文章者,无以为也,岂非然哉[20]!

然蓄道德而能文章者,虽或并世[21]而有,亦或数十年或一二百年而有之,其传之难如此,其遇之难又如此。若先生之道德文章,固所谓数百年而有者也。先祖之言行卓卓[22],幸遇而得铭,其公与是,其传世行后无疑也。而世之学者,每观传记所书古人之事,至其所可感,则往往矗然㉓不知涕之流落也,况其子孙也哉!况巩也哉!其追睎㉔祖德,而思所以传之之由㉕,则知先生推一赐㉖于巩,而及其三世㉗,其感与报,宜若何而图㉘之?

抑又思若巩之浅薄滞拙㉙,而先生进㉚之;先祖之屯蹶否塞㉛以死,而先生显㉜之,则世之魁宏豪杰不世出㉝之士,其谁不愿进于门㉞?潜遁幽抑之士㉟,其谁不有望于世?善谁不为?而恶谁不愧以惧?为人之父祖者,孰不欲教其子孙?为人之子孙者,孰不欲宠荣其父祖?此数美者,一归于先生!既拜赐之辱㊱,且敢进㊲其所以然。所谕世族之次㊳,敢不承教而加详㊴焉。愧甚,不宣㊵,巩再拜。

【注释】

① 欧阳舍人:欧阳修,当时他任中书舍人。
② 先大父:称已死的祖父,这里指曾致尧。他五代时不肯出来做官,入宋朝后,官至吏部郎中(隶属吏部的曹司长官,掌管官吏的调派)。
③ 感与惭并:既感激又惭愧。
④ 纳于庙:放在家庙里。
⑤ 一也:它的用意只是一个。
⑥ 苟:假若。
⑦ 于铭乎何有:有什么可铭志的呢?
⑧ 致其严:表示他的尊敬。
⑨ 非近乎史,其将安近:不近于史传,那么近于什么呢?
⑩ 一欲:都希望,只想要。
⑪ 勒:刻。
⑫ 人:指写墓志铭的人。
⑬ 公与是:公正与正确。
⑭ 情善:内心善良。 迹非:事迹不怎么好。
⑮ 意奸:内心刁恶。 外淑:外表善良。
⑯ 善恶相悬而不可以实指:有善有恶,但善恶很悬殊,很难确凿指出来。
⑰ 侈:超过。
⑱ 恶(wū):怎么。
⑲ 徇(xùn):袒护。
⑳ 岂非然哉:难道不是这样吗?
㉑ 并世:同时代。
㉒ 卓卓:优异特出。
㉓ 矗(xì)然:悲伤痛苦的样子。
㉔ 睎(xī):仰慕。
㉕ 由:原因。
㉖ 一赐:赐予一件事物。指替他祖父写墓志铭。
㉗ 三世:指从自己到祖父共三代。

㉘ 图：图谋、考虑（报答）。
㉙ 滞拙：愚笨。
㉚ 进：提携奖掖。
㉛ 屯蹶否（pǐ）塞：境遇不顺利。
㉜ 显：揄扬。
㉝ 魁宏：心胸宏伟。　不世出：不常出。
㉞ 进于门：进于（欧阳修）门下。
㉟ 潜遁幽抑之士：指隐士。
㊱ 辱：感到惭愧的意思，这里是一般表示客气的应酬语。
㊲ 进：上达、进言。
㊳ 所谕世族之次：指欧阳修在《与曾巩论氏族书》里讨论曾氏家系的次序。
㊴ 承教：遵照你的指示。　加详：加以审核研究。
㊵ 不宣：也不尽述了。

【简析】

　　欧阳修替曾巩的祖父做过一篇墓志铭，这是曾巩写给他的感谢信，信中反映了古代社会里的某种习俗和人们的虚荣心理。

　　曾巩文风的特点是冲和平淡，致力于布局的完整和谨严。这篇文章就是一个例证。文章先从铭文和史传的异同说起，突出铭文对于教化的重要意义；然后慨叹在当时不良的社会风气下，切合事实、值得传世的铭文不可多得；再论述写作传世铭文必须具备道德修养和词章技巧；这才渐渐说到本题，表达了他对欧阳修的感激和钦佩。文章的节奏舒缓不迫，然而转折很多，最后才归结到主旨；这和那种开门见山、单刀直入的写法是各异其趣的。

墨 池 记

　　临川①之城东，有地隐然②而高，以临于溪，曰新城。新城之上，有池洼然③而方以长，曰王羲之④之墨池者，荀伯子《临川记》⑤云也。羲之尝慕张芝临池学书⑥，池水尽黑，此为其故迹，岂信然⑦耶？

　　方羲之之不可强以仕⑧，而尝极⑨东方，出沧海⑩，以娱其意于山水之间。岂有徜徉肆恣⑪，而又尝自休于此耶⑫？羲之之书⑬，晚⑭乃善；则其所能⑮，盖亦以精力自致⑯者，非天成也。然后世未有能及者，岂其学不如彼耶？则学固岂可以少哉！况欲深造道德⑰者耶？

　　墨池之上，今为州学舍⑱。教授王君盛恐其不彰⑲也，书"晋王右军墨池"之六字于楹间以揭⑳之，又告于巩曰："愿有记！"

　　推㉑王君之心，岂爱人之善，虽一能㉒不以废，而因以及乎其迹㉓耶？其亦欲推其事㉔，以勉其学者耶？夫人之有一能，而使后人尚㉕之如此，况仁人庄士之遗风余思，被㉖于来世者何如哉！庆历八年㉗九月十二日，曾巩记。

【注释】

① 临川：宋朝江南西路抚州治所，在今江西省抚州市。
② 隐然：高起的样子。
③ 洼然：低深的样子。
④ 王羲之：晋朝的著名书法家。
⑤ 荀伯子：南朝宋人，在临川内史（掌管民政的官）任上，曾作《临川记》六卷。
⑥ 张芝：东汉人，擅长草书，被称为"草圣"。王羲之在给朋友的信中，曾经说道："张芝临池学书，池水尽黑，使人耽（dān）之若是，未必后之也。"（假使人们像张芝那样尽心于书法的话，未必赶不上他的。）
⑦ 信然：可靠。
⑧ 方：当。 强（qiǎng）以仕：勉强他做官。
⑨ 极：游遍。
⑩ 出沧海：指出海。
⑪ 徜徉（cháng yáng）：游逛。 肆恣：自由放纵，不受拘束。
⑫ 这两句说：莫非他在流连光景、纵情山水时，曾在这儿停留过？
⑬ 书：书法。
⑭ 晚：晚年。
⑮ 能：擅长。
⑯ 以精力自致：用自己的精力去努力达到的。
⑰ 深造道德：使在品德方面造就很高。
⑱ 州学舍：指抚州官学的校舍。
⑲ 教授：宋朝路学、州学中主管教育的官员。 不彰：不为人们所知道。
⑳ 楹（yíng）：房屋前面的柱子。 揭：悬挂。
㉑ 推：推究。
㉒ 一能：一技之长。
㉓ 迹：故迹。
㉔ 其：第一个"其"，转折连词。 推其事：推广王羲之的勤学苦练的事迹。
㉕ 尚：推重。
㉖ 被：影响到。
㉗ 庆历八年：公元1048年。庆历，宋仁宗（赵祯）的年号（1041—1048）。

【简析】

　　这篇短记没有很多的景物描写，实际上是一篇形式较为特殊的议论文。他围绕著名书法家王羲之的一件细小而感人的遗闻佚事，说明他的书法艺术的造诣并非"天成"，而是刻苦学习的结果，并进一步说明应该通过学习提高道德修养。文章写得精练而富有含蓄，主题一经点明，就戛然而止，给读者留下思索的余地。

王安石

王安石(1021—1086),字介甫,抚州临川(今江西省抚州市)人。他出身于寒素的地主家庭,很早就有改革弊政的理想和意志。宋仁宗(赵祯)时,考中进士。在做江、浙等地州县官吏的先后十多年间,在局部地区内推行他的革新措施,显示出不凡的政治才干。宋神宗(赵顼 xù)时,被任为参知政事(副宰相),领导了历史上著名的变法运动。但遭到以司马光为代表的保守派的激烈反对,被迫辞职。神宗死后,旧党执政,新法便被全部废弃,他忧愤而死。王安石又是宋朝杰出的诗人和散文家,也有少许词作。

本朝百年无事劄子①

臣前蒙陛下问及本朝所以享国百年,天下无事之故。臣以浅陋,误承圣问②,迫于日晷③,不敢久留,语不及悉④,遂辞而退。窃惟念⑤圣问及此,天下之福,而臣遂无一言之献,非近臣⑥所以事君之义,故敢昧冒⑦而粗有所陈。

伏惟太祖,躬上智独见⑧之明,而周知人物之情伪;指挥付托,必尽其材;变置施设,必当其务。故能驾驭⑨将帅，训齐⑩士卒；外以捍夷狄⑪，内以平中国⑫；于是除苛赋，止虐刑，废强横之藩镇⑬，诛贪残之官吏。躬⑭以简俭为天下先，其于出政发令之间，一以安利元元⑮为事。太宗承之以聪武，真宗守之以谦仁，以至仁宗、英宗，无有逸德⑯。此所以享国百年，而天下无事也。

仁宗在位，历年最久，臣于时实备从官⑰，施为本末⑱，臣所亲见，尝试为陛下陈其一二，而陛下详择其可，亦足以申鉴于方今⑲。伏惟仁宗之为君也，仰畏天，俯畏人；宽仁恭俭，出于自然，而忠恕诚悫⑳，终始如一；未尝妄兴一役，未尝妄杀一人，断狱务在生㉑之，而特恶㉒吏之残扰，宁屈己弃财于夷狄㉓，而终不忍加兵；刑平而公；赏重而信；纳用谏官御史，公听并观㉔，而不蔽于偏至之谗㉕；因任众人耳目，拔举疏远㉖，而随之以相坐之法㉗。盖监司之吏以至州县㉘，无敢暴虐残酷，擅有调发㉙以伤百姓，自夏人㉚顺服，蛮夷遂无大变，边人父子夫妇，得免于兵死，而中国之人，安逸蕃息，以至今日者，未尝妄兴一役，未尝妄杀一人，断狱务在生之，而特恶吏之残扰，宁屈己弃财于夷狄，而不忍加兵之效也。大臣贵戚，左右近习㉛，莫敢强横犯法，其自重慎，或甚于闾巷之人㉜，此刑平而公之效也。募天下骁雄横猾㉝以为兵，几至百万，非有良将以御㉞之，而谋变者辄㉟败；聚天下财物，虽有文籍㊱，委之府史，非有能吏以钩考㊲，而断盗者㊳辄发；凶年饿岁，流者㊴填道，死者相枕㊵，而寇攘者㊶辄得；此赏重而信之效也。大臣贵戚，左右近习，莫能大擅威福，广私货赂，一有奸慝㊷，随辄上闻，贪邪横猾，虽间或见用，未尝得久，此纳用谏官御史、公听并观、而不蔽于偏至之谗之效也。自县令京官以至监司台阁㊸，升擢㊹之任，虽不皆得人，然一时之所谓才士，亦罕蔽塞而不见收举㊺者，此因任众人之耳目、拔举疏远、而随之以相坐之法之效也。升遐㊻之日，天下号恸㊼，如丧考妣㊽，此宽仁恭俭出于自然、忠恕诚悫终始如一之效也。

然本朝累世因循末俗㊾之弊，而无亲友群臣之议，人君朝夕与处，不过宦官女子，出而视事，又不过有司之细故㊿，未尝如古大有为之君，与学士大夫讨论先王之法，以措之[51]天下也。一切因任自然之理势[52]，而精神之运[53]，有所不加；名实[54]之间，有所不察；君子非不见贵，然小人亦得厕[55]其间；正论非不见容，然邪说亦有时而用；以诗赋记诵求天下之士，而无学校养成之法；以科名资历叙朝廷之位，而无官司课试之方；监司无检察之人，守将非选择之吏；转徙之亟[56]，既难于考绩，而游谈之众[57]，因得以乱真[58]；交私养望者[59]，多得显官[60]，独立营职者[61]，或见排沮[62]。故上下偷惰取容而已，虽有能者在职，亦无以异于庸人。农民坏于徭役，而未尝特见救恤，又不为之设官，以修其水土之利；兵士杂于疲老，而未尝申敕㊿训谏，又不为之择将，而久其疆埸之权㊿；宿卫㊿则聚卒伍无赖之人，而未有以变五代姑息羁縻㊿之俗；宗室则无教训选举之实，而未有以合先王亲疏隆杀之宜㊿。其于理财，大抵无法，故虽俭约，而民不富，虽忧勤，而国不强。赖非夷狄昌炽之时，又无尧、汤水旱之变㊿，故天下无事，过于百年，虽曰人事，亦天助也。盖累圣㊿相继，仰畏天，俯畏人，宽仁恭俭，忠恕诚悫，此其所以获天助也。

伏惟陛下，躬上圣之质㊿，承无穷之绪㊿，知天助之不可常恃，知人事之不可怠终㊿，则大有为之时，正在今日。臣不敢辄废将明之义㊿，而苟逃讳忌之诛㊿，伏惟陛下，幸赦而留神，则天下之福也。取进止㊿。

【注释】

① 劄（zhá）子：旧时代的一种公文。
② 误承："辱蒙"的意思。　圣问：皇帝下问。
③ 迫于日晷（guǐ）：迫于时间短促。日晷，按照日影移动来测定时刻的仪器。
④ 悉：详尽。
⑤ 窃惟念：我私下在想。这和下文"伏惟"一样，都是旧时下对上表示敬意的用语。
⑥ 近臣：被亲近的大臣。当时王安石任翰林学士，是侍从官。
⑦ 昧冒：就是"冒昧"。
⑧ 躬：本身具有。　上智：极高的智慧。　独见：独到的见解。
⑨ 驾驭（yù）：统率、指挥。
⑩ 训齐：使人齐心合力。
⑪ 捍：抵抗。　夷狄：旧时对少数民族的侮辱性的称呼。这里指契丹、西夏。
⑫ 中国：指中原地带。
⑬ 废强横之藩镇：指宋太祖利用"杯酒释兵权"的手段，解除了禁军将领石守信、节度使（藩镇）王彦超等的兵权。
⑭ 躬：亲自，与上面的"躬"字意思稍有区别。
⑮ 安利元元：使老百姓得到平安和好处。元元，老百姓。
⑯ 逸德：失德。
⑰ 实备从官：王安石在宋仁宗时曾任知制诰（负责起草国家的诏令），是皇帝的侍从官。

⑱ 施为本末：一切措置的经过和原委。
⑲ 申鉴于方今：引申来作为当前措施的借鉴。
⑳ 诚悫（què）：诚恳。
㉑ 生：开脱。
㉒ 恶（wù）：厌恨。
㉓ 弃财于夷狄：指用献币纳绢的办法向契丹等北方民族统治者屈服妥协。这是替宋仁宗曲为辩解的话。
㉔ 公听并观：多听多看。
㉕ 偏至之谗：片面的谗言。
㉖ 拔举疏远：提拔、起用疏远的人。
㉗ 相坐之法：被推荐的人如果后来失职，推荐人便要受罚。
㉘ 监司之吏：监察州郡的官员。宋朝设置诸路转运使、安抚使、提点刑狱、提举常平四司，兼有监察的职责，称为监司。　州县：指地方官员。
㉙ 调发：征调。
㉚ 夏人：西夏，当时据有西北地区。
㉛ 左右近习：皇帝周围亲近的人。
㉜ 闾巷之人：平民百姓。
㉝ 骁（xiāo）雄横猾：勇猛强暴而奸诈的人。
㉞ 御：统率、管理。
㉟ 辄（zhé）：就。
㊱ 文籍：账册。
㊲ 钩考：查核。
㊳ 断盗者：贪污中饱的人。
㊴ 流者：流亡的人。
㊵ 死者相枕：尸体枕着尸体。
㊶ 寇攘（rǎng）者：强盗。
㊷ 奸慝（tè）：奸邪的事情。
㊸ 台阁：执政大臣。
㊹ 升擢（zhuó）：提升。
㊺ 罕：少有。　收举：任用。
㊻ 升遐（xiá）：对皇帝（这里指宋仁宗）死亡的讳称。
㊼ 号恸（tòng）：痛哭。
㊽ 考妣（bǐ）：称已死的父母。
㊾ 累（lěi）世：世世。　因循末俗：保守着旧习俗。
㊿ 有司之细故：官吏们细小的事情。
(51) 措之：把它实施到。
(52) 自然之理势：客观形势。
(53) 精神之运：主观努力。
(54) 名实：名目和实效。
(55) 厕：参与。
(56) 转徙：调动官职。　亟（qì）：频繁。
(57) 游谈之众：夸夸其谈的人。
(58) 乱真：混作真有才干的人。
(59) 交私养望者：私下勾结、猎取声望的人。
(60) 显官：显要的官职。
(61) 独立营职者：不靠别人，勤于职守的人。
(62) 排沮：排挤、压抑。
(63) 申敕（chì）：发布政府的命令，这里引申为告诫、约束的意思。
(64) 久其疆埸（yì）之权：让他（指武将）长期在外担任武职的意思。疆埸，指战场。
(65) 宿卫：禁卫军。
(66) 五代：指梁、唐、晋、汉、周五个朝代（907—960）。　姑息羁（jī）縻：纵容笼络，胡乱收编的意思。
(67) 亲疏隆杀（shài）之宜：亲近或疏远、恩宠或冷落的区别原则。
(68) 尧、汤水旱之变：相传尧时有九年的水患，商汤时有五年的旱灾。
(69) 累（lěi）圣：指的是前面提到的太祖、太宗、真宗、仁宗、英宗各帝。
(70) 躬上圣之质：具备最圣明的资质。
(71) 承无穷之绪：继承永久无穷的帝业。绪，传统。
(72) 不可怠终：不可能轻忽马虎一直拖到最后。意思是最后要酿成大祸。
(73) 将明之义：实施和说明的职责。将，实施。明，辨明。
(74) 苟：苟且。　讳忌之诛：因触犯皇帝忌讳而应该受到的惩罚。
(75) 取进止：这是写给皇帝奏章的套语，意思是，请对我的意见的可否、是非作出决定。

【简析】

　　这篇文章可分两个部分：前一部分叙述并解释了宋初百余年间太平无事的情况和原因；后一部分却尖锐地揭示了当时危机四伏的社会情况，这是全文的重心，前一部分是为了反衬和突出这一部分服务的。目的在于向宋神宗说明变法改革的必要性和迫切性。王安石详细地分析了当时臃肿瘫痪的官僚机构，指出了农民贫困痛苦、军队软弱无力和财政空虚困难等社会危机，表现了他对现实政治的敏锐的观察和清醒的认识；同时表明他的主张变法，只是在封建制度内部对某些环节作些改革和调整，进而达到巩固赵宋王朝统治的目的。这篇劄子写于宋神宗熙宁元年（1068），对第二年开始的变法运动而言，无异吹起了一支前奏曲。

答司马谏议^①书

某启^②：昨日蒙教^③，窃以为与君实^④游处相好之日久，而议事每不合，所操之术^⑤多异故也。虽欲强聒^⑥，终必不蒙见察，故略上报^⑦，不复一一自辨；重念蒙君实视遇厚^⑧，于反复不宜卤莽^⑨，故今具道所以^⑩，冀君实或见恕也。

盖儒者^⑪所争，尤在于名实^⑫。名实已明，而天下之理得^⑬矣。今君实所以见教者，以为侵官、生事、征利、拒谏，以致天下怨谤也。某则以为受命于人主^⑭，议法度^⑮而修之于朝廷，以授之于有司^⑯，不为侵官；举先王之政，以兴利除弊，不为生事；为天下理财，不为征利；辟邪说^⑰，难壬人^⑱，不为拒谏；至于怨诽之多，则固前知其如此也。人习于苟且非一日^⑲，士大夫多以不恤^⑳国事、同俗自媚于众^㉑为善。上^㉒乃欲变此，而某不量敌之众寡，欲出力助上以抗之，则众何为而不汹汹！然盘庚之迁^㉓，胥怨者民也^㉔，非特朝廷士大夫而已。盘庚不为怨者故改其度^㉕；度义^㉖而后动，是^㉗而不见可悔故也。

如君实责我以在位久，未能助上大有为，以膏泽斯民㉘，则某知罪矣；如曰今日当一切不事事㉙，守前所为㉚而已，则非某之所敢知㉛。无由会晤，不任区区向往之至㉜。

【注释】

① 司马谏议：司马光，他当时任右谏议大夫（向皇帝提意见的官）。
② 某：自称。这是在草稿或文集里代替自己名字的，在正式的信上，就要写上"安石"字样。 启：写信说明事情。
③ 蒙教：承您指教，指接到来信。
④ 窃：私意。这是表示敬意的谦辞。 君实：司马光的字。
⑤ 术：指政治方略。
⑥ 强聒（guō）：硬在耳边罗苏，强作解说。聒，语声嘈杂。
⑦ 略：简略。 上报：给您写回信。司马光先写了一封三千多字的信给王安石，王安石只简略地写了封回信，不跟他一一辩论。司马光又写第二封信给王安石，王安石这才写了这封信。
⑧ 重（chóng）念：再三想想。 视遇厚：待我很好。
⑨ 于反复：指书信往来。 卤（lǔ）莽：简慢无礼。
⑩ 具道：详细说明。 所以：原委。
⑪ 儒者：泛指一般士大夫。
⑫ 名实：名目和实际。
⑬ 得：得到，指获得对天下之理的正确认识。
⑭ 受命于人主：接受皇帝的委任。
⑮ 议法度：讨论、审定国家的法令制度。
⑯ 有司：负有专责的官员。
⑰ 辟邪说：驳斥不正确的言论。
⑱ 难（nàn）：责难。 壬人：巧辩谄媚的坏人。
⑲ 人习于苟且非一日：一般人习惯于苟且偷安已经不是一天了。
⑳ 恤（xù）：关心。
㉑ 同俗自媚于众：附和世俗来讨好众人。
㉒ 上：皇帝，这里指宋神宗（赵顼 xù）。
㉓ 盘庚：商朝的一个君主。 迁：迁都。商原来建都在黄河以北，常有水灾，所以盘庚决定迁都亳（bó）京（在今河南省偃师市西）。
㉔ 胥怨：相怨。一般百姓起初都反对迁都，后来盘庚说服了他们，终于在亳京定居下来。
㉕ 改其度：改变他原来的计划。
㉖ 度（duó）义：考虑是否合理。度，考虑，做动词用。前面"改其度"的"度"是名词。
㉗ 是：认为做得对。
㉘ 膏泽：施恩惠。 斯民：此民，指当时的老百姓。
㉙ 一切不事事：什么事都不做。事事，做事。前一"事"字是动词，后一"事"字是名词。
㉚ 守前所为：按照老规矩办事。
㉛ 所敢知：愿意领教的。
㉜ 不任区区向往之至：这是旧时写信的客套话，意思是私心不胜仰慕。不任，受不住，形容情意的深重。区区，诚恳。向往，仰慕。

【简析】

关于王安石变法的时代背景，前面选的《本朝百年无事劄子》中已经有所说明。王安石变法的内容，大致可分为理财和整军两大类。王安石企图通过农田水利法、青苗法、免役法、方田均税法、市易法、均输法、保甲法、保马法、置将法和设军器监等措施，来达到富国强兵、巩固政权的目的。然而他的变法引起了反对派的猛烈攻击，司马光就是这个反对派的领袖。

宋神宗熙宁三年（1070），正当新法在激烈的斗争中迅速推行的时候，司马光一方面要求皇帝取消"青苗法"，一方面以老朋友的资格，用劝勉、威胁的语调，写信给王安石，意欲阻挠改革。他认为王安石特设"制置三司（盐铁、户部、度支）条例司"（主持新法的总机关），是侵犯其他官员的职权；派遣官吏到各地去推行新法是惹是生非；"青苗法"等只是征敛财富的手段；又指责王安石对保守派意见拒不接受。这就是所谓"侵官、生事、征利、拒谏"四大"罪状"。

王安石在回信中对司马光的四点责难，逐一加以批驳；尤其对"怨诽之多"的原因详加剖析，犀利有力，痛快淋漓。最后对司马光"未能大有为"的责备，明说"知罪"，实是巧妙地反戈一击。信中充满了对保守派毫不妥协的斗争精神，表达了作者对改革的坚决意志。

游褒禅山[①]记

褒禅山亦谓之华山,唐浮图慧褒始舍于其址[②],而卒葬之[③],以故其后名之曰"褒禅[④]"。今所谓慧空禅院者,褒之庐冢[⑤]也。距其院东五里,所谓华山洞者,以其乃华山之阳[⑥]名之也。距洞百余步[⑦],有碑仆道[⑧],其文漫灭[⑨],独其为文犹可识,曰"花山"[⑩]。今言"华"如"华实"之"华"者,盖音谬也[⑪]。

其下平旷,有泉侧出[⑫],而记游者[⑬]甚众,所谓"前洞"也。由山以上五六里,有穴窈然[⑭],入之甚寒,问其深,则其好游者不能穷也[⑮],谓之"后洞"。余与四人拥火[⑯]以入,入之愈深,其进愈难,而其见愈奇。有怠[⑰]而欲出者,曰:"不出,火且[⑱]尽。"遂与之俱出。盖予所至,比好游者尚不能十一[⑲],然视其左右,来而记之者已少。盖其又深,则其至又加少矣。方是时[⑳],予之力尚足以入,火尚足以明[㉑]也。既其出,则或咎[㉒]其欲出者,而予亦悔其随之,而不得极夫[㉓]游之乐也。

于是予有叹焉。古人之观于天地、山川、草木、虫鱼、鸟兽,往往有得[㉔],以其求思之深而无不在也[㉕]。夫

遊襃禪山記

襃禪山亦謂之華山唐浮圖慧襃始舍於其址而卒葬之以故其後名之曰襃禪今所謂慧空禪院者襃之廬冢也距其院東五里所謂華山洞者以其乃華山之陽名之也距洞百餘步有碑仆道其文漫滅獨其為文猶可識曰花山今言華如華實之華者蓋音謬也其下平曠有泉側出而記遊者甚衆所謂前洞也由山以上五六里有穴窈然入之甚寒問其深則其好遊者不能窮也謂之後洞余與四人擁火以入入之愈深其進愈難而其見愈奇有怠而欲出者曰不出火且盡遂與之俱出蓋予所至比好遊者尚不能十一然視其左右來而記之者已少蓋其又深則其至又加少矣方是時予之力尚足以入火尚足以明也既其出則或咎其欲出者而予亦悔其隨之而不得極夫遊之樂也於是予有

王安石《游襃禪山記》《王文公文集》書影（宋刻本）

夷以近㉖，则游者众；险以远，则至者少。而世之奇伟、瑰怪㉗、非常之观㉘，常在于险远，而人之所罕至㉙焉。故非有志者，不能至也；有志矣，不随以止也，然力不足者，亦不能至也；有志与力，而又不随以怠，至于幽暗昏惑而无物以相之㉚，亦不能至也。然力足以至焉㉛，于人为可讥，而在己为有悔；尽吾志也而不能至者，可以无悔矣，其孰能讥之乎？此予之所得也。

余于仆碑，又以悲㉜夫古书之不存，后世之谬其传而莫能名者，何可胜道也哉㉝！此所以学者不可以不深思而慎取㉞之也。

四人者：庐陵萧君圭君玉㉟，长乐王回深父㊱，余弟安国平父㊲、安上纯父㊳。

至和元年㊴七月某日，临川王某㊵记。

【注释】

① 褒（bāo）禅山：在今安徽省含山县北。
② 浮图：梵文（印度古文字）的译音，也译作"浮屠"，有佛、佛教徒或佛塔等不同意义，这里指佛教徒（和尚）。慧褒：唐朝著名的和尚。他因喜爱含山县北的山林之美，筑室定居。 舍：作动词用，盖房子居住。
③ 卒葬之：最终葬在那里。卒，跟上面的"始"字照应，作"最后"讲，不作"死"讲。
④ 禅：原为梵文"禅那"的省称，后来泛指与佛教有关的人和物，如禅寺、禅院等。
⑤ 庐冢（zhǒng）：庐舍（禅房）和坟墓。
⑥ 阳：山的南面。
⑦ 步：古代的一种长度单位，这里泛指脚步的步。
⑧ 仆（pū）道：倒在路上。
⑨ 文：指成篇的文章。后面"其为文"的"文"，指碑上残存的文字。 漫灭：指碑文剥蚀，模糊不清。
⑩ 这两句说：只有从碑文残留的个别文字中还可以辨认出"花山"两字。
⑪ 这两句大意是，现在把"华山"的"华"，念作"华实"的"华"（huá），看来是读错了字音，应该读作"花"。盖，大概是。
⑫ 有泉侧出：有股泉水从平旷地旁流出。
⑬ 记游者：指在洞壁上题字留念的人。
⑭ 窈（yǎo）然：幽深的样子。

312

⑮ 好（hào）游者：喜欢游览的人。穷：尽，指走到洞的尽头。
⑯ 拥火：举着火把。
⑰ 怠：急惰，指懒于前进。
⑱ 且：将要、快要。
⑲ 不能十一：不到十分之一。
⑳ 方是时：正当从洞里退出的时候。
㉑ 明：照明。
㉒ 咎（jiù）：责怪。
㉓ 极：尽，这里是尽兴的意思。　夫：指示代词，当"这次"讲。
㉔ 有得：有心得。
㉕ 这句说：这是因为他们思考问题深刻而且处处都能深思的缘故。求思，探求、思索。而，且。
㉖ 夷以近：指道路平坦而且近。
㉗ 瑰（guī）怪：壮丽奇异。
㉘ 非常之观：普通很难看到的景物。
㉙ 罕至：很少到达。
㉚ 无物以相（xiàng）之：没有外物帮助他。相，辅助。

㉛ 然力足以至焉：然而能力足够达到。这句下面省去"而不能至"之类的话。
㉜ 以：因。　悲：感叹。
㉝ 这两句说：后世人以讹传讹、不能弄清真相的事情，哪里能说得完呢！名，作动词用，把事理指明、称引出来。胜（shēng），尽，完全。
㉞ 慎取：慎重采用。
㉟ 庐陵：今江西省吉安市。　萧君圭君玉：萧君圭，字君玉，生平不详。
㊱ 长乐：郡治在今福建省闽侯县。　王回深父：王回，字深父，宋朝理学家。
㊲ 安国平父：王安国，字平父。
㊳ 安上纯父：王安上，字纯父，王安石最小的弟弟。
㊴ 至和元年：公元1054年。至和，宋仁宗（赵祯）的年号（1054—1056）。
㊵ 王某：王安石自称。这是在草稿或文集里代替自己名字的，在正式的文章里，就要写上"王安石"字样。

【简析】

　　这是一篇通过记游而进行说理的散文。作者阐发了两点意见：一是反对浅尝辄止，半途而废，提倡深入探索，百折不回。他提出必须有理想、有能力、有客观物质条件的配合，才能做到这一点。二是从所见残碑引出议论，认为古代文献资料有不足，以讹传讹很常见，因而必须"深思"、"慎取"。这两点都是从治学的角度来论述的，其实对其他工作也有一些启发意义。

　　文章把记游和说理结合得紧密自然，既使抽象的道理生动、形象，又使具体的记事增加思想深度。同时，上述两层意思并不平列叙述，而是以前者为主，后者为从，文章的整个布局就显得灵活有变化。

读孟尝君①传

世皆称孟尝君能得士②，士以故归之③，而卒赖其力以脱于虎豹之秦④。嗟乎！孟尝君特鸡鸣狗盗⑤之雄耳，岂足以言得士！不然，擅⑥齐之强，得一士焉，宜可以南面而制秦⑦，尚何取鸡鸣狗盗之力哉？夫鸡鸣狗盗之出其门，此士之所以不至也。

【注释】

① 孟尝君：田文，战国时齐国的贵族。他家里养了几千个食客。
② 得士：指孟尝君能"礼贤下士"，与"士"相得。
③ 归之：投奔他（孟尝君）。
④ 虎豹之秦：像虎豹一样残暴的秦国。不少封建历史家笼统地把秦国诬称为"暴秦"，王安石在这里沿袭了这一观点。
⑤ 特：不过。 鸡鸣狗盗：孟尝君曾在秦国做"人质"，他求秦昭王的宠妃设法放他回国。那位宠妃要他拿早已送给昭王的一件狐裘作为报酬。孟尝君手下一个会学狗叫的人，在夜里潜入宫中把狐裘偷了出来，献给那位宠妃，使他们得以释放、逃走。他们逃到函谷关，已是夜半，但按规定，关门要等鸡啼时才开，而后面追兵将到；这时，孟尝君手下另一个会学鸡叫的食客，赚开了关门，他们便逃回齐国。
⑥ 擅：拥有。
⑦ 南面而制秦：使秦国的国王向齐国的国王朝拜称臣。南面，古代国君的座位是向南的，这里是称帝的意思。制，制服。

【简析】

这篇短文是对《史记·孟尝君列传》的读后感。用意是说明"士"必须具有经世济时的雄才大略，那些"鸡鸣狗盗"的欺诈之徒是不配这个高贵称号的，从侧面反映了作者自己的气魄和自负的态度。这篇九十字的短论，写得抑扬反复而转折有力，只用三句话就驳倒世俗的一般看法，给人以一种显豁的新鲜感觉。

伤 仲 永

　　金溪①民方仲永，世隶耕②。仲永生五年，未尝识书具③；忽啼求之。父异焉。借旁近④与之，即书⑤诗四句，并自为其名⑥。其诗以养父母、收族为意⑦，传一乡秀才⑧观之。自是指物作诗立就，其文理皆有可观者。邑人⑨奇之，稍稍宾客其父⑩，或以钱币乞之⑪。父利其然⑫也，日扳仲永环谒⑬于邑人，不使学。

　　余闻之也久。明道⑭中，从先人⑮还家，于舅家见之，十二三矣。令作诗，不能称前时之闻⑯。又七年，还自扬州，复到舅家问焉。曰："泯然众人矣⑰！"

　　王子⑱曰："仲永之通悟⑲，受之天也。其受之天也，贤于材人⑳远矣。卒㉑之为众人，则其受于人者不至㉒也。彼㉓其受之天也，如此其贤也；不受之人，且为众人㉔。今夫不受之天，固众人；又不受之人，得为众人而已耶㉕？"

【注释】

① 金溪：今江西省金溪县。
② 世隶耕：世代从事农业生产。隶，属于。
③ 书具：写字的工具，指笔、墨、纸、砚。
④ 借旁近：就近借来。
⑤ 书：写。
⑥ 自为其名：自己取了个名字。

⑦ 养父母：奉养父母。 收族：意思是使同族人按照辈分、亲疏的宗法关系和谐地组织起来。 以……为意：以……作为诗的内容。
⑧ 秀才：这里指一般学识优秀的士人。
⑨ 邑人：同乡人。
⑩ 宾客其父：用宾客的礼节款待他的父亲。
⑪ 乞之：指讨取仲永的诗作。
⑫ 利其然：贪图这样。
⑬ 扳：领着。 环谒（yè）：到处拜访。
⑭ 明道：宋仁宗（赵祯）的年号（1032—1033）。
⑮ 先人：指作者死去的父亲。
⑯ 称（chèn）：符合，相当。 前时之闻：以前的传闻。
⑰ 泯然众人矣：指仲永的特异之处消失净尽，已成为普通人。泯然，消失。
⑱ 王子：王安石自称。
⑲ 通悟：通达聪慧。
⑳ 材人：指一般后天培养起来的人才。
㉑ 卒：最后。
㉒ 受于人者：指受教育。 不至：不到，没有受到。
㉓ 彼：他。
㉔ 这句说：像仲永那样天分极高的人，不受教育，尚且要成为普通人。
㉕ 这是反问句，意思是，没有天赋的，本来只是个普通人，又不受教育，要做个普通人做得成吗？

【简析】

　　王安石通过"神童"方仲永的具体事例，生动地说明了教育和学习在人的成长过程中的决定作用。天禀聪颖如本文中的方仲永，因为没有后天的教育，放弃刻苦的学习，结果一事无成；学习对于资质普通的人的重要性更是不言而喻的了。王安石正确地强调了人的知识和才能是后天才有的，说明他在认识论问题上具有朴素唯物主义观点，这也是本文的主要之点；但他又相信有受于天的"神童"，这又陷入先验论的唯心主义泥坑了。

沈 括

沈括(1031—1095),字存中,浙江钱塘(今浙江省杭州市)人。宋仁宗(赵祯)嘉祐八年(1063)考中进士。他是王安石变法集团的重要成员,曾任提举司天监(主管天文馆的官员)、河北西路察访使(负责一路监察、审访事务的官员)、三司使(度支、盐铁、户部三司的长官,掌管国家财政)等职,积极支持新法的推行。新法失败后,他也受到保守派的排斥和打击。晚年定居润州(今江苏省镇江市)梦溪园,写出了一部著名的笔记《梦溪笔谈》。在这部笔记中,他总结和记录了不少古代劳动人民在科技方面的创造,对于天文、历法、地质、数学、医药以及考古等多种学科领域,他都有许多科学的发现、论断和预见,为我国和世界的科技发展,作出了杰出的贡献。

活 字 板①

板印②书籍,唐人尚未盛为之③。自冯瀛王始印五经④。已后典籍皆为板本⑤。

庆历⑥中,有布衣⑦毕昇,又为活板。其法:用胶泥⑧刻字,薄如钱唇⑨,每字为一印,火烧令坚。先设一铁板。其上以松脂、蜡和纸灰之类冒之⑩。欲便是⼆⼗⼆便是但⼀位⼀因之若位數少則頻簡捷位數多則愈繁不若每除之有常然篆術不患多學⾒簡即⽤⾒繁即變不膠⼀法乃爲通術也版印書籍唐⼈尚未盛爲之⾃馮瀛王始印五經已後典籍皆爲版本慶曆中有布⾐畢昇⼜爲活版其法⽤膠泥刻字薄如錢脣每字爲⼀印⽕燒令堅先設⼀鐵版其上以松脂臘和紙灰之類冒之欲印則以⼀鐵範置鐵板上乃密布字印滿鐵範爲

⼀板持就⽕煬之藥稍鎔則以⼀平板按其⾯則字平如砥若⽌印三⼆本未爲簡易若印數⼗百千本則極爲神速常作⼆鐵板⼀板印刷⼀板已⾃布字此印者纔畢則第⼆板已具更互⽤之瞬息可就每⼀字皆有數印如之等字每字有⼆⼗餘印以備⼀板內有重複者不⽤則以紙貼之每韻爲⼀貼⽊格貯之有奇字素無備者旋刻之以草⽕燒瞬息可成不以⽊爲之者⽊理有踈密沾⽔則⾼下不平兼

沈括《梦溪笔谈》书影（元刻本）

印,则以一铁范⑪置铁板上,乃密布字印,满铁范为一板,持就火炀⑫之;药⑬稍镕,则以一平板按其面,则字平如砥⑭。若止印三二本,未为简易;若印数十百千本,则极为神速。常作二铁板,一板印刷,一板已自布字⑮,此印者才毕,则第二板已具,更互用之,瞬息可就。每一字皆有数印,如"之""也"等字,每字有二十余印,以备一板内有重复者。不用则以纸贴之,每韵为一贴,木格贮之⑯。有奇字素无备者⑰,旋⑱刻之,以草火烧,瞬息可成。不以木为之者,木理有疏密,沾水则高下不平,兼与药相粘不可取⑲。不若燔⑳土,用讫,再火令药镕,以手拂之,其印自落,殊不沾污㉑。

昇死,其印为予群从㉒所得,至今宝藏。

【注释】

① 本书所选《梦溪笔谈》笔记三则,标题都是编选者拟加的。
② 板印:指雕板印刷,即雕刻整块木板作为印刷的底板。
③ 明朝人胡应麟《少室山房笔丛》记载,隋文帝(杨坚)开皇十三年(593),下令用雕板印刷佛经、佛像;但有人认为雕板始于唐中叶。这里是说,唐朝只用雕板刻印历书、农书、佛经,但没有普遍地刻印各种书籍。
④ 冯瀛(yíng)王:冯道(882—954),五代时在唐、晋、汉、周等朝做过宰相等大官,死后追封瀛王。后唐明宗(李亶)长兴三年(932),在冯道的倡议下,由田敏等人在国子监内校定经籍,并组织刻工雕印,世称"五代监本"。这是官府大规模刻书的开始。
　五经:指儒家的"经典"——《诗》《书》《礼》《易》《春秋》五书。
⑤ 已后:以后。　板本:指用雕板印刷的书,区别于"抄本"。
⑥ 庆历:宋仁宗(赵祯)的年号(1041—1048)。
⑦ 布衣:平民。
⑧ 胶泥:黏土。
⑨ 钱唇:铜钱的边。这里指所刻字迹的深度。
⑩ 和:拌和。　冒:覆盖、涂敷。
⑪ 铁范:铁框。
⑫ 炀(yáng):用火使物(指松脂、蜡与

纸灰合成的胶着剂）熔化。
⑬ 药：指上述胶着剂。
⑭ 字平如砥（dǐ）：指泥字板面经过平板按压以后，平整得像磨刀石一般。砥，磨刀石。
⑮ 布字：排字。
⑯ 这几句说：活字不用时，就贴上纸签标明，并按照字的韵部分开，分别在木格子中存放。这是为了便于查找。
⑰ 奇字：生僻的字。　素：平素、向来。
⑱ 旋：立即、临时。
⑲ 这几句说：不用木料来做活字，是因为木的纹理有的稀疏，有的严密，一遇水就变形，高低不平，而且与药剂相粘，不易取下。
⑳ 燔（fán）：烧。
㉑ 殊不沾污：一点也不和药剂沾粘。
㉒ 予：我。　群从：指同族中的兄弟或子侄辈。

【简析】

　　印刷术是我国古代四大发明（指南针、造纸法、印刷术、火药）之一。我国在一千三百年前，已经发明了刻版印刷。在八百年前，更发明了活字印刷。这是我国对世界文明的一项伟大贡献。

　　《梦溪笔谈》这条记载，是有关活字印刷术最早、最详尽的珍贵史料。从雕板印刷到活字印刷，是印刷发展史中的一个飞跃，而这个重大贡献却是宋朝的一位平民发明家毕昇作出的。沈括怀着对这位普通劳动者的很大敬意，记录了他所发明的胶泥活字版印刷术的详细情况，叙事精确，文字也简洁洗炼。

雁荡山成因

温州雁荡山[1]，天下奇秀。然自古图牒，未尝有言者[2]。祥符[3]中，因造玉清宫[4]，伐山取材，方有人见之，此时尚未有名。按西域书[5]，阿罗汉诺矩罗[6]居震旦[7]东南大海际雁荡山芙蓉峰龙湫[8]。唐僧贯休为《诺矩罗赞》[9]，有"雁荡经行[10]云漠漠，龙湫宴坐[11]雨蒙蒙"之句。此山南有芙蓉峰，峰下芙蓉驿，前瞰大海，然未知雁荡、龙湫所在[12]。后因伐木，始见此山。山顶有大池，相传以为雁荡[13]；下有二潭水，以为龙湫[14]。又有经行峡、宴坐峰，皆后人以贯休诗名之也。谢灵运为永嘉守[15]，凡永嘉山水，游历殆[16]遍，独不言此山，盖[17]当时未有雁荡之名。

予观雁荡诸峰，皆峭拔[18]险怪，上耸千尺，穹崖巨谷[19]，不类[20]他山，皆包在诸谷中。自岭外望之，都无所见，至谷中则森然干霄[21]。原其理[22]，当是为谷中大水冲激，沙土尽去，唯巨石岿然[23]挺立耳。如大小龙湫、水帘、初月谷之类，皆是水凿之穴[24]。自下望之则高岩峭壁，从上观之适与地平，以至诸峰之顶，亦低于山顶之地面[25]。世间沟壑中水凿之处，皆有植土龛岩，亦此类耳㉖。今成皋、陕西大涧中，立土动及百尺，迥然耸立，亦雁荡具体而微者，但此土彼石耳㉗。既非挺出地上，则为深谷林莽所蔽，故古人未见㉘。灵运所不至，理不足怪也㉙。

【注释】

① 温州：治所在今浙江省温州市。 雁荡山：在今浙江省乐清市东北。山多奇峰、名胜，是著名的游览之地。
② 这两句说：但自古以来的文献资料，都没有记载到它的。图牒（dié），地图书籍。
③ 祥符：大中祥符的简称，宋真宗（赵恒）的年号（1008—1016）。
④ 玉清宫：道观名。
⑤ 西域书：指佛经。西域原指玉门关（今甘肃省敦煌市西北）以西地区，后也泛指通过西域所能达到的地区，包括印度半岛等在内。佛经来自印度，所以这里把佛经称作西域书。
⑥ 阿罗汉：梵文（印度古文字）的译音，也略译作"罗汉"，原指佛教修行所达到的最高境界，这里是圣者的意思。 诺矩罗：唐朝和尚。俗名罗尧运，眉州青神（今四川省青神县）人。
⑦ 震旦：古代印度人称中国为"震旦"。
⑧ 龙湫（qiū）：瀑布名。
⑨ 贯休：唐末和尚。俗名姜德隐，婺州兰溪（今浙江省兰溪市）人。他擅长诗、画、书法，著有《禅月集》。今存《禅月集》中没有《诺矩罗赞》这首诗。
⑩ 经行：经过行走。
⑪ 宴坐：闲居静坐。宴，休息。
⑫ 这几句说：佛经和贯休诗中提到的雁荡、芙蓉峰、龙湫三个地名，在当时（宋朝祥符中以前）除芙蓉峰外，雁荡、龙湫都不知何处。 芙蓉驿：现在叫芙蓉镇。驿，驿站，古代官吏、信使在途中休息或换马的地方。 瞰（kàn）：向下俯看。
⑬ 雁荡：又名雁湖，在芙蓉峰顶。相传雁归时常在此湖宿息，所以叫雁湖或雁荡。
⑭ 这两句说：雁湖下面有两处瀑布冲蚀而成的水潭，就是大小龙湫了。
⑮ 谢灵运：南朝宋人，曾任永嘉（郡名，郡治在今浙江省温州市）太守（一郡的行政长官），爱好游览名胜，并以写山水诗为世所称。
⑯ 殆（dài）：差不多、几乎。
⑰ 盖：大概是。
⑱ 峭拔：峻峭挺拔。
⑲ 穹（qióng）崖巨谷：高崖深谷。
⑳ 类：相似。
㉑ 森然：高耸的样子。 干霄：冲天。
㉒ 原其理：推测雁荡山山峰形成的原因。
㉓ 岿（kuī）然：高大的样子。
㉔ 水凿之穴：流水冲蚀而成的洞穴（这里也指水潭、洼池）。
㉕ 这几句说：从下向上看，是高岩峭壁，从上向下看，四周山岭恰好在同一水平面上（雁荡山有名的峰峦达一百多座，海拔都在一千米左右），至于许多山峰的顶端，也都不超过雁荡山山顶的地面。沈括以此说明整个雁荡山本来就是平陆，这与现代地质学中关于

"古代夷平面"的学说是符合的。适，恰恰。

㉖ 植土：向下垂直的土壁、土柱。 龛（kān）岩：向内凹陷的岩石。 这几句沈括以日常所见水沟两边的泥、石形状为例，指出因流水长期的垂直切割或旁蚀作用，形成直立的土壁或内凹的岩石，这跟雁荡山的情形是相类的。

㉗ 成皋：古地名，在今河南省荥阳市。 动及：意思与"动辄"相近，作"动不动就……"讲。 具体而微：事物的各个组成部分都全备，只是规模较小。沈括再以黄土高原的土墩为例，指出因水流冲蚀的作用，它们的形状是雁荡诸峰的缩影，只是土和石的质地不同而已。

㉘ 这几句说：雁荡山既然不是高高露出地面，而是被深谷密林所掩蔽，因此，古人没有发现。 林莽：丛生的草木。莽，茂密的草。

㉙ 理不足怪也：按理是不值得奇怪的了。

【简析】

　　沈括在宋神宗（赵顼）熙宁六年（1073）奉命视察两浙农田水利和新法执行情况时，曾到浙东实地考察了雁荡山。他发现雁荡山诸峰峰顶都在同一水平面上，推测它原是平原，而被流水长期浸蚀冲刷而成的。他又以沟壑受流水冲蚀后所常见的形态，和西北黄土高原的地貌特点，来加以类比论证，从而在世界地质史中较早地提出了水蚀形成山岳的科学创见。

正午牡丹

　　藏书画者，多取空名，偶传为锺、王、顾、陆①之笔，见者争售②，此所谓"耳鉴"③。又有观画而以手摸之，相传以谓色不隐指④者为佳画，此又在耳鉴之下，谓之"揣骨听声"⑤。

　　欧阳公⑥尝得一古画牡丹丛，其下有一猫，未知其精粗。丞相正肃吴公⑦与欧公姻家⑧，一见，曰："此正午牡丹也。何以明之？其花披哆而色燥⑨，此日中时花也。猫眼黑睛如线，此正午猫眼也。有带露花，则房敛而色泽⑩。猫眼早暮则睛圆，日高渐狭长，正午则如一线耳。"此亦善求⑪古人笔意也。

【注释】

① 锺、王：锺繇（yóu），三国魏时的书法家；王羲之，东晋时的书法家。他们二人并称"锺王"。　顾、陆：顾恺之，东晋时画家；陆探微，南朝宋时画家，其画师法顾恺之。他们二人并称"顾陆"。
② 争售：争着购买。
③ 耳鉴：凭耳朵鉴别书画，就是只听空名、不问实际的意思。
④ 以谓：以为。　色不隐指：手指摸得出颜色。
⑤ 揣骨听声：旧时看相的一种方法：用摸骨骼、听语声来预言人的祸福、贵贱。
⑥ 欧阳公：欧阳修。
⑦ 正肃吴公：吴育（1004—1058），宋仁宗（赵祯）时，官至参知政事（副宰相）。正肃是他的谥号。
⑧ 姻家：儿女亲家。
⑨ 披哆（chǐ）而色燥：花瓣张开，而且

颜色显得干巴巴的。
⑩ 这两句说：有带着露水的花，那么花冠是聚拢的，而且颜色很有光泽。房，花房，即花冠。
⑪ 求：探求、研究。

【简析】

　　鉴赏书画，应该"善求古人笔意"，要依靠双眼仔细品评；不应该耳闻是名家手笔，就盲目地人云亦云，代替自己的观察；至于靠手摸颜色来判断作品的优劣，更是走入观画的"魔道"，难怪沈括用"揣骨听声"加以尖锐的嘲笑了。作者通过书画鉴赏中这三种情形的分析和评论，提倡观察客观事物必须具有精细、周详的作风。

苏　轼

苏轼（1037—1101），字子瞻，号东坡，眉山（今四川省眉山市）人。父亲苏洵和弟弟苏辙都是著名的古文家，世称"三苏"。宋仁宗（赵祯）时考中进士后，做过地方官吏，主张改革弊政。宋神宗（赵顼 xū）时，王安石变法，他追随旧党，表示反对。但在杭州（今浙江省杭州市）、密州（今山东省诸城县）、徐州（今江苏省徐州市）等地方官任上，办了一些有利于生产的事情。宋哲宗（赵煦）时，旧党执政，尽废新法，他又表示一定程度的不满，认为新法仍有可取。他在新、旧两党之间的这种态度，使他得不到任何一方的全部同情和支持，在北宋党争屡次起伏的过程中，他往往遭到贬谪，最后远徙琼州（今海南省），一生在政治上极不得意。然而在艺术上，他是一位具有多方面才能的大作家，无论诗、词和散文，都代表着北宋文学的最高成就。

答谢民师①书

轼启：近奉违②，亟辱问讯③，具审④起居佳胜，感慰深矣。轼受性刚简⑤，学迂材下，坐废累年⑥，不敢复齿搢绅⑦。自还海北⑧，见平生亲旧，惘然如隔世人，况与左右无一日之雅⑨而敢求交乎？

苏轼像 （元）赵孟頫

数赐见临，倾盖如故⑩，幸甚过望，不可言也。

所示书教⑪及诗赋杂文，观之熟矣。大略如行云流水，初无定质⑫，但常行于所当行，常止于所不可不止，文理自然，姿态横生。孔子曰："言之不文，行而不远⑬。"又曰："辞，达而已矣⑭。"夫言止于达意，则疑若不文⑮，是大不然。求物之妙，如系风捕影；能使是物了然于心者，盖千万人而不一遇也，而况能使了然于口与手者乎？是之谓辞达。辞至于能达，则文不可胜用矣⑯。扬雄⑰好为艰深之辞，以文浅易之说⑱；若正言之⑲，则人人知之矣。此正所谓"雕虫篆刻⑳"者，其《太玄》《法言》皆是类也㉑，而独悔于赋，何哉？终身雕虫而独变其音节㉒，便谓之"经"㉓，可乎？屈原作《离骚经》，盖风、雅㉔之再变者，虽与日月争光可也，可以其似赋而谓之"雕虫"乎？使贾谊㉕见孔子，升堂有余㉖矣；而乃以赋鄙之㉗，至与司马相如同科㉘。雄之陋如此比㉙者甚众。可与知者道，难与俗人言也，因论文偶及之耳。欧阳文忠公㉚言："文章如精金美玉，市有定价，非人所能以口舌定贵贱也。"纷纷多言，岂能有益于左右，愧悚㉛不已。

所须惠力㉜"法雨堂"字，轼本不善作大字，强作终不佳，又舟中局迫难写，未能如教。然轼方过临江㉝，当往游焉。或㉞僧欲有所记录，当为作数句留院中，慰左右念亲之意㉟。今已至峡山寺㊱，少留㊲

即去,愈远㊳。惟万万以时自爱㊴,不宣㊵。

【注释】

① 谢民师:名字叫举廉,宋哲宗元符三年(1100),他在广东做幕僚,遇到苏轼从海南岛赦回,彼此书信往还,结交为友。
② 奉违:离别。奉,表示尊敬的用语。
③ 亟(qì):屡次。 辱:承蒙,这里是表示客气的应酬语。 问讯:写信问候。
④ 具:完全。 审:了解。
⑤ 受性刚简:秉性刚直简慢。
⑥ 坐废:因事贬职。 累(lěi)年:好几年。
⑦ 复齿搢(jìn)绅:再列入官僚士大夫阶层。
⑧ 自还海北:自从渡海回到北方。
⑨ 左右:您。 无一日之雅:平素没有往来。雅,素常,指旧交情。
⑩ 倾盖如故:一见如故。倾盖,两人乘车在途中相遇,并011车对语,彼此的车盖相依而下倾。相逢时间很短,机会偶然,却如老朋友一般。
⑪ 书教:指书启、谕告之类的官场应用文章。
⑫ 初无定质:本来没有一定的形状。
⑬ 言之不文,行而不远:语言没有文采,传播就不会远。
⑭ 辞,达而已矣:文词只要能够达意就足够了。
⑮ 疑若不文:怀疑不需要文采。
⑯ 这两句说:"辞"能够做到"达",那么,文采(包括各种修辞手段)已经用不胜用了(意思是文采已很丰富了)。这是回答上面"言止于达意,则疑若不文"的问题。
⑰ 扬雄:字子云,西汉著名的文学家。
⑱ 文:遮掩。 说:内容。
⑲ 正言之:直截了当地讲出来。
⑳ 雕虫篆刻:扬雄曾后悔作赋,认为这是小孩子的雕虫小技。这里意思是雕琢字句。
㉑《太玄》《法言》:都是扬雄的著作,内容谈哲理和政治,形式模仿《易经》和《论语》。 皆是类也:都是这一类雕虫篆刻的东西。
㉒ 独变其音节:指《太玄》《法言》只是句法跟扬雄所作的赋不同而已。
㉓ 经:扬雄为了使自己文章成名于后世,选择经传中的代表作品《易经》《论语》作为仿效对象,而写出《太玄》《法言》,自以为是"经"书了。
㉔ 风、雅:《诗经》中的诗体名称,后来常用以作为《诗经》的代称。
㉕ 贾谊:西汉著名的政论家,著有《新书》,也写过赋。
㉖ 升堂有余:入门、升堂、入室,比喻学问由浅入深的三种境界。升堂,喻学问已达相当的深度;升堂有余,已快达到"入室"的极深造诣阶段。
㉗ 以赋鄙之:扬雄因为贾谊曾作过赋,所以轻视他。
㉘ 司马相如:西汉著名的词赋家,没有经世之才。 同科:等类齐观。
㉙ 陋:识见低下。 比:类。
㉚ 欧阳文忠公:欧阳修,文忠是他的谥号。
㉛ 愧悚(sǒng):惭愧和恐惧。
㉜ 惠力:寺名。谢民师替该寺向苏轼求字。
㉝ 方:将,表示未来的副词。 临江:今江西省清江县。
㉞ 或:也许。
㉟ 慰左右念亲之意:安慰您对亲近的人的思念。

㊱ 峡山寺：即广庆寺，是古代有名寺庙之一，在今广东省清远市。
㊲ 少留：稍稍停留一下。
㊳ 愈远：离开您愈加远了。
㊴ 惟万万以时自爱：请您千万要随时保重自己。
㊵ 不宣：也不尽述了。

【简析】

　　作者用生动简洁的语言，表述了自己的艺术主张。他崇尚"自然"，反对束缚，强调"常行于所当行，常止于所不可不止"。与这相联系，他从作家对于客观事物的艺术把握的角度，阐述了"辞达"的内涵：从"了然于心"到"了然于口与手"，这就是说，作家首先必须对事物特征具有深刻的观察和全面的认识，然后充分发挥文字的性能加以准确而形象的表现。作为对立面，他批评了扬雄的雕琢和艰涩。这封文艺书简，应该看作是苏轼晚年对于自己创作经验的宝贵总结，是很值得珍视的。

书蒲永升画后

古今画水多作平远细皱①，其善者不过能为波头起伏，使人至以手扪②之，谓有洼隆③，以为至妙矣。然其品格，特④与印板水纸争工拙于毫厘间耳。

唐广明⑤中，处士孙位⑥始出新意，画奔湍⑦巨浪，与山石曲折，随物赋形⑧，尽水之变，号称神逸。其后蜀人黄筌、孙知微⑨皆得其笔法。始⑩，知微欲于大慈寺寿宁院壁作湖滩水石四堵，营度经岁⑪，终不肯下笔。一日，仓皇入寺，索笔墨甚急，奋袂⑫如风，须臾⑬而成，作输泻跳蹙⑭之势，汹汹欲崩屋也。知微既死，笔法中绝五十余年。

近岁成都人蒲永升，嗜酒放浪，性与画会⑮，始作活水，得二孙本意，自黄居寀兄弟、李怀衮⑯之流，皆不及也。王公富人或以势力使之，永升辄⑰嘻笑舍去，遇其欲画，不择贵贱，顷刻而成。尝与余临寿宁院水，作二十四幅，每夏日挂之高堂素壁，即阴风袭人，毛发为立。永升今老矣，画亦难得，而世之识真者亦少。如往时董羽⑱、近日常州戚氏⑲画水，世或传宝之；如董、戚之流，可谓死水，未可与永升同年而语也。元丰三年[20]十二月十八日夜，黄州临皋亭[21]西斋戏书。

【注释】

① 皴：皱纹。
② 扪：摸。
③ 洼（wā）隆：高低起伏。
④ 特：只是。
⑤ 广明：唐僖宗（李儇）的年号（880）。
⑥ 处士：隐居不仕的知识分子。 孙位：唐朝的画家，擅长人物、鬼神、松石、墨竹、鹰犬等，笔势超逸，气象雄放，画水尤为入神。
⑦ 奔湍（tuān）：奔腾的急流。
⑧ 随物赋形：随着碰到的山石形状的不同而得到不同的形态。
⑨ 黄筌（quán）：五代时著名画家，成都（今四川省成都市）人。他的花鸟画法，被宋朝的国立画院定作"程式"（标准）。 孙知微：宋朝的画家，眉山（今四川省眉山市）人。专工宗教故事画，有"逸格"（不平凡的风格）之称。
⑩ 始：最初。
⑪ 营度经岁：经营和酝酿了一年之久。
⑫ 奋袂（mèi）：挥臂。袂，衣袖。
⑬ 须臾（yú）：一会儿工夫。
⑭ 输泻：指水势直奔而下。 跳蹙（cù）：指水势奔腾紧迫。
⑮ 性与画会：性情和画完全融合。
⑯ 黄居寀（cǎi）：黄筌的第三子，继承家传绘画技法，在花鸟、人物及杂画等方面，沿袭和发挥了黄筌的风格。曾在五代后蜀和宋朝做过宫廷画家。黄筌另外两个儿子黄居实、黄居宝也都会绘画。 李怀衮（gǔn）：宋四川人，擅长花竹翎毛，水石学黄筌笔意。
⑰ 辄（zhé）：就。
⑱ 董羽：毗陵（今江苏省常州市）人。曾为南唐和宋朝的宫廷画师，善画龙、水。
⑲ 戚氏：指宋朝人戚文秀，他以善画水得名。
⑳ 元丰三年：公元1080年。元丰，宋神宗（赵顼）的年号（1078—1085）。
㉑ 黄州：郡治在今湖北省黄冈市。 临皋亭：在黄冈市南大江边，苏轼贬官黄州时住过的地方。

【简析】

　　在这篇谈画的跋文里，作者提出"死水"和"活水"的区别，形象地阐发了我国绘画中"形似"和"神似"的理论。也就是说，艺术家不应该满足于对事物外貌的逼真模写，而应着力于表现事物的神理。这是深得艺术秘奥的。这篇短文本身也具有生动的画意。描写孙知微创作冲动的一段，寥寥几笔，就形象鲜明，神采飞动。

日　喻

　　生而眇者[1]不识日，问之[2]有目者。或告之曰："日之状如铜盘。"扣[3]盘而得其声。他日[4]闻钟，以为日也。或告之曰："日之光如烛。"扪[5]烛而得其形。他日揣籥[6]，以为日也。

　　日之与钟、籥亦远矣，而眇者不知其异，以其未尝见而求之人也。道之难见也甚于日，而人之未达[7]也，无以异于眇。达者告之，虽有巧譬善导[8]，亦无以过于盘与烛也。自盘而至钟，自烛而至籥，转而相之[9]，岂有既[10]乎？故世之言道者，或即其所见而名之，或莫之见而意之，皆求道之过也[11]。然则道卒[12]不可求欤？苏子[13]曰：道可致[14]而不可求。何谓致？孙武[15]曰："善战者致人，不致于人[16]。"子夏[17]曰："百工居肆，以成其事；君子学，以致其道[18]。"莫之求而自至，斯以为[19]致也欤！

　　南方多没人[20]，日与水居也，七岁而能涉[21]，十岁而能浮，十五而能没矣。夫没者岂苟然哉[22]？必将有得于水之道者。日与水居，则十五而得其道；生不识水，则虽壮，见舟而畏之。故北方之勇者，问于没人，而求其所以没㉓，以其言试之河，未有不溺者也。故凡不学而务求道，皆北方之学没者也。

昔者以声律取士㉔，士杂学而不志于道；今也以经术取士㉕，士知求道而不务学。渤海㉖吴君彦律，有志于学者也，方求举于礼部㉗，作《日喻》以告之。

【注释】

① 生而眇（miǎo）者：天生的瞎子。眇，瞎一只眼睛。这里泛指瞎子。
② 之：指太阳的形状。
③ 扣：敲击。
④ 他日：后来有一天。
⑤ 扪：摸。
⑥ 揣（chuǎi）：摸索。　龠（yuè）：一种像笛子的管乐器。
⑦ 达：懂得。
⑧ 巧譬：巧妙的比喻。　善导：很好的指点。
⑨ 转而相之：一个譬喻连着一个譬喻地辗转相比。
⑩ 既：完。
⑪ 这几句说：一般论"道"的人，或者只是就他看到的那一部分而称之为"道"，或者根本未曾看见"道"而只凭主观的臆测，这都是硬求"道"的弊病。
⑫ 卒：终于、毕竟。
⑬ 苏子：作者自称。
⑭ 致：使其自至。
⑮ 孙武：春秋时期杰出的军事学家。著有《孙子》，是著名的兵书。
⑯ 这两句引自《孙子·虚实篇》，意思是说，善于打仗的人使别人不自觉地落入自己的罗网，而不使自己被别人牵制。致，招致。
⑰ 子夏：孔丘的弟子。
⑱ 这几句引自《论语·子张》，意思是说，工匠们只有住在自己的工场里，才能把活儿做好；君子只有通过学习才能得到"道"。
⑲ 斯以为：这就是所谓。
⑳ 没人：能潜水的人。
㉑ 涉：步行过河。
㉒ 岂苟然哉：难道是偶然的吗？
㉓ 求其所以没：请教潜水的方法。
㉔ 以声律取士：唐朝和宋初都用诗赋取士。
㉕ 以经术取士：自王安石变法以后，改用经术取士，苏轼以为这样形成了知识分子空谈仁义之道而不讲求实际学问的风气。
㉖ 渤海：唐朝郡名，郡治在今山东省阳信县南。
㉗ 求举：应试。　礼部：管理教育、考试的中央机关。

【简析】

　　作者通过浅显的寓言来阐明"道可致而不可求"和"学以致其道"的见解。"道"是古代哲学中的基本概念,它是人们对于自然或社会发展变化的总的认识和最高概括。

　　短文中"盲人识日"的比喻,十分巧妙地说明了只求一点、不及其余的方法,将会导致何等荒谬的结论;"北人学没"的寓言,又生动地阐发了实践的重要性。

石钟山①记

《水经》②云:"彭蠡③之口,有石钟山焉。"郦元④以为下临深潭,微风鼓浪,水石相搏,声如洪钟。是说⑤也,人常疑之。今以钟磬⑥置水中,虽大风浪不能鸣也,而况石乎?至唐李渤⑦,始访其遗踪,得双石于潭上。扣而聆⑧之,南声函胡⑨,北音清越⑩,枹止响腾⑪,余韵徐歇⑫,自以为得之矣。然是说也,余尤疑之。石之铿然⑬有声者,所在皆是也⑭,而此独以"钟"名,何哉?

元丰七年六月丁丑⑮,余自齐安⑯舟行,适临汝⑰。而长子迈将赴饶之德兴尉⑱,送之至湖口,因得观所谓"石钟"者。寺僧使小童持斧,于乱石间,择其一二,扣之硿硿焉⑲,余固笑而不信也。至其夜月明,独与迈乘小舟,至绝壁下。大石侧立千尺,如猛兽奇鬼,森然欲搏⑳人;而山上栖鹘㉑,闻人声亦惊起,磔磔㉒云霄间;又有若老人咳且笑于山谷中者,或曰㉓:"此鹳鹤㉔也。"余方心动欲还,而大声发于水上,噌吰㉕如钟鼓不绝,舟人大恐。徐而察之,则山下皆石穴罅㉖,不知其浅深,微波入焉,涵澹澎湃而为此也㉗。舟回至两山间,将入港口,有大石当中流,可坐百人,空中而多窍㉘,与风水相吞吐,有窾坎镗鞳㉙之声,与向㉚之噌吰者相应,如乐作焉。因笑谓迈曰:"汝识㉛之乎?噌吰者,周景王之无射㉜也;窾坎镗鞳者,魏庄子之歌钟㉝也。古之人不余欺也㉞。"

事不目见耳闻而臆断其有无,可乎?郦元之所见闻,殆㉟与余同,而言之不详;士大夫终不肯以小舟夜泊绝壁之下,故莫能知;而渔工水师㊱,虽知而不能言,此世所以不传也。而陋者乃以斧斤考击㊲而求之,自以为得其实。余是以记之,盖叹郦元之简,而笑李渤之陋也。

【注释】

① 石钟山:在江西省湖口县。
② 《水经》:我国古代的一部地理书,记述江水河道的分布情况。
③ 彭蠡(lí):鄱阳湖,在江西省北部。
④ 郦(lì)元:郦道元,北魏人,《水经注》的作者。
⑤ 是说:这个说法。
⑥ 磬(qìng):古代一种用玉或石制成的乐器。
⑦ 李渤:唐洛阳(今河南省洛阳市)人,曾任江州(今江西省九江市一带)刺史(州郡的行政长官),治理湖水,筑堤七百步。他写过一篇《辨石钟山记》的文章。
⑧ 扣:敲击。 聆(líng):听。
⑨ 南声函胡:南边那块石头声音模糊不清。
⑩ 北音清越:北边那块石头声音清脆响亮。
⑪ 桴(fú)止响腾:停下鼓槌,响声还在腾播。桴,鼓槌。
⑫ 余韵徐歇:余音很久才慢慢地静止下来。
⑬ 铿(kēng)然:金属的声音。
⑭ 所在皆是也:各处都这样。
⑮ 元丰七年:公元1084年。元丰,宋神宗(赵顼)的年号(1078—1085)。丁丑:古人常以干支纪年、纪月或纪日,元丰七年六月丁丑,是六月初九(1084年7月14日)。
⑯ 齐安:今湖北省黄冈市。
⑰ 适:往。 临汝:今河南省临汝县。当时苏轼由黄州团练副使改官汝州。
⑱ 饶之德兴:饶州府德兴市(今江西省德兴市)。 尉:县尉,县的副长官。
⑲ 硿(kōng)硿焉:击石声。
⑳ 森然:阴森森地。 搏:扑击。

㉑ 栖（qī）：宿息。 鹘（hú）：一种凶猛的鸟。
㉒ 磔（zhé）磔：鸟鸣声。
㉓ 或曰：有人说。
㉔ 鹳（guàn）鹤：鸟名，像鹤而无红顶，颈长嘴尖，全身灰白，翅尾黑色，在高树上结巢。
㉕ 噌吰（chēng hóng）：响亮厚重的钟声。
㉖ 穴罅（xià）：洞孔和裂缝。
㉗ 涵澹（hán dàn）：大水流动的样子。而为此：而形成了噌吰之声。
㉘ 窍：小孔。
㉙ 窾坎（kuǎn kǎn）：击物声。 镗鞳（tāng tà）：钟鼓声。
㉚ 向：刚才。
㉛ 识：知道。
㉜ 无射（yì）：春秋时周景王（姬贵）铸造的钟名。
㉝ 魏庄子：魏绛，春秋时晋国大夫。晋悼公曾赐给他歌钟一肆（十八座钟）。
㉞ 古之人不余欺也：这句大意是，古人把这座山命名为"石钟山"，确有根据，没有欺骗我们啊。不余欺，不欺余。
㉟ 殆：大概。
㊱ 渔工：渔人。 水师：船夫。
㊲ 陋者：见识低下的人。 斧斤：斧头之类工具。 考击：敲击。

【简析】

　　这篇记是写石钟山命名意义的探求过程。作者因文献记载简略不明，也不满足于前人那种蜻蜓点水式的实践经验，亲自进行了一番实地的调查。几经曲折，才对这个疑案提出了自己的解答，从而生动地阐明了"臆断"如何妨碍了对于事物的正确认识。

　　整篇文章笔意轻灵，文情酣畅，尤其是描绘石钟山夜景一段，几笔轻轻点染，便凸现一个阴森逼人的境界，而写景和说理仍然是密切关联的。

记承天寺①夜游

　　元丰六年②十月十二日，夜。解衣欲睡；月色入户，欣然起行，念无与为乐者③。遂至承天寺，寻张怀民④。怀民亦未寝，相与步于中庭。
　　庭下如积水空明⑤，水中藻、荇⑥交横，盖竹柏影也。何夜无月，何处无竹柏，但少闲人⑦如吾两人耳。

【注释】

① 承天寺：故址在今湖北省黄冈市南。
② 元丰六年：公元1083年。
③ 念无与为乐者：想到没有和自己一起领略这月夜乐趣的人。
④ 张怀民：苏轼的朋友。
⑤ 庭下如积水空明：庭院中的月光，宛如一泓积水那样清澈透明。
⑥ 藻、荇（xing）：两种水草名。
⑦ 闲人：苏轼当时贬官为黄州团练副使，是挂名儿的官，官街上还加"本州安置"的字样，更近于流放。既无一定的职务，所以称为"闲人"。

【简析】

　　苏轼有许多随笔式的散文，大都从日常生活片断的记叙中，坦率地表现了古代文人落拓不羁、随缘自适的个性。它们在艺术上的显著特色，是用少到不能再少的文字，鲜明地而又仿佛极不经意地渲染出一种情调或一片心境。这对以后明朝的小品文的发展，起过很大的作用。这篇八十四字的短记，就是其中的一个典型例子。

《资治通鉴》书影　南宋绍兴本

（司马光《进资治通鉴表》，见第二八五页）

永昌元年春正月乙卯改元。王敦自具新將作亂謂長史謝鯤體戊辰隗稱巨軌敦退沈充乙亥詔親帥六軍以誅大逆敦兄敦遣使告梁侯正當討之卓不從使人死矣然得史問計小恆曰郭奉兵討敦於是說吾甘卓共討敦參軍李梁說卓曰昔福將軍但代之甕謂梁曰奮

（宋）司马光　《资治通鉴》残稿（局部）

（清）叶澄　雁荡山图（局部）

予观雁荡诸峰，皆峭拔险怪，
上耸千尺，穹崖巨谷，
不类他山，皆包在诸谷中。

（沈括《梦溪笔谈·雁荡山成因》，见第三二二页）

(清）佚名　牡丹与猫图

其花披哆而色燥，此日中时花也。
猫眼黑睛如线，此正午猫眼也。

（沈括《梦溪笔谈·正午牡丹》，见第三二五页）

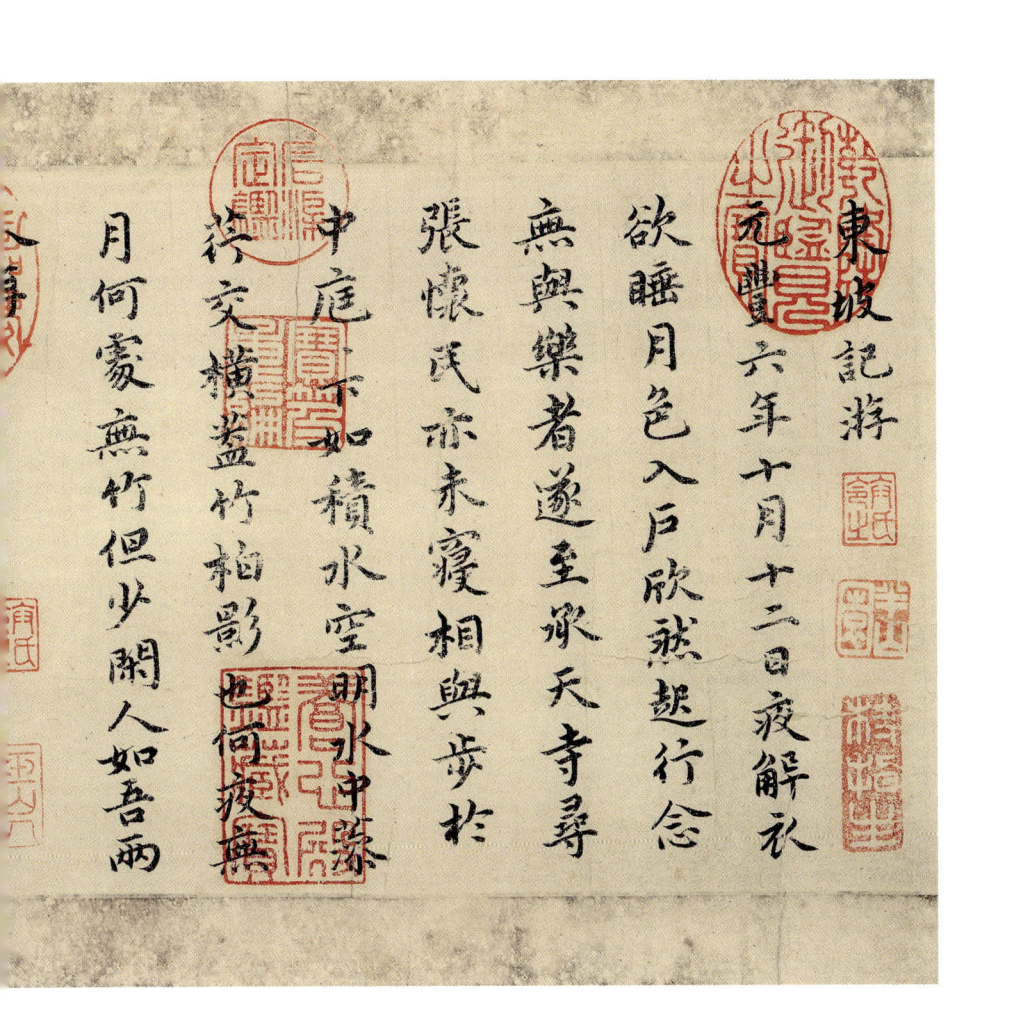

（明）祝允明　楷书《东坡记游卷》（局部）

何夜无月，何处无竹柏，但少闲人如吾两人耳。

（苏轼《记承天寺夜游》，见第三四〇页）

(明)仇英　赤壁图卷

(宋)苏轼　赤壁赋(局部)

壬戌之秋，七月既望，苏子与客泛舟游于赤壁之下。清风徐来，水波不兴。举酒属客，诵《明月》之诗，歌《窈窕》之章。

（苏轼《前赤壁赋》，见第三四一页）

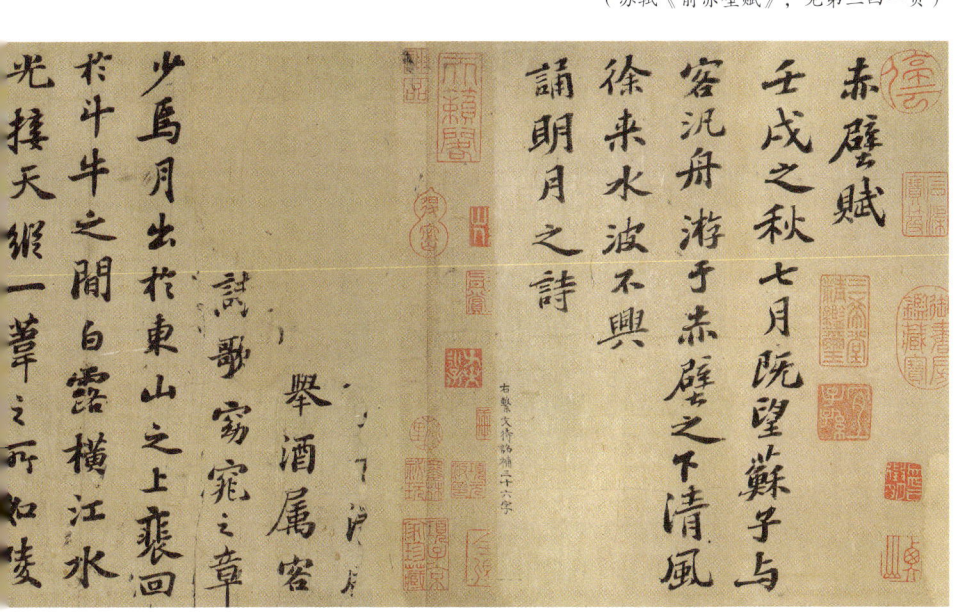

江流有声，断岸千尺，山高月小，水落石出。

（苏轼《后赤壁赋》，见第三四五页）

（元）赵孟𫖯　行书《后赤壁赋》（局部）

后赤壁赋

是岁十月之望，步自雪堂，将归于临皋。二客从予过黄泥之坂。霜露既降，木叶尽脱，人影在地，仰见明月，顾而乐之，行歌相答。已而叹曰：有客无酒，有酒无肴，月白风清，如此良夜何！客曰：今者薄暮，举网得鱼，巨口细鳞，状似松江之鲈。顾安所得酒乎？归而谋诸妇。妇曰：我有斗酒，藏之久矣，以待子不时之须。于是携酒与鱼，复游于赤壁之下。江流有声，断岸千尺，山高月小，水落石出。曾日月之几何，而山

（金）武元直　赤壁图（局部）

前赤壁①赋

　　壬戌②之秋，七月既望③，苏子与客泛舟④游于赤壁之下。清风徐来，水波不兴。举酒属客⑤，诵《明月》之诗，歌《窈窕》之章⑥。少焉⑦，月出于东山之上，徘徊于斗、牛⑧之间。白露横江，水光接天。纵一苇之所如⑨，凌万顷之茫然⑩。浩浩乎如凭虚御风⑪，而不知其所止；飘飘乎如遗世独立⑫，羽化而登仙⑬。

　　于是饮酒乐甚，扣舷⑭而歌之。歌曰："桂棹兮兰桨⑮，击空明兮溯流光⑯。渺渺兮予怀⑰，望美人兮天一方⑱。"客有吹洞箫者，倚歌而和之⑲。其声呜呜然⑳，如怨如慕㉑，如泣如诉，余音袅袅㉒，不绝如缕㉓，舞幽壑之潜蛟㉔，泣孤舟之嫠妇㉕。

　　苏子愀然㉖，正襟危坐㉗而问客曰："何为其然也㉘？"

　　客曰："'月明星稀，乌鹊南飞㉙'，此非曹孟德㉚之诗乎？西望夏口㉛，东望武昌㉜，山川相缪㉝，郁乎苍苍㉞，此非孟德之困于周郎㉟者乎？方其破荆州，下江陵，顺流而东也㊱，舳舻千里㊲，旌旗蔽空，酾酒临江㊳，横槊㊴赋诗，固一世之雄也㊵，而今安在哉？况吾与子渔樵于江渚㊶之上，侣鱼虾而友麋㊷鹿；驾一叶之扁舟㊸，举匏樽以相属㊹。寄蜉蝣于天地㊺，渺沧海之一粟㊻。哀吾生之须臾，羡长江之无穷。挟飞仙以遨游，抱明月而长终㊼。知不可乎骤得，托遗响于悲风㊽。”

苏子曰：“客亦知夫水与月乎？逝者如斯，而未尝往也；盈虚者如彼，而卒莫消长也㊾。盖将自其变者而观之，则天地曾不能以一瞬㊿。自其不变者而观之，则物与我皆无尽(51)也，而又何羡(52)乎！且夫(53)天地之间，物各有主；苟非吾之所有，虽一毫而莫取。惟江上之清风，与山间之明月，耳得之而为声，目遇之而成色，取之无禁，用之不竭，是造物者之无尽藏(54)也，而吾与子之所共适(55)。”

客喜而笑，洗盏更酌(56)，肴核(57)既尽，杯盘狼藉(58)。相与枕藉乎舟中(59)，不知东方之既白(60)。

【注释】

① 赤壁：长江、汉水流域共有五处叫赤壁的地方。苏轼所游的赤壁，是湖北省黄冈市城外的赤鼻矶，三国时“赤壁之战”的旧址，在其西部地区，两者并非一地。

② 壬戌：宋神宗元丰五年（1082）。

③ 既望：阴历每月的十六日。既，过了。望，阴历每月十五日。

④ 泛舟：漂荡着船。

⑤ 举酒属（zhǔ）客：举起酒杯，向客人敬酒。

⑥《明月》之诗、《窈窕》（yǎo tiǎo）之章：指《诗经·陈风·月出》篇。这首诗的第一章有“月出皎兮，佼（jiǎo）人僚兮，舒窈纠（jiǎo）兮”的句子。窈纠，即窈窕。

⑦ 少焉：一会儿。

⑧ 徘徊：踌躇不前的样子（这是把月亮拟人化的说法）。 斗、牛：北斗星和牵牛星。

⑨ 纵：听任。　一苇：比喻小船。　所如：去的地方。
⑩ 凌：越过。　万顷：形容江面宽广。　茫然：江面旷远迷茫的样子。
⑪ 浩浩乎：水大的样子。　凭虚御风：腾空驾风而行。
⑫ 遗世独立：抛开人世，了无牵挂。
⑬ 羽化：成仙。　登仙：飞入仙境。
⑭ 扣舷（xián）：敲击船边。这是打节拍的意思。
⑮ 棹（zhào）、桨：划船的工具。前推的叫桨，后推的叫棹。桂、兰：都是美称。
⑯ 击空明：指船桨击打清澈的江水。空明，水清见底，月照水中宛如透明。　溯流光：指船在浮动着月光的水面上逆流而进。
⑰ 渺渺兮予怀：我的情怀啊，深远无穷！
⑱ 美人：古人常用来作为贤君圣主或美好理想的象征。　天一方：指"美人"在遥远的地方。
⑲ 倚歌而和之：配着歌声吹箫。
⑳ 呜呜然：形容箫声的吞吐、凄凉。
㉑ 如怨如慕：好像是哀怨，又像是眷恋。
㉒ 袅（niǎo）袅：形容声音悠扬不绝。
㉓ 不绝如缕：余音没有断绝，宛如细丝一般。
㉔ 舞幽壑（hè）之潜蛟：（箫声）使潜伏在深渊里的蛟龙飞舞起来。幽壑，深谷，这里指深渊。
㉕ 泣孤舟之嫠（lí）妇：使在孤舟上的寡妇哭泣起来（形容箫声极为悲凄动人）。嫠妇，寡妇。
㉖ 愀（qiǎo）然：忧愁变容的样子。
㉗ 正襟危坐：理直衣襟，端坐着。
㉘ 何为其然也：箫声为什么这样悲凉呢？
㉙ 月明星稀，乌鹊南飞：曹操《短歌行》里的诗句。
㉚ 孟德：曹操的字。
㉛ 夏口：城名，故址在今武汉市黄鹄山上，相传为三国吴孙权建筑的。
㉜ 武昌：今湖北省鄂州市。
㉝ 山川相缪（liǎo）：山和水互相盘绕。
㉞ 郁乎苍苍：写山川的一片苍翠之色。
㉟ 此：这地方。　困于周郎：被周郎战败。周郎，三国时吴的名将周瑜。
㊱ 方：当。　破荆州、下江陵，顺流而东也：指曹操在荆州打败刘琮，攻占江陵，向东进军赤壁。荆州，郡名，治所在今湖北省江陵市。
㊲ 舳舻（zhú lú）：长方形的大船。　千里：形容船多，前后衔接，千里不绝。
㊳ 酾（shī）酒临江：面对着长江斟酒。
㊴ 横槊（shuò）：横执着长矛。
㊵ 固一世之雄也：真是一代的英雄啊！
㊶ 江渚：江中的小洲。
㊷ 侣：做伴。　麋（mí）：鹿的一种。
㊸ 一叶之扁（piān）舟：一只小船。
㊹ 匏（páo）樽：葫芦做成的酒器。　属（zhǔ）：指敬酒。
㊺ 寄蜉蝣（fúyóu）于天地：像蜉蝣那么短促地寄生在天地之间。蜉蝣，昆虫名，夏秋之交生在水边，往往只能活几小时。
㊻ 渺沧海之一粟：渺小得像大海里的一颗小米。沧海，大海。
㊼ 这两句说：希望同神仙一起游玩，同明月一起长存。挟，夹在腋下，这里指带着。遨（áo）游，游玩。
㊽ 这两句说：明知道不可能马上实现，只好把表达这种心情的箫声付托在悲凉的秋风之中。遗响，余音。
㊾ 这几句说：不断流去的水，像这样不断地流，而其实没有流去；时圆时缺的月亮，像那样不断地变化，却到底没有一点增减。斯，这里，水近，所以说"这里"；彼，那里，月亮远，所以说"那里"。
㊿ 这两句说：若从变化的一面来看，那么天地间的事物连一眨眼的工夫都不

能保持原样。
(51) 无尽：永恒不尽。
(52) 羡：指上文的"羡长江之无穷"。
(53) 且夫：发语词，况且。
(54) 造物者之无尽藏（zàng）：这是自然界无穷无尽的宝藏。造物者，指天。
(55) 共适：一起来赏玩快意。
(56) 洗盏更酌：洗杯重饮。
(57) 肴核：菜肴和果品。
(58) 狼藉：杂乱。
(59) 相与枕藉乎舟中：你靠我、我挨你地睡在船里。枕，枕头；藉，垫褥，这里的"枕藉"作动词用。
(60) 既白：天色已经发白。

【简析】

宋神宗元丰二年（1079），苏轼贬到黄州做了个闲散的团练副使（名义上是管理地方军事的助理官）。这篇赋是在度过了三年苦闷贫困的谪居生活以后写的。它揭示了作者当时复杂、矛盾的心情。

全文以作者感情的三个起伏分成三个段落。先从清风和明月交织而成的江山美景中，写出作者给逗引起的"羽化而登仙"的超然之乐；继从对历史人物兴亡的凭吊，跌入现实人生的苦闷；最后仍从眼前景物立论，阐发了"变"与"不变"的哲理，在旷达乐观中得到摆脱。赋中的主客对话实际上是诗人的自我独白，这是对赋的传统手法的灵活运用，也是为表达作者思想感情的波折、挣扎和解脱过程服务的。

后赤壁赋

　　是岁十月之望①，步自雪堂②，将归于临皋③。二客从予④，过黄泥之坂⑤。霜露既降，木叶尽脱，人影在地，仰见明月。顾而乐之，行歌相答⑥。

　　已而⑦叹曰："有客无酒，有酒无肴⑧；月白风清，如此良夜何⑨？"客曰："今者薄暮⑩，举网得鱼，巨口细鳞，状如松江之鲈⑪。顾安所得酒乎⑫？"归而谋诸妇⑬。妇曰："我有斗酒，藏之久矣。以待子不时之需⑭。"

　　于是携酒与鱼，复游⑮于赤壁之下。江流有声，断岸⑯千尺，山高月小，水落石出。曾日月之几何⑰，而江山不可复识矣。予乃摄衣而上⑱，履巉岩⑲，披蒙茸⑳，踞虎豹㉑，登虬龙㉒，攀栖鹘之危巢㉓，俯冯夷之幽宫㉔。盖二客不能从焉。划然㉕长啸，草木震动，山鸣谷应，风起水涌。予亦悄然㉖而悲，肃然而恐，凛乎其不可留也㉗。返而登舟，放乎中流㉘，听其所止而休焉㉙。时夜将半，四顾寂寥㉚。适有孤鹤，横江东来。翅如车轮，玄裳缟衣㉛，戛然㉜长鸣，掠予舟而西也。

345

须臾客去，予亦就睡。梦一道士，羽衣蹁跹㉝，过临皋之下，揖予㉞而言曰："赤壁之游乐乎？"问其姓名，俯而不答。呜呼噫嘻！我知之矣。畴昔之夜㉟，飞鸣而过我者，非子也耶？道士顾㊱笑，予亦惊寤。开户视之，不见其处。

【注释】

① 是岁：指宋神宗元丰五年（1082）。望：阴历每月十五日。
② 雪堂：苏轼在黄州时建造的自住的厅堂。
③ 临皋（gāo）：亭名，在今湖北省黄冈市南、长江之旁。
④ 二客从予：两位客人随我同去。
⑤ 黄泥之坂（bǎn）：黄泥坂是从雪堂到临皋亭去的必经之路。坂，斜坡。
⑥ 行歌相答：一边走一边唱，互相酬答。
⑦ 已而：过了一会儿。
⑧ 肴（yáo）：菜肴。
⑨ 如此良夜何：怎么对待这个良夜呢？
⑩ 薄（bó）暮：傍晚。薄，迫近。
⑪ 松江之鲈：松江（流经今江苏省和上海市一带）盛产四鳃鲈，长仅五六寸，味甚鲜美。
⑫ 这句说：但从什么地方能弄到酒呢？顾，但是。安所，从什么地方。
⑬ 谋诸妇：和妻子商量。诸，之于。
⑭ 子：您。 不时之需：随时的需要。
⑮ 复游：这年七月苏轼曾游过赤壁，见《前赤壁赋》，这次是再去游览。
⑯ 断岸：陡峭的江岸。
⑰ 曾日月之几何：只不过隔了几天呀。
⑱ 摄衣而上：撩起衣裳登岸。
⑲ 履巉（chán）岩：踏着险峻的山岩。
⑳ 披蒙茸（róng）：拨开稠密纷繁的山草。
㉑ 踞虎豹：蹲坐在像虎豹一样的山石上。
㉒ 登虬（qiú）龙：攀着像虬龙一样弯曲的古木。虬龙，古代传说中一种有角的小龙。
㉓ 栖（qī）：宿息。 鹘（hú）：一种凶猛的鸟。 危巢：高高的鸟巢。
㉔ 俯：低头瞧着。 冯（píng）夷：水神名。 幽宫：深宫。
㉕ 划然：长啸的声音。
㉖ 悄然：忧愁的样子。
㉗ 凛乎其不可留也：感到害怕，不敢停留。
㉘ 放乎中流：放船到江心。
㉙ 听其所止而休焉：让它自己漂流到哪里，就在哪里停泊。
㉚ 寂寥（liáo）：冷静。
㉛ 玄：黑色。 裳：下裙。 缟（gǎo）：白色的丝织品。 衣：上衣。鹤全身纯白，翅旁和尾端呈黑色，所以这么说。
㉜ 戛（jiá）然：形容鹤叫的尖利声。
㉝ 羽衣：道士是鹤化成的，所以仍穿"羽衣"。 蹁跹（pián xiān）：飘然轻快的样子。
㉞ 揖（yī）予：向我拱手施礼。
㉟ 畴（chóu）昔之夜：这里指昨天夜里。畴昔，从前。畴，语助词，没有实在的意义。
㊱ 顾：回头看。

【简析】

　　苏轼这次重游赤壁，离开前次只有三个月。一样风月，两种境界。前赋字字秋色，这篇句句冬景，但都具有诗情画意。这篇赋还写了上次没有写到的登山情景，渲染出可惊可怖的气氛，与上次风月水光的安谧幽静，恰成鲜明的对照。

　　至于后面道士化鹤的幻觉，写得迷离恍惚，带有比前赋更为浓重的虚无飘渺的色彩，这是作者企图超尘绝俗的思想的曲折反映。

苏 辙

苏辙（1039—1112），字子由，眉山（今四川省眉山市）人。他的政治思想和立场跟他哥哥苏轼大致相同。宋仁宗（赵祯）时，和苏轼同时考中进士，并曾做过地方官。神宗时，他反对王安石变法，屡遭贬谪。哲宗时，旧党执政，他官至尚书右丞、门下侍郎（副宰相）等显要职位。晚年又贬职外调。

上枢密韩太尉①书

太尉执事②：辙生好为文，思之至深。以为文者，气之所形；然文不可以学而能，气可以养而致③。孟子曰："我善养吾浩然之气④。"今观其文章，宽厚宏博，充乎天地之间，称其气之小大⑤。太史公⑥行天下，周览四海名山大川，与燕、赵⑦间豪俊交游，故其文疏荡⑧，颇有奇气。此二子者，岂尝⑨执笔学为如此之文哉！其气充乎其中，而溢乎其貌，动乎其言，而见乎其文，而不自知也⑩。

辙生十有九年矣。其居家所与游者，不过其邻里乡党⑪之人；所见不过数百里之间，无高山大野可登览以自广[12]；百氏[13]之书，虽无所不读，然皆古人之陈迹，不足以激发其志气。恐遂汩没[14]，故决然舍去，求天下奇闻壮观，以知天地之广大。过秦汉之故都[15]，恣观终南、嵩、华之高[16]；北顾[17]黄河之奔流，慨然想见古之豪杰；至京师仰观天子宫阙[18]之壮，与仓廪府库城池苑囿[19]之富且大也，而后知天下之巨丽；见翰林欧阳公[20]，听其议论之宏辩，观其容貌之秀伟，与其门人贤士大夫游，而后知天下之文章聚乎此也。太尉以才略冠天下，天下之所恃以无忧，四夷之所惮以不敢发[21]，入则周公、召公[22]，出则方叔、召虎[23]，而辙也未之见焉。

且夫人之学也，不志其大，虽多而何为[24]？辙之来也，于山见终南、嵩、华之高，于水见黄河之大且深，于人见欧阳公，而犹以为未见太尉也。故愿得观贤人之光耀[25]，闻一言以自壮，然后可以尽天下之大观，而无憾[26]者矣。

辙年少，未能通习吏事。向之来，非有取于斗升之禄[27]。偶然得之，非其所乐。然幸得赐归待选[28]，使得优游[29]数年之间，将归益治[30]其文，且学为政。太尉苟以为可教而辱教[31]之，又幸[32]矣。

【注释】

① 枢密韩太尉：韩琦，当时任枢密使（掌握全国军事）。太尉，秦、西汉时官名，是全国军事首脑。枢密使相当于太尉，所以称韩琦为太尉。

② 执事：左右的人。这是旧时表示尊敬的客套话，意思是，不敢直接接触，

只敢通过对方的办事人员转致。
③ 这几句说：我以为文章是"气"的表现；但是，文章并非通过学习就能写（必须先有"气"，才能有文），而"气"经过修养却能得到。
④ 浩然之气：指刚正不阿之气。
⑤ 称（chèn）：符合，相称。　小大：大小的程度。
⑥ 太史公：西汉杰出的历史学家司马迁，曾任太史令（史官），自称太史公。
⑦ 燕、赵：战国时两国名，这里借指今的河北、山西一带。
⑧ 疏荡：指文章的疏放潇洒、跌宕多姿。
⑨ 岂尝：几曾。
⑩ 这几句说：他们二人的"气"充满在心中，就在外表上表露出来，发而为言语，表现为文章，自己是不知不觉而然的。中，心。乎，于。
⑪ 乡党：本乡本土。古代以一万二千五百家为乡，以五百家为党。
⑫ 自广：扩大自己的胸襟。
⑬ 百氏：诸子百家。
⑭ 汩（gǔ）没：埋灭。
⑮ 秦汉之故都：秦都咸阳（故址在今陕西省西安市东），西汉都长安（今陕西省西安市），东汉都洛阳（今河南省洛阳市）。
⑯ 恣：尽情。　终南：山名，在今陕西省周至县。　嵩：中岳嵩山，在今河南省登封市。　华：西岳华山，在今陕西省华阴市。
⑰ 顾：望。
⑱ 宫阙：宫殿。阙原指宫廷外面的望楼。
⑲ 苑囿（yòu）：种植花木和畜养禽兽的园子。
⑳ 翰林欧阳公：欧阳修。他曾任翰林学士（替皇帝起草诏令的官）。
㉑ 四夷：指四方各少数民族。　惮（dàn）：畏惧、顾忌。　发：侵扰。
㉒ 周公、召公：周公名旦，召公名奭（shì），都是周武王的弟弟。武王死后，他们辅助幼主成王，政绩卓著。
㉓ 方叔、召虎：周宣王时的名臣，都曾征战有功。这里是写韩琦兼有将相之才。
㉔ 这几句说：况且，人的研究学问，如果不在大处着眼，虽多有什么用呢？且夫，发语词，况且。
㉕ 光耀：指人的丰采。
㉖ 憾（hàn）：遗恨。
㉗ 这两句说：以前来此，并非为了取得区区的薪俸。向，以前。禄，官俸。
㉘ 赐归待选：叫我回家，等待考选。
㉙ 优游：空闲。
㉚ 益治：再加研究。
㉛ 苟：如果。　辱教：屈尊指教。
㉜ 幸：幸运。

【简析】

　　苏辙写这封信，目的是希望得到韩琦的接见，但这不是一篇干巴巴的"干谒"（求见大官）文字。他认为文章是"气"的自然表现，所谓"气"，指的是人的修养、气质、精神力量的总和，并进一步指出应该从增加阅历、扩大交游中去获得这种"气"。这种把写作和一定的社会生活联系起来的观点，是值得重视的。最后才点明主题，说出自己求见韩琦的原因，正是为了要扩大交游和增加见识。

晁补之

晁补之（1053—1110），字无咎，济州巨野（今山东省巨野县）人。宋神宗（赵顼 xù）时考中进士。历任著作佐郎（管理史料和撰述工作）、吏部员外郎（隶属吏部的曹司助理官，负责官员的调派）、礼部郎中（隶属礼部的曹司首长，掌管考试、教育等工作）和其他地方官。后来受到贬谪，回家隐居。他的文章早年就受到苏轼的推重，被称为"苏门四学士"之一（其他三人是黄庭坚、秦观、张耒）。

新城游北山①记

去新城之北三十里，山渐深，草木泉石渐幽，初犹骑行石齿②间，旁皆大松，曲者如盖③，直者如幢④，立者如人，卧者如虬⑤。松下草间，有泉，沮洳伏⑥见，堕石井⑦，锵然⑧而鸣。松间藤数十尺，蜿蜒如大虺⑨。其上有鸟，黑如鸲鹆⑩，赤冠长喙⑪，俯而啄，磔然⑫有声。稍西一峰高绝，有蹊介然⑬，仅可步。系马石嘴⑭，相扶携而上，篁筱⑮仰不见日，如四五里，乃闻鸡声。有僧布袍蹑履⑯来迎，与之语，愕而顾；如麋鹿不可接。顶有屋数十间，曲折依崖壁为栏楯⑰,如蜗⑱鼠缭绕,乃得出。门牖相值⑲,既坐,山风飒然⑳而至,堂殿铃铎㉑皆鸣,二三子㉒相顾而惊,不知身之在何境也。

且暮㉓皆宿,于时㉔九月,天高露清,山空月明,仰视星斗,皆光大㉕,如适在人上。窗间竹数十竿,相摩戛㉖,声切切不已。竹间梅棕㉗,森然如鬼魅离立突鬓之状㉘,二三子又相顾魄动而不得寐㉙,迟明㉚皆去。

既还家数日,犹恍惚若有遇,因追记之。后不复到,然往往想见其事也。

【注释】

① 新城:今属浙江省富阳市。 北山:官山,在原新登县北三十里。
② 骑行:骑马而行。 石齿:指路面有突出的像牙齿似的碎石。
③ 盖:车篷。
④ 幢(chuáng):古代旗子一类的东西。
⑤ 虬(qiú):古代传说中一种有角的小龙。
⑥ 沮洳(jù rù):低湿的地方。 伏:水潜流于地下。
⑦ 堕石井:指泉水流入石井之中。
⑧ 锵(qiāng)然:象声词。
⑨ 蜿蜒(wān yán):曲折绵长的样子。 蚖(yuán):即蝮蛇,长可达一公尺左右。
⑩ 鸲鹆(qú yù):八哥。一种能学人说话的鸟。
⑪ 赤冠长喙(huì):红顶长嘴。
⑫ 磔(zhé)然:鸟鸣声。这里指鸟啄声。
⑬ 蹊:小路。 介然:形容道路的界线分明。
⑭ 石嘴:石角。
⑮ 篁筱(xiǎo):竹。
⑯ 布袍蹑(niè)履:穿着袍子和鞋子。
⑰ 栏楯(shǔn):栏杆。直的叫栏,横的叫楯。
⑱ 蜗:蜗牛。
⑲ 牖(yǒu):窗户。 相值:相对。
⑳ 飒(sà)然:风声。
㉑ 铎(duó):大铃。
㉒ 二三子:同行的几位朋友。
㉓ 且暮:近晚。
㉔ 于时:这时正是。
㉕ 光大:指星斗既亮又大。
㉖ 摩戛(jiá):摩击。
㉗ 棕:棕榈树。
㉘ 森然:阴森森的样子。 鬼魅(mèi)离立突鬓之状:鬼怪对着、鬓毛怒张的形状。
㉙ 魄动:惊怕。 寐(mèi):睡着。
㉚ 迟明:天将明未明的时候。

【简析】

　　从唐代大散文家柳宗元以来,游记散文得到很大的发展。这篇游记,风格峭刻峻洁,语言凝练简短,可以看出受了柳宗元很深的影响。前一部分着重于客观景物的准确描摹,后一部分写秋夜,与主观感受结合起来,突出了一个冷峭可怖的境界。

李格非

李格非，字文叔，济南（今山东省济南市）人。宋神宗（赵顼）熙宁九年（1076）考中进士。历任礼部员外郎（隶属礼部的曹司助理官，负责考试、教育等工作），提点京东路刑狱（负责一路刑狱、治安等的长官。京东路，治所在宋州，今河南省商丘市）。他是宋朝著名女词人李清照的父亲。

书洛阳名园记后[①]

洛阳处天下之中，挟崤、渑之阻[②]，当秦、陇之襟喉[③]，而赵、魏之走集[④]，盖四方必争之地也。天下常无事则已；有事，则洛阳必先受兵[⑤]。予故尝曰：洛阳之盛衰，天下治乱之候[⑥]也。

方唐贞观、开元[⑦]之间，公卿贵戚开馆列第于东都者[⑧]，号千有余邸[⑨]。及其乱离[⑩]，继以五季之酷[⑪]，其池塘竹树，兵车蹂践，废而为丘墟，高亭大榭[⑫]，烟火焚燎，化而为灰烬，与唐共灭而俱亡，无余处矣。予故尝曰：园圃之废兴，洛阳盛衰之候也。

且[⑬]天下之治乱，候[⑭]于洛阳之盛衰而知；洛阳之盛衰，候于园囿之废兴而得；则《名园记》之作，予岂徒然哉[15]？

呜呼！公卿大夫方进[16]于朝，放乎一己之私意以自为[17]，而忘天下之治忽[18]，欲退[19]享此乐，得乎？唐之末路是矣[20]。

【注释】

① 书后：文体的一种，即跋，放在书的后面（书前的叫序）。
② 挟：夹持，靠着。 崤（yáo）：山名，一称嵚崟山，主峰在今河南省灵宝市东南。 渑（miǎn）：古时"九塞"之一，在今河南省渑池县。 阻：险阻。
③ 当：正处于。 秦：指秦地，今陕西省一带。 陇：指今陕西省西部和甘肃省一带。 襟喉：衣襟和咽喉，比喻地势险要。洛阳是通往秦、陇的要道。
④ 赵、魏：指赵地和魏地，在今河北、山西、河南接邻地区。 走集：原指边境上的堡垒。因它常地处险要，是往来必经的地方，所以叫"走集"。这里是说洛阳是通往赵、魏之地的交通要冲。
⑤ 受兵：遭遇战事。
⑥ 候：征兆，标志。
⑦ 方：当。 贞观：唐太宗（李世民）的年号（627—649）。 开元：唐玄宗（李隆基）的年号（713—741）。
⑧ 开、列：建造、设置。 东都：唐朝以长安为国都，洛阳为东都（陪都）。
⑨ 邸（dǐ）：指官员的住宅。
⑩ 乱离：遭乱而流离失所。
⑪ 五季：五代，即梁、唐、晋、汉、周。酷：指惨重的兵祸。
⑫ 榭（xiè）：建造在高台上的敞屋。
⑬ 且：连接词，表示转折。
⑭ 候：作动词用，预兆，象征。
⑮ 予岂徒然哉：我难道是白白地写作的吗？意思是别有寄托的。
⑯ 进：进用。
⑰ 放：放纵。 自为：随心所欲，爱干什么就干什么。
⑱ 治忽：指国家政治的好或坏。忽，怠忽，轻慢怠惰。
⑲ 退：退隐不做官。
⑳ 唐之末路是矣：唐朝灭亡时的情况就是这样的，指不能得到"退享"园囿之"乐"。

【简析】

宋哲宗（赵煦）绍圣二年（1095），李格非作《洛阳名园记》，记述了北宋时洛阳十九座花园的情况。他在文章后面又补写了这篇短跋，说明他写《洛阳名园记》是有政治寓意的。

文中先提出洛阳的盛衰是天下治乱的标志；进而论述洛阳园圃的兴废是洛阳盛衰的标志；最后推断洛阳园圃的兴废紧紧地关系着天下的治乱，士大夫们要保持园圃就必须关心天下大事。这是本文的主旨，也是作者写《洛阳名园记》的目的。这里充满着李格非对北宋国势危殆的忧虑。二十多年后，洛阳果然陷于女真族统治者之手，北宋宣告覆亡了。

本文逐层推理，逻辑严整，文章虽短而论证力很强。

李清照

　　李清照生于公元1084年，号易安居士，济南（今山东省济南市）人，我国杰出的女词人。她出身于官僚家庭，与太学生赵明诚结婚后，夫妇诗歌唱和，共同爱好和研究金石考据，过着平静的生活。北方被金统治者侵占后，他们南渡，赵明诚不久病死，毕生收藏的金石图书又相继散失。她在东南各地飘泊奔走，境况凄凉悲苦。她的卒年，约在1152年至1155年间。她的词在抒情艺术上有很高的成就，流传下来的少量诗作颇有爱国思想。

金石录后序①

　　右②《金石录》三十卷者何？赵侯德父③所著书也。取上自三代④，下迄五季⑤，钟、鼎、甗、鬲、盘、匜、尊、敦之款识⑥，丰碑、大碣、显人、晦士⑦之事迹，凡见于金石刻者二千卷⑧，皆是正讹谬⑨，去取褒贬，上足以合圣人之道⑩，下足以订史氏⑪之失者皆载之，可谓多矣。呜呼！自王播、元载之祸，书画与胡椒无异⑫；长舆、元凯之病，钱癖与传癖何殊⑬。名虽不同，其惑一也⑭。

右金石錄三十卷者何趙侯德父所著書也取上自三
代下迄五季鍾鼎甗鬲盤匜尊敦之款識豐碑大碣顯
人晦士之事蹟凡見於金石刻者二千卷皆是正譌謬
去取褒貶上足以合聖人之道下足以訂史氏之失者
皆載之可謂多矣嗚呼自王播元載之禍書畫與胡椒
無異長輿元凱之病錢癖與傳癖何殊名雖不同其惑
一也余建中辛巳始歸趙氏時先君作禮部員外郎丞
相時作吏部侍郎侯年二十一在太學作學生趙李族
寒素貧儉每朔望謁告出質衣取半千錢步入相國寺
市碑文果實歸相對展玩咀嚼自謂葛天氏之民也後

李清照《金石录后序》 《金石录》书影（清刻本）

余建中辛巳⑮，始归⑯赵氏。时先君作礼部员外郎⑰，丞相时作吏部侍郎⑱。侯年二十一，在太学⑲作学生。赵、李族寒，素贫俭。每朔望谒告⑳出，质㉑衣取半千钱，步入相国寺㉒，市㉓碑文、果实归，相对展玩咀嚼，自谓葛天氏㉔之民也。后二年，出仕宦，便有饭蔬、衣练㉕，穷遐方绝域㉖，尽天下古文奇字㉗之志。日就月将㉘，渐益堆积。丞相居政府㉙，亲旧或在馆阁㉚，多有亡诗逸史㉛，鲁壁、汲冢㉜所未见之书。遂尽力传写，浸觉㉝有味，不能自已。后或见古今名人书画、三代奇器，亦复脱衣市易。尝记崇宁㉞间，有人持徐熙《牡丹图》求钱㉟二十万。当时虽贵家子弟，求二十万钱，岂易得耶？留信宿㊱，计无所出而还之，夫妇相向惋怅㊲者数日。

后屏居㊳乡里十年，仰取俯给，衣食有余；连守两郡㊴，竭其俸入以事铅椠㊵。每获一书，即同共校勘，整集签题㊶。得书、画、彝㊷、鼎，亦摩玩舒卷，指摘疵病㊸，夜尽一烛为率㊹。故能纸札㊺精致，字画完整㊻，冠㊼诸收书家。余性偶㊽强记，每饭罢，坐归来堂㊾烹茶，指堆积书史，言某事在某书某卷第几页第几行，以中否角㊿胜负，为饮茶先后。中即举杯大笑，至茶倾覆怀中，反不得饮而起。甘心老是乡㉛矣！故虽处忧患困穷，而志不屈。

收书既成，归来堂起书库大橱，簿甲乙㉜，置书册。如要讲读，即请钥上簿关出㉝。卷帙㉞或少损污，必惩责揩完涂改,不复向时之坦夷也㊺。是欲求适意而反取僇栗㊻。余性不耐,始谋食去重肉㊼,衣去重采㊽,首无明珠、翡翠之饰,室无涂金、刺绣之具,遇书史百家字不刓缺㊾、本不讹谬者,辄市之,储作副本。自来家传《周易》《左氏传》,故两家者流㊿,文字最备。于是几案罗列枕藉㉑,意会心谋,目往神授㉒,乐在声色狗马㉓之上。

至靖康丙午㉔岁,侯守淄川㉕,闻金人犯京师,四顾茫然,盈箱溢箧㉖,且恋恋,且怅怅,知其必不为己物矣。建炎丁未㉗春三月,奔太夫人丧南来,既长物㉘不能尽载,乃先去书之重大印本者,又去画之多幅者,又去古器之无款识者,后乃去书之监本㉙者,画之平常者,器之重大者,凡屡减去,尚载书十五车。至东海㉚,连舻㉛渡淮,又渡江,至建康㉜。青州故第㉝,尚锁书册什物,用屋十余间,期明年再具舟㉞载之。十二月,金人陷青州。凡所谓十余屋者,已皆为煨烬㉟矣。

建炎戊申㊱秋九月,侯起复知建康府㊲。己酉㊳春三月罢,具舟上芜湖㊴,入姑孰㊵,将卜居赣水㊶上。夏五月至池阳㊷,被旨知湖州㊸,过阙上殿㊹;遂驻家池阳,独赴召。六月十三日,始负担舍舟,坐岸上,葛衣岸巾㊺,精神如虎,目光烂烂射人,望舟中告别。余意甚恶㊻,呼曰:"如传闻城中缓急㊼,奈何?"戟手㊽遥应曰:"从众㊾。必不得已,先去辎重,次衣被,次书册卷轴,次古器,独所谓宗器⁹⁰者,可自负抱,与身俱存亡,勿忘也!"遂驰马去。途中奔驰,冒大暑感疾,至行在⁹¹,病痁⁹²。七月末,书报卧病。余惊怛⁹³,念侯性素急,奈何病痁;或热必服寒药,疾可忧。遂解舟下,一日夜行三百里。比⁹⁴至,果大服紫胡、黄芩药⁹⁵,疟且痢,病危在膏肓⁹⁶。余悲泣仓皇,不忍问后事。八月十八日,遂不起,取笔作诗,绝笔而终,殊无分香卖屦之意⁹⁷。

葬毕,余无所之⁹⁸。朝廷已分遣六宫⁹⁹,又传江当禁渡。时犹有书二万卷,金石刻二千卷,器皿茵¹⁰⁰褥,可待百客¹⁰¹,他长物称是¹⁰²。余又大病,仅存喘息。时势日迫,念侯有妹婿任兵部侍郎¹⁰³,从卫¹⁰⁴在洪州,遂遣二故吏先部送¹⁰⁵行李往投之。冬十二月,金人陷洪州,遂尽委弃。所谓连舻渡江之书,又散为云烟¹⁰⁶矣!独馀少轻小卷轴、书帖,写本李、杜、韩、柳集¹⁰⁷,《世说》《盐铁论》¹⁰⁸,汉、唐石刻副本数十轴,三代鼎鼐十数事¹⁰⁹,南唐写本书数箧,偶病中把玩,搬在卧内者,岿然独存¹¹⁰。

上江¹¹¹既不可往,又虏势叵¹¹²测,有弟远¹¹³,任敕局删定官¹¹⁴,遂往依之。到台¹¹⁵,台守¹¹⁶已遁。之剡¹¹⁷,出陆¹¹⁸,又弃衣被。走黄岩¹¹⁹,雇舟入海,奔行朝¹²⁰。时驻跸章安¹²¹,从御舟海道之温¹²²,又之越¹²³。庚戌¹²⁴十二月,放散百官¹²⁵,遂之衢¹²⁶。绍兴辛亥¹²⁷春三月,复赴越,壬子¹²⁸,又赴杭。

先(129)，侯疾亟(130)时，有张飞卿学士携玉壶过视侯，便携去，其实珉(131)也。不知何人传道(132)，遂妄言有颁金(133)之语，或传亦有密论列(134)者。余大惶怖，不敢言，亦不敢遂已(135)，尽将家中所有铜器等物，欲赴外廷(136)投进。到越，已移幸四明(137)。不敢留家中，并写本书寄剡。后官军收叛卒，取去，闻尽入故李将军(138)家。所谓"岿然独存"者，无虑十去五六矣！惟有书画砚墨可(139)五六簏，更不忍置他所，常在卧榻下，手自开阖。

在会稽(140)，卜居土民锺氏舍。忽一夕，穴壁(141)负五簏去。余悲恸不得活，立重赏收赎。后二日，邻人锺复皓出十八轴求赏，故知其盗不远矣！万计求之，其余遂牢不可出。今知尽为吴说(142)运使贱价得之。所谓"岿然独存"者，乃十去其七八；所有一二残零不成部帙书册，三数种平平书帖，犹复爱惜如护头目，何愚也耶！

今日忽开此书，如见故人。因忆侯在东莱(143)静治堂，装卷初就，芸签缥带(144)，束十卷作一帙。每日晚吏散，辄校勘二卷，跋题一卷。此二千卷，有题跋者五百二卷耳。今手泽(145)如新，而墓木已拱(146)，悲夫(147)！

昔萧绎江陵陷没，不惜国亡，而毁裂书画(148)；杨广江都倾覆，不悲身死，而复取图书(149)，岂人性之所著(150)，生死不能忘欤？或者天意以余菲薄(151)，不足以享此尤物(152)耶？抑亦(153)死者有知，犹斤斤爱惜，不肯留人间耶？何得之艰而失之易也？呜呼！余自少陆机作赋之二年⑭，至过蘧瑗知非之两岁⑮，三十四年之间，忧患得失，何其多也？然有有必有无，有聚必有散，乃理之常。人亡弓，人得之⑯，又胡足道⑰？所以区区⑱记其终始者，亦欲为后世好古博雅者之戒云。

绍兴二年玄默岁壮月朔甲寅易安室⑲题。

【注释】

① 《金石录》：书名，三十卷，赵明诚撰。金，古代青铜器。石，石刻碑铭之类。这类东西上镌刻的文字，是研究文字学和历史学的重要材料。　后序：《金石录》一书，已有赵明诚作的自序，李清照这篇序，放在全书的后面。
② 右："以上"的意思。古书都是从右至左直行刻印的，这篇后序放在全书之末，所以说"右"。
③ 侯：旧时对州郡地方长官的称呼。赵明诚做过几任地方官，李清照就用"侯"来称呼他。　德父：赵明诚的字。
④ 三代：夏、商、周。
⑤ 五季：五代（梁、唐、晋、汉、周）。
⑥ 钟：古代乐器。　鼎：古代炊器。甗（yǎn）：古代炊器，有上下两层，上层供蒸物用，下层供煮物用。　鬲（lì）：鼎属。　盘、匜（yí）：盥洗的器具。舀水用匜，承水用盘。　尊：酒器。　敦（duì）：盛食物的器具。以上都是商、周青铜器的名称。　款识：铭刻的文字。
⑦ 丰碑、大碣（jié）：大石碑。　显人：有声望有地位的人。　晦士：生平不为世人所知的人。
⑧ 二千卷：指拓本的件数。
⑨ 是正：校订。　讹谬（é miù）：错误。
⑩ 道：道理，原则。
⑪ 史氏：历史家。
⑫ 王播：字明敭（yáng），唐文宗时任尚书左仆射（宰相），为人贪酷，但生平没有藏书画的事，疑当作王涯。王涯，字广津，也是唐文宗时的宰相，酷爱书画，收藏甚富，后来全被抄没。　元载：字公辅，唐代宗时的宰相，后因罪抄家，光胡椒就有八百多石。
⑬ 长舆：和峤的字，晋人，性吝啬，当时人说他有钱癖。　元凯：杜预的字，晋人，曾注《春秋左传》。有一次晋武帝问他有什么癖好？他回答说："臣有《左传》癖！"
⑭ 这句是感慨激愤的话，不能拘于字面来了解。李清照实际上认为藏书画比藏胡椒高雅，钱癖比传癖庸劣。
⑮ 建中辛巳：宋徽宗建中靖国元年（1101）。
⑯ 归：嫁与。
⑰ 先君：称死去的父亲，指李格非。礼部员外郎：隶属礼部的曹司助理官，负责考试、教育等工作。

⑱ 丞相：指赵挺之，赵明诚的父亲。他曾任尚书右仆射兼中书侍郎，相当于宰相。　吏部侍郎：吏部副首长，负责官员的调派、升降等。
⑲ 太学：当时官立的最高学府。
⑳ 朔望：阴历每月初一、十五。　谒告：请假。
㉑ 质（zhì）：典当。
㉒ 相国寺：在今河南省开封市内。
㉓ 市：买。
㉔ 葛天氏：传说中的远古帝王名，后世常对原始社会加以美化，以为那时人民性格纯朴而生活悠闲。
㉕ 练：这里指粗糙的丝帛，不作洁白的丝帛讲。有的本子作"练（shū）"，即粗布。
㉖ 穷：游遍。　遐方绝域：遥远的边疆。
㉗ 古文：指秦以前的文字。　奇字："古文"的异体字。
㉘ 日就月将：日有所成，月有所得，指逐渐积累。
㉙ 政府：指中书省，全国最高行政机构。赵挺之曾为中书侍郎。
㉚ 亲旧：亲友、故交。　馆阁：收藏图书、编修国史的机关。
㉛ 亡诗：《诗经》三百五篇以外的诗。逸史：失传的史籍。
㉜ 鲁壁：汉武帝时，鲁恭王捣毁孔丘故宅墙壁，发现《古文尚书》等。　汲冢：晋武帝时，汲郡人盗掘魏襄王坟墓，得到竹书数十车。这里都是借指罕见的秘本。
㉝ 浸觉：愈来愈感到。
㉞ 崇宁：宋徽宗（赵佶）的年号（1102—1106）。
㉟ 徐熙：南唐时的大画家，工于花鸟。求钱：索价。
㊱ 信宿：连宿两夜。再宿叫信。
㊲ 怅（chàng）：可惜。
㊳ 屏（bǐng）居：隐居。

㊴ 守：任地方官。　两郡：指莱州（今山东省莱州市）、淄州（今山东省淄博市）。
㊵ 铅椠（qiàn）：指校勘、刻版或著述。铅，粉笔，用以修改错字；椠，没有写过字的书板。
㊶ 签题：写上书名。
㊷ 彝（yí）：古代祭器。
㊸ 疵（cī）病：缺点。
㊹ 夜尽一烛为率（lǜ）：每晚观赏品评这些东西，以点完一支蜡烛的时间为标准。
㊺ 纸札：纸张。
㊻ 字画完整：指书中文字的笔画完整无残缺。
㊼ 冠：超过。
㊽ 偶：谦词，把自己很强的记忆力说是偶然的事情。
㊾ 归来堂：在青州（今山东省青州市）赵明诚家中。
㊿ 角：比赛。
51 老是乡：在这样的环境里终老。
52 簿甲乙：编制目录。
53 请钥：领钥匙。　上簿：登记。　关出：领出。
54 卷帙（zhì）：书页。帙，原指书套。
55 不复向时之坦夷也：不像以前那样随随便便了。向，以前。坦夷，置之度外。
56 憭慄（liáo lì）：严肃拘牵。
57 重肉：多于一盘的荤菜。
58 重采：多于一件的锦绣衣裙。
59 刓（wán）缺：残缺。
60 两家者流：指有关《周易》和《左传》的注疏的书。
61 枕藉：左一本右一本地叠着。
62 意会心谋，目往神授：描写人对书籍的极度爱好，达到彼此精神相通的境界：意与书会，心与书合，目所视是书，精神所注也是书。

(63) 声色：音乐、女色。　狗马：狗和马，指玩好之物。
(64) 靖康丙午：宋钦宗靖康元年（1126）。
(65) 淄川：淄州，今山东省淄博市。
(66) 盈箱溢箧（qiè）：满箱满箱的书。箧，箱子。
(67) 建炎丁未：宋高宗建炎元年（1127）。
(68) 长（zhàng）物：多余的东西。
(69) 监本：国子监（官学）印行的书，比较普通易得。
(70) 东海：今江苏省灌云县。
(71) 连舻（lú）：大船前后衔接，指船多。
(72) 建康：今江苏省南京市。
(73) 故第：旧宅。
(74) 期：预定，打算。　具舟：备船。
(75) 煨烬（wēi jìn）：烧剩的灰。
(76) 建炎戊申：建炎二年（1128）。
(77) 起复：又被任用。　知建康府：任建康府的长官。
(78) 己酉：建炎三年（1129）。
(79) 芜湖：今安徽省芜湖市。
(80) 姑孰：溪名，在今安徽省当涂县。
(81) 卜居：择地移住。　赣（gàn）水：赣江，在今江西省。
(82) 池阳：今安徽省池州市贵池区。
(83) 被旨：奉旨。　湖州：府名，在今浙江省湖州市吴兴区。
(84) 过阙上殿：进见皇帝。
(85) 葛衣：葛布衣服。　岸巾：把头巾推后，露出额顶，表示穿戴随便的样子。
(86) 意甚恶：心绪不好。
(87) 缓急：发生突然事变。
(88) 戟（jǐ）手：竖起食指、中指来指人，形如古代兵器中的戟。一般形容怒骂时的情状，这里是加强语气的动作。
(89) 从众：照大家一样。
(90) 宗器：祠堂里祭祀和陈设的器物。
(91) 行在：皇帝外出时临时的驻所，这里指建康。
(92) 痁（diàn）：疟疾。
(93) 惊怛（dá）：惊恐忧伤。
(94) 比（bì）：及。
(95) 紫胡、黄芩（qín）药：都是属于寒性的药。
(96) 膏肓（huāng）：病在心膈之间，无可救药。
(97) 殊无分香卖屦（jù）之意：没有安排家务的遗嘱。分香卖屦，用曹操的典故。曹操临死时，遗嘱把多余的香料分给他的众夫人，又叫他的姬妾们学制鞋带去卖钱。
(98) 之：往。
(99) 分遣六宫：宋高宗建炎三年（1129）七月，隆祐太后率六宫逃往洪州（今江西省南昌市）。六宫，指皇帝的后妃们。
(100) 茵（yīn）：垫子。
(101) 可待百客：可供一百个人使用。
(102) 他长物称（chèn）是：其他顶用的东西，数目略同。
(103) 兵部侍郎：兵部副首长，管理全国军务。
(104) 从卫：随从保卫皇室。
(105) 部送：护送。
(106) 散为云烟：化为乌有。
(107) 李、杜、韩、柳集：唐朝著名文学家李白、杜甫、韩愈、柳宗元的集子。
(108)《世说》：《世说新语》，南北朝人刘义庆著。　《盐铁论》：汉桓宽著。
(109) 鼐（nài）：大鼎，古代青铜器。　事：件。
(110) 岿（kuī）然独存：泛指经过厄运而剩余的东西。
(111) 上江：指今安徽省一带。江苏省一带称为“下江”。这里指江西省。
(112) 虏：对敌人的贱称。　叵（pǒ）：不可。
(113) 远：音 háng。
(114) 敕（chì）局删定官：负责编定政府诏令的机构中的官员。
(115) 台：台州，今浙江省临海市。
(116) 守：地方长官。
(117) 剡（shàn）：今浙江省嵊县。

(118) 陆：有的本子作睦，在今浙江省建德市，距离台州甚远，疑误。
(119) 黄岩：今浙江省黄岩市。
(120) 行朝：行至某处的朝廷，即前面文章中提到的“行在”。
(121) 驻跸（bì）：皇帝临时居地。 章安：在今浙江省临海市东南。
(122) 御舟：皇家的船。 温：温州，今浙江省温州市。
(123) 越：越州，今浙江省绍兴市。
(124) 庚戌：建炎四年（1130）。
(125) 放散百官：下令各级官员（侍从和谏官除外），可以自由找地居住，不必随皇帝一起行动。
(126) 衢：衢州，今浙江省衢州市衢江区。
(127) 绍兴辛亥：宋高宗绍兴元年（1131）。
(128) 壬子：绍兴二年（1132）。
(129) 先：当初。
(130) 疾亟（jí）：病危。
(131) 珉：像玉的石头。
(132) 传道：谣言。
(133) 颁金：送给金人。上赠下叫颁。
(134) 密论列：向朝廷告密。
(135) 已：罢休。
(136) 外廷：朝廷，与“内廷”相对而言。
(137) 移幸：御驾转移。 四明：明州，治所在今浙江省宁波市。
(138) 故：已死的。 李将军：不详。
(139) 可：大约。
(140) 会（kuài）稽：今浙江省绍兴市。
(141) 穴壁：掘壁（偷窃）。
(142) 吴说：字傅朋，当时名画家，曾任福建路转运判官（转运使的僚属。转运使，负责监察吏治、运送赋税到中央去的官）。
(143) 东莱：莱州（今山东省莱州市）。
(144) 芸签：书签。古人藏书多用芸草驱蠹虫，所以与书有关的物品，往往带“芸”字。 缥带：束书用的带子。
(145) 手泽：指赵明诚手写的墨迹。
(146) 墓木已拱：坟墓上的树木已可用手合抱。意思是死去很久。
(147) 悲夫：真可悲啊！
(148) 萧绎：梁元帝，即位于江陵（今湖北省江陵市）。北魏兵攻陷江陵，他烧毁了图书十四万卷。
(149) 杨广：隋炀帝。他出游江都（郡名，治所在今江苏省扬州市北）时，随身带许多珍贵文物，后来就在江都为部将宇文化及杀害。他临死时，曾烧书三十七万卷。这里说他死了还要将书带往阴世（指焚烧）。
(150) 人性之所著：精神所专注的事物。著，附着。
(151) 菲薄：浅薄。
(152) 尤物：优异之物。
(153) 抑亦：或者还是。
(154) 这句说：作者十八岁时嫁与赵明诚。陆机，晋朝文学家，相传他二十岁写成著名的《文赋》。
(155) 这句说：作者五十二岁时写这篇《后序》。蘧瑗（qú yuàn），名伯玉，春秋卫大夫，五十岁时，自知四十九年之非。后世就用“知非之年”作为五十岁的代称。
(156) 人亡弓，人得之：语出《孔子家语》。有一次，楚恭王出外游玩，遗失了一张名贵的弓，随从们要去找它，楚恭王阻止道：“楚人失之，楚人得之，又何求焉。”孔子听到这话以后说：“惜乎其不大（气量小）也。亦曰人遗弓、人得之而已，何必楚也。”作者引用这句话，借以说明自己丢失金石图书，总会有人得到他们。有失就有得，没有什么两样。这是无可奈何、自我安慰的话。
(157) 胡足道：哪里值得一提呢？
(158) 区区：与“拳拳”意思相似，爱而舍不得的样子。
(159) 玄黓（yì）：古人用干支纪年，太岁在壬叫玄黓，绍兴二年（1132）岁属壬子。　壮月朔甲寅：阴历八月初一。查此年八月初一的干支为戊子，甲寅为二十七日，于是有人认为应题为"戊子朔甲寅"，先题朔日之干支，再题当日之干支。但据宋刊本洪迈《容斋四笔》卷五及明抄《说郛》本《瑞桂堂暇录》，此序应作于绍兴四年（1134）秋八月。绍兴四年正是岁次甲寅，疑原题为"绍兴四年甲寅岁壮月朔"，且与李清照的生平符合。　易安室：李清照的居室名。这里是"易安室主人"的意思。

【简析】

　　这篇序文除了开头说明《金石录》一书的内容和目的外，可分两个部分。前一部分是写作者夫妇如何节衣缩食收集金石古籍，以及沉浸其中的乐趣，调子是欢快的；后一部分写在金兵南下以后的逃亡生活中，收藏的古物如何屡遭厄运，充满了悲惨低沉的情思。最后以抒发感慨作结。全文大致以事件发生的先后为次序，逐层写来，笔端微露感情，文字简洁朴素，其中夫妇猜书品茶和途中离别的几段，描摹细致，文情酣畅。

　　序文是围绕金石资料的"得难失易"的思想线索来写的，这样才能和书序切题；但由于它们与作者的生活和命运有着密切的关联，实际上也写出了作者一生的经历，并从侧面透露出动乱苦难的时代面貌。

刘子翚

刘子翚（huī）(1101—1147)，字彦冲，自号病翁，崇安（今福建省崇安县）人。他是一位哲学家，宋朝著名理学家朱熹就是他的门生。一生做官不很得志，便在家乡东面的屏山讲学，被称为屏山先生。

试梁道士笔

善将不择兵，善书不择笔①，顾②所用如何耳！南渡③以来，毛颖乏绝④，幔亭黄冠以笔遗⑤予，玉表霜里⑥，视之皆触藩之柔毳⑦也。束缚精妙，驱使如意，亦管城之亚匹⑧焉。因念神州赤县半没埃秽中⑨，或言南兵剽轻⑩不足仗者，而春秋吴楚之霸⑪，六朝晋宋之捷⑫，不闻借锐⑬于它方，选徒⑭于外境。昔人云：京口⑮酒可饮，兵可用。岂用之自有道⑯耶？书生过计⑰，推此理于试笔之间，庶几巍巍之裔不专美于旧谈⑱，组练⑲之军或有为于今日。

【注释】

① 善将不择兵，善书不择笔：善于带领军队的人用不着挑选士兵，善于写字的人用不着挑选毛笔。

② 顾：但看。

③ 南渡：公元 1127 年，金兵攻占汴京（今河南省开封市），宋高宗赵构率群臣渡江、定都临安（今浙江省杭州市）。
④ 毛颖：笔毛。颖，毛的尖端。 乏绝：缺乏。
⑤ 幔（màn）亭：山峰名，在福建省武夷山顶。 黄冠：道士的代称，这里指梁道士。 遗（wèi）：送。
⑥ 玉表霜里：形容笔毛的洁白。
⑦ 触藩：借指羊（原义是羊在抵擦篱笆）。 柔毳（cuì）：柔软的细毛。
⑧ 管城：上好毛笔的别称。唐朝韩愈写《毛颖传》，把毛笔拟人化，并说秦始皇把毛笔封在管城，毛笔号为管城子。 亚匹：可以相配得上的。
⑨ 神州赤县半没埃秽中：指北中国被女真族统治者占领。神州赤县，中国的别称。战国齐人邹衍创立"大九州"的说法，把中国叫做赤县神州。
⑩ 剽轻：易动好乱。
⑪ 春秋吴楚之霸：春秋时，吴、楚（地在湘、鄂、皖、江、浙一带的两个国家）曾先后称霸一时。
⑫ 六朝晋宋之捷：六朝时，东晋和宋都建都在今的江苏省南京市，曾屡次打败北方入侵的少数民族统治者。
⑬ 锐：指精兵劲卒。
⑭ 徒：士兵。
⑮ 昔人：指东晋的桓温。 京口：今江苏省镇江市。
⑯ 道：方法。
⑰ 过计：多虑。
⑱ 庶几：表示希望的语助词。 魏巍（jùn nuò）之裔：指毛笔。魏巍，两种兔子。裔，后代。 旧谈：前人以毛笔为题做的文章。
⑲ 组练："组甲被练"的简称。军士所穿的两种衣甲，引申为精壮的军队。

【简析】

　　从一支毛笔谈起，联系到救亡大事，转接自然，一点也不牵强。它真实地表达了作者奋起抗敌、收复中原的坚决意志和对国家命运的深刻关怀。

胡　铨

胡铨（1102—1180），字邦衡，号澹庵，庐陵（今江西省吉安市）人。宋高宗（赵构）时进士，做过枢密院编修官（担任撰述工作）。一生坚决主张抗战，反对与金人议和，是位进步的政治家。

上高宗封事①

绍兴八年②十一月日，右通直郎枢密院编修官臣胡铨谨斋沐裁书昧死③百拜献于皇帝陛下：臣谨案王伦本一狎邪④小人，市井⑤无赖。顷缘宰相⑥无识，遂举以使虏⑦。专务诈诞，欺罔天听⑧，骤得美官。天下之人，切齿唾骂。今者无故诱致虏使，以诏谕江南为名⑨，是欲臣妾我也，是欲刘豫我也⑩。刘豫臣事⑪丑虏，南面称王，自以为子孙帝王万世不拔之业，一旦豺狼改虑⑫，捽⑬而缚之，父子为虏。商鉴⑭不远，而伦又欲陛下效之！夫天下者，祖宗之天下也；陛下所居之位，祖宗之位⑮也。奈何以祖宗之天下，为犬戎⑯之天下，以祖宗之位，为犬戎藩臣⑰之位？陛下一屈膝，则祖宗庙社之灵，尽污夷狄；祖宗数百年之赤子[18]，尽为左衽[19]；朝廷宰执[20]，尽为陪臣；天下之士大夫，皆当裂冠毁冕变为胡[21]服。异时豺狼无厌[22]之求，安知[23]不加我以无礼如刘豫者哉？夫三尺童子，至无知也，指犬豕[24]而使之拜，则怫然[25]怒。今丑虏则犬豕也，堂堂天朝，相率[26]而拜犬豕，曾[27]童稚之所羞，而陛下忍为之耶！伦之议乃曰："我一屈膝，则梓宫[28]可还，太后可复[29]，渊圣[30]可归，中原可得。"呜呼！自变故[31]以来，主和议者，谁不以此说啖[32]陛下哉？而卒无一验[33]，是虏之情伪[34]，已可知矣。而陛下尚不觉悟，竭民膏血而不恤[35]，忘国大仇而不报，含垢[36]忍耻，举天下而臣之[37]甘心焉。就令[38]虏决可和，尽如伦议，天下后世，谓陛下何如主[39]？况丑虏变诈百出，而伦又以奸邪济[40]之，梓宫决不可还，太后决不可复，渊圣决不可归，中原决不可得。而此膝一屈，不可复伸；国势陵夷[41]，不可复振，可为痛哭流涕长太息[42]也。

向者陛下间关海道[43]，危如累卵[44]，当时尚不肯北面臣虏[45]；况今国势稍张[46]，诸将尽锐，士卒思奋。只如顷者丑虏陆梁[47]，伪豫[48]入寇，固尝败之于襄阳[49]，败之于淮上[50]，败之于涡口[51]，败之于淮阴[52]，较之前日蹈海之危[53]，已万万矣[54]。倘不得已而遂至于用兵，则我岂遽出虏人下哉[55]？今无故而反臣之，欲屈万乘之尊[56]，下穹庐[57]之拜，三军之士，不战而气已索[58]，此鲁仲连[59]所以义不帝秦，非惜夫帝秦之虚名，惜天下大势，有所不可也。今内而百官，外而军民，万口一谈，皆欲食伦之肉，谤议汹汹，陛下不闻。正恐一旦变作⁶⁰，祸且不测。臣窃谓不斩王伦，国之存亡，未可知也。

虽然，伦不足道也。秦桧以腹心大臣，而亦为之。陛下有尧舜之资，桧不能致陛下如唐虞⁶¹，而欲导陛下如石晋⁶²。近者礼部侍郎⁶³曾开等，引古谊以折⁶⁴之，桧乃厉声曰："侍郎知故事，我独不知？"则桧之遂非狠愎⁶⁵，已自可见。而乃建白令台谏从臣佥议⁶⁶可否，是明畏天下议己，而令台谏从臣共分谤⁶⁷耳。有识之士，皆以为朝廷无人。吁！可惜哉！孔子曰："微管仲，吾其被发左衽矣⁶⁸。"夫管仲，霸者之佐⁶⁹耳，尚能变左衽之区为衣冠⁷⁰之会；秦桧，大国之相也，反驱衣冠之俗，归左衽之乡。则桧也，不惟陛下之罪人，实管仲之罪人矣！孙近附会⁷¹桧议，遂得参知政事⁷²，天下望治⁷³，有如饥渴，而近伴食中书⁷⁴，漫不可否事⁷⁵。桧曰"虏可和"，近亦曰"可和"；桧曰"天子当拜"，近亦曰"当拜"。臣尝至政事堂⁷⁶，三发问而近不答，但曰"已令台谏侍从议矣"。呜呼！参赞大政⁷⁷，徒取容充位⁷⁸如此！有如虏骑⁷⁹长驱，尚能折冲⁸⁰御侮耶？臣窃谓⁸¹秦桧、孙近亦可斩也。

臣备员枢属⁸²，义不与桧等共戴天⁸³，区区⁸⁴之心，愿斩三人头，竿之槀街⁸⁵。然后羁留⁸⁶虏使，责以无礼,徐兴[87]问罪之师。则三军之士,不战而气自倍。不然,臣有赴东海而死耳[88],宁能处小朝廷求活耶?小臣狂妄,冒渎天威[89],甘俟斧钺,不胜陨越之至[90]。

【注释】

① 高宗:宋高宗(赵构)。 封事:密封的奏章。
② 绍兴八年:公元1138年。绍兴,宋高宗的年号。
③ 右通直郎:闲散的从六品文官。 斋沐:斋戒沐浴(表示虔诚)。 昧死:冒死。
④ 王伦:字正道,莘县(今山东省莘县)人。宋高宗时,他屡次出使金朝求和,最后促成了绍兴十一年(1141)的和议,割地称臣于金朝。 狎(xiá)邪:奸刁。
⑤ 市井:街坊。
⑥ 顷:不久前。 缘:因为。 宰相:指秦桧。
⑦ 虏:对敌人的贱称。下文的"丑虏""豺狼"都是这个意思。
⑧ 天听:皇帝的视听。
⑨ 这几句说:宋高宗绍兴八年(1138)十月,金朝派张通古、萧哲为江南诏谕使,由王伦陪同前来宋朝。所谓"诏谕江南",实际上已把南宋看成了附属国。
⑩ 臣妾我:使我变成他的臣妾。 刘豫我:使我变成刘豫一样的附庸。刘豫,原是宋朝的大臣,降金后,被女真族统治者扶植为傀儡皇帝,建立伪齐政权。
⑪ 臣事:臣服,顺从。
⑫ 改虑:另作打算。
⑬ 捽(zuó):揪住。

⑭ 商鉴:又叫"殷鉴"。《诗经》里有一首诗,要殷的子孙以夏的覆灭为诫,后来就用这一词汇泛指值得引以为鉴戒的先例。公元1137年,金人见刘豫无用,就取消了伪齐政权,囚禁了刘豫、刘麟父子,所以胡铨用这个例子来破除宋高宗的幻想。
⑮ 祖宗之位:祖宗传下来的天子之位。
⑯ 犬戎:本是周朝时少数民族,这里是对金朝统治者的贱称。
⑰ 藩臣:属国。
⑱ 赤子:老百姓。
⑲ 左衽(rèn):衣襟开在左边,是古代少数民族的服装,这里指沦为亡国奴。
⑳ 宰执:执政的正副宰相。
㉑ 冠、冕:帽子。 胡:北方少数民族的总称。
㉒ 厌:满足。
㉓ 安知:怎知。
㉔ 豕(shǐ):猪。
㉕ 怫(fú)然:发怒的样子。
㉖ 相率:一个接一个地。
㉗ 曾:乃,甚至。
㉘ 梓(zǐ)宫:皇帝、皇后的棺材。这里指宋徽宗赵佶的棺材。他被金朝统治者北掳而去,于公元1135年死于金。当时留在金朝的,还有郑后(后来又有邢后)之棺。
㉙ 太后:指宋高宗的母亲韦后。 复:回来。

⑩ 渊圣：指宋钦宗（赵桓）。
㉛ 变故：公元 1127 年金兵南侵、汴京失守、徽钦北掳的事。
㉜ 啖（dàn）：利诱。
㉝ 卒：终于。 无一验：没有一件能实现。
㉞ 情伪：真情和假意。
㉟ 竭民膏血而不恤：尽情搜刮民脂民膏用以向金求和，毫不顾惜。恤，怜惜。
㊱ 含垢：承受着污辱。
㊲ 臣：臣服。 之：代词，指女真族统治者。
㊳ 就令：即使。
㊴ 何如主：怎样一个君主。
㊵ 济：帮助。
㊶ 陵夷：衰微。
㊷ 长太息：深深的叹息。
㊸ 向：从前。 间关海道：指宋高宗从河南辗转逃难到浙东一带。
㊹ 危如累卵：危险得像堆垒蛋一样。
㊺ 臣虏：向敌屈服称臣。
㊻ 张：强盛。
㊼ 陆梁：原义是跳着走的样子，这里指扰乱入侵。
㊽ 伪豫：刘豫伪齐的军队。
㊾ 襄阳：今湖北省襄樊市。
㊿ 淮上：今淮河流域。
(51) 涡口：涡水流入淮河处，在今安徽省怀远县东北。
(52) 淮阴：今江苏省淮安市淮阴区。以上四次战役，刘豫伪军分别被宋朝岳飞、韩世忠、杨存中（又名沂中）等军队所败。
(53) 蹈海之危：和上文“间关海道”的意义相同。蹈海，在海上来往奔波。
(54) 已万万矣：已经大大的（不同）了。
(55) 岂遽出虏人下哉：难道就比敌人弱吗？遽，遂。
(56) 万乘之尊：皇帝的尊贵身份。
(57) 穹（qióng）庐：毡帐，代指女真族统治者的住所。
(58) 索：消尽。
(59) 鲁仲连：战国时著名的辩士，齐人。秦军包围赵都邯郸（今河北省邯郸市），他以利害说服赵、魏大臣，劝他们不要尊秦昭王为帝。
(60) 变作：发生变故。
(61) 唐虞：即尧、舜。
(62) 石晋：石敬瑭，五代后晋高祖。他勾结契丹族统治者消灭后唐，受契丹册封为帝，割让燕云十六州（今河北、山西北部地区），并自称儿皇帝。
(63) 礼部侍郎：管理国家考试、教育、礼法的中央机关的副长官。
(64) 古谊：古人所说的义理。 折：责难。
(65) 遂非：让错误一直错下去，即坚持错误。 狠愎（bì）：凶狠固执不讲理。
(66) 建白：建议。 台谏从臣：指御史、谏官和其他侍从官。 佥（qiān）议：众议。
(67) 分谤：分担舆论的指责。
(68) 这句说：要是没有管仲的话，我们都披着头发、穿着左边开襟的衣服沦为异族了。管仲，春秋初期的杰出政治家，帮助齐桓公改革政治，国力大振，使齐桓公成为当时第一个霸主。
(69) 佐：辅助。
(70) 衣冠：指中原的服式。
(71) 附会：附和。
(72) 参知政事：副宰相。
(73) 治：国家安定、兴旺。
(74) 伴食：陪着白吃闲饭，指在职不任事。 中书：中书省，国家最高的行政机关。
(75) 漫不可否事：马马虎虎地对事情不敢置以可否。
(76) 政事堂：大臣们讨论国家大事的地方。
(77) 参赞大政：参与决定国家大事。
(78) 徒取容充位：只想取悦于人，虚占官位。
(79) 有如：假使。 骑（jì）：部队。

⑧⓪ 折冲：抵抗敌人。意思与"御侮"相同。
⑧① 窃谓：私意认为。
⑧② 备员枢（shū）属：指担任枢密院编修官的职务。备员，谦词，聊充官位而已。
⑧③ 共戴天：共同生存在一个天地里。
⑧④ 区区：忠诚的样子。
⑧⑤ 竿之：把头挂在高竿上（示众）。藁街：原是汉朝长安的一条街，专住国内边境各少数民族的人和外国人。这里是说把秦桧三人的首级拿到金朝使臣住的街上去示众。
⑧⑥ 羁（jī）留：扣留。
⑧⑦ 徐兴：慢慢地发动。
⑧⑧ 赴东海而死耳：用战国时鲁仲连的话。他说，如果秦国称帝，他就跳东海而死，不做秦国的臣民。
⑧⑨ 冒渎（dú）：触犯。　天威：皇上的尊严。
⑨⓪ 甘俟斧钺（yuè），不胜（shēng）陨越之至：甘心等待处分，心情实在不安、急迫得很。斧钺，古代兵器，借指刑戮。不胜，无限。陨越，跌倒、颠坠。引申为情急或失职，这里作情急讲。这是奏书的套语。

【简析】

　　胡铨这篇奏章，是声讨当时秦桧卖国集团的檄文，是对误国庸君赵构敲起的警钟，也是奋起抗战、收复失地的宣言。奏章先借斥责王伦，来说明屈膝投降是民族的奇耻大辱，也分析了抗战的有利形势；接着，把锋芒指向罪魁秦桧和他的心腹爪牙孙近，揭露了他们的叛国罪行；最后表示作者和这些人不共戴天的仇恨和斗争的决心。

　　全文辞意激切，肝胆毕露，敢怒敢骂，充分表现出作者嫉恶如仇的高风亮节。相传女真族统治者曾以千金觅去这篇文章，读后慌乱失色，惊呼："南朝有人！"胡铨自己也因此受到秦桧集团的残酷迫害，长期贬抑。

岳 飞

岳飞（1103—1142），字鹏举，相州汤阴（今河南省汤阴县）人，是我国历史上著名的民族英雄。他出身佃农，从军后，英勇善战，屡次打败金兵。后被秦桧等以"莫须有"的罪名杀害，年仅三十九岁。岳飞写作不多，但诗、词、文都具有强烈的爱国思想，流传很广。

五岳祠盟记

自中原板荡①，夷狄②交侵，余发愤河朔③，起自相台④，总发从军⑤，历二百余战，虽未能远入荒夷⑥，洗荡巢穴⑦，亦且快国仇之万一。今又提一旅孤军，振起宜兴、建康⑧之城，一鼓败虏⑨，恨未能使匹马不回耳。故且养兵休卒，蓄锐待敌，嗣⑩当激励士卒，功期再战⑪。北逾沙漠，蹀血⑫虏廷，尽屠夷种⑬，迎二圣归京阙⑭，取故地⑮上版图，朝廷无虞⑯，主上奠枕⑰，余之愿也。河朔岳飞题。

【注释】

① 板荡：原是《诗经》中两篇诗的题目，内容写周厉王的残暴无道，后用来代称局势混乱。
② 夷狄：古代对少数民族的贱称。这里指女真族。
③ 河朔：黄河以北的地区。宋时相州属河北路，所以文末题河朔。
④ 相台：铜雀台，故址在今河北省临漳县西南，旧属相州（州治在今河南省安阳市）。这里用来指他的家乡。
⑤ 总发从军：幼年参军。总发，古代男子未成年时的发式。
⑥ 荒夷：边远的地区。
⑦ 巢穴：指女真族统治者的根据地。
⑧ 宜兴：今江苏省宜兴市。公元1129年，金兵渡江南侵，岳飞移军宜兴一带，坚持抗战。 建康：今江苏省南京市。1130年，岳飞收复建康，使战局大有转变。
⑨ 虏：对敌人的贱称。
⑩ 嗣（sì）：接着。
⑪ 功期再战：致力于再战的准备。
⑫ 蹀（dié）血：杀得敌人遍地是血。蹀，踩。
⑬ 夷种：对女真族的贱称。尽屠夷种，带有狭隘的民族复仇主义情绪，对兄弟民族的少数统治者和广大人民不加区别，应批判地对待。
⑭ 二圣：指被金兵掳到北方去的宋徽宗和宋钦宗。 京阙：代指皇城。
⑮ 故地：指失去的旧有疆土。
⑯ 虞：忧患。
⑰ 奠枕：安枕，高枕无忧的意思。奠，安定。

【简析】

　　五岳祠在今江苏省宜兴市境内，这篇短文是岳飞驻军当地时所作。先叙述以往从军抗战的经过，次写目前的战争形势，最后表示收复失地、重整山河的雄心壮志。文章显示了这位古代民族英雄的精神面貌，也反映了当时人民群众同仇敌忾、慷慨悲壮的思想感情。

韩元吉

韩元吉（1118—1183），字无咎，号南涧，许昌（今河南省许昌市）人，寓居信州（今江西省上饶市）。他做过州县的长官，对兴办学校做了不少工作，后官至吏部尚书（负责任免官吏的中央机关的长官）。他与南宋著名作家张孝祥、范成大、陆游、辛弃疾等交往很亲密。

武夷精舍① 记

武夷山在闽粤②直北，其山势雄深盘礴③，自汉以来，见于祀事④。闽之诸山，皆后出也⑤。其峰之最大者，丰上而敛下⑥，岿然若巨人之戴弁⑦，缘隙磴道⑧，可望而不可登；世传避秦而仙者蜕骨⑨在焉。溪出其下，绝壁高峻，皆数十丈，崖侧巨石林立，磊落奇秀，好事者⑩一日不能尽，则卧小舟航溪而上，号为"九曲"，以左右顾视。至其地或平衍⑪，景物环会，必为之停舟曳杖⑫，徙倚⑬而不忍去。

山故多王孙⑭，鸟则白鹇⑮、鹧鸪，闻人声或磔磔⑯集崖上，散漫飞走，而无惊惧之态。水流有声，其深处可泳，草木四时敷华⑰。道士即溪之穷⑱，仅为一庐⑲，以待游者之食息，往往酌酒未半，已迫曛暮⑳，而不可留矣。

山距驿道㉑才一二里许，逆旅㉒遥望，不惮㉓仆夫马足之劳，幸而至老氏之宫㉔宿焉，明日始能裹饭㉕命舟。而溪之长，复倍于驿道之远，促促而来，遽遽㉖而归，前后踵相属㉗也。余旧家闽中㉘，为宦于建安㉙，盖亦遽归之一耳。

吾友朱元晦㉚居于五天山，在武夷一舍而近㉛，若其外圃㉜，暇则游焉。与其门生弟子挟书而诵，取古诗三百篇及楚人之词㉝，哦而歌之，得酒啸咏，留必数日，盖山中之乐，悉为元晦之私也。余每愧焉。淳熙之十年㉞，元晦既辞使节于江东㉟，遂赋祠官之禄㊱。则又曰："吾今营其地，果尽有山中之乐矣。"盖其游益数㊲，而于其溪五折㊳，负㊴大石屏，规㊵之以为精舍，取道士之庐犹半也㊶。诛锄草茅，仅㊷得数亩，面势清幽，奇木佳石，挟挥映带㊸，若阴相而遗㊹我者。使弟子具畚锸㊺，集瓦竹，相率㊻成之。元晦躬画㊼其处，中以为堂，旁以为斋，高以为亭，密㊽以为室，讲书肄业㊾，琴歌酒赋，莫不在是。余闻之，恍然如寐㊿而醒，醒而后，隐隐犹记其地之美也。且曰："其为我记之！"

夫元晦，儒者也，方㉛以学行其乡，善㉒其徒，非若畸人㉓隐士，遁藏山谷，服气茹芝㉔，以慕夫道家者流也。然秦、汉以来，道㉕之不明也久矣。吾夫子㊽所谓"志于道",亦何事哉?夫子,圣人也,其步与趋莫不有则㊼;至于登泰山之颠㊽,而诵言于舞雩㊾之下,未尝不游,胸中盖自有地。而一时弟子鼓瑟铿然,"春服既成"之咏,乃独为圣人所予㊿。古之君子息焉者,岂以是拘拘乎㊷?元晦有以识㊸之,试以告夫来者㊹,相与酬酢㊺于精舍之下,俾或自得其幔亭之风㊻,抑㊼又何如也?是岁㊽八月,颍川㊾韩元吉记。

【注释】

① 武夷:山名,在福建省崇安县西北,是仙霞山脉的起点。 精舍:讲学的场所。
② 闽粤:指今福建省。
③ 盘礴(bó):形容山势的曲折宏伟。
④ 这两句说:武夷山下有冲祐万年宫,是汉朝设坛祭祀的地方。
⑤ 这两句说:福建的其他诸山,都是后来才见于记载的。
⑥ 丰上而敛下:上大下小。
⑦ 岿(kuī)然:高高独立的样子。 弁(biàn):古代的一种帽子。
⑧ 缘隙磴道:沿着隙缝的石级。
⑨ 蜕骨:尸骨。旧时迷信,以为人成仙后,其尸体便是遗蜕。蜕即是死的讳称。
⑩ 好事者:喜欢多事的人,这里指游兴特别浓的人。
⑪ 平衍:平坦。
⑫ 曳(yè)杖:拄着拐杖。
⑬ 徙倚:徘徊。
⑭ 王孙:猴子。
⑮ 白鹇(xián):鸟名,冠黑色,身体上部白色,长尾,行动很迟缓闲适,也叫"银鸡"。
⑯ 磔(zhé)磔:鸟鸣声。
⑰ 敷华:开花。敷,布陈。
⑱ 溪之穷:溪的尽头。
⑲ 仅为一庐:正好造一座房子。
⑳ 迫:近。 曛(xūn)暮:黄昏。
㉑ 驿道:古代的交通要道。
㉒ 逆旅:客舍。
㉓ 惮(dàn):怕。
㉔ 老氏之宫:道院。老氏,指老子,相传为道家的祖师。
㉕ 裹饭:包饭。
㉖ 遽(jù)遽:急忙地。
㉗ 前后踵(zhǒng)相属:意指一个接着一个。踵,脚后跟。
㉘ 闽中:泛指今福建省境内。
㉙ 为宦:做官。 建安:今福建省建瓯市。
㉚ 元晦:南宋著名理学家朱熹的字。
㉛ 在武夷一舍而近:五天山和武夷山相距一舍不到。一舍,三十里。
㉜ 若其外圃:好像是它(武夷山)外面的园地。
㉝ 古诗三百篇:指《诗经》。 楚人之

词：指《楚辞》。
㉞ 淳熙之十年：公元 1183 年。淳熙，宋孝宗赵昚（shèn）的年号（1174—1189）。
㉟ 辞使节于江东：当时朱熹辞去江东路提点刑狱（管理司法）的官职。
㊱ 赋祠官之禄：宋朝优待官吏，规定在官吏脱离实际职务后，可以挂名“提举（管理）某祠”，领取俸禄。朱熹当时提举台州崇道观。
㊲ 益数（shuò）：次数更加多了。
㊳ 五折：第五个曲折处。
㊴ 负：背靠着。
㊵ 规：规划。
㊶ 取道士之庐犹半也：采取道院一半大小的样子。
㊷ 仅：将近。表示数目之多，与作“只”讲时不同。
㊸ 抶（chì）揖映带：（树和石）拱立在屋子周围，互相照映着。
㊹ 阴相：暗中照顾。　遗（wèi）：送给。
㊺ 畚（běn）：畚箕。　锸（chā）：铁锹。
㊻ 相率：相随着。
㊼ 躬画：亲自规划。
㊽ 密：隐蔽之处。
㊾ 肄（yì）业：学习课业。
㊿ 寐（mèi）：睡着。
(51) 方：正在。
(52) 善：教育。
(53) 畸（jī）人：奇人，与众不同的人。
(54) 服气：练气。　茹：吃。　芝：灵芝草。
(55) 道：指儒家的学说。
(56) 吾夫子：指孔丘。
(57) 趋：快步。　则：一定的法则。
(58) 泰山：在山东省境内。　颠：山顶。
(59) 诵言：吟诗歌唱。　舞雩（yú）：祭天求雨的地方。
(60) 这句是引用《论语・先进》上的记载：孔丘问学生们的志向。曾皙正在奏瑟，铿的一声停下来答道：“莫春者，春服既成，冠者五六人，童子六七人，浴乎沂，风乎舞雩，咏而归。（我愿在晚春时节，穿上春装，和朋友们到山泉里去洗洗澡，到祭坛上去吹吹风，唱着歌儿回来！）”孔丘听了十分赞赏。　予：赞许。
(61) 这句说：古代君子对于休息，哪里是拘拘束束的呢？
(62) 识（zhì）：记住。
(63) 来者：来向他学习的人。
(64) 酬酢（zuò）：交际往来。
(65) 俾（bǐ）：使。　幔（màn）亭之风：相传秦始皇时有个仙人武夷君，中秋节那天，在武夷山设置了一座幔亭，宴请山下的乡人。幔亭，张起布幔做亭子。
(66) 抑：那。
(67) 是岁：指宋孝宗淳熙十年（1183）。
(68) 颍川：郡名，郡治在韩元吉的原籍许昌（今河南省许昌市）。

【简析】

本篇先描写武夷山风景的幽美，很能抓住南方山水的特点；其次转叙朱熹独得山水之乐和他建舍的经过；最后，围绕建舍一事，发了一番“圣人”不废游息的议论。文章采取一般“记”的写法，写景、叙事、议论并用，笔致简朴流畅。

陆　游

　　陆游（1125—1210），字务观，号放翁，越州山阴（今浙江省绍兴市）人，是南宋伟大的爱国诗人。他始终主张抗击金兵、恢复中原，但屡次受到投降集团的排挤和打击。中年以后，在川陕宣抚使（统率军队、负责征战的长官）的幕中助理军务。这段戎马生活对他的思想和创作发生了良好的影响。以后他又在四川制置使（掌管边防军务的长官）的帅府中担任参议官。后罢职还家，间或出任地方官，但大部分时间是在农村度着简朴的生活。他在晚年也仍然关注着国家的命运，爱国热情毫不衰退。最后怀着没有实现的理想，悲愤地死去。他是诗、词、文兼长的优秀作家。

师伯浑文集序

　　乾道癸巳[1]，予自成都适犍为[2]，识隐士师伯浑于眉山[3]，一见知其天下伟人。予既行，伯浑饯予于青衣江[4]上。酒酣浩歌，声摇江山，水鸟皆惊起。伯浑饮至斗许，予素不善饮，亦不觉大醉。夜且半[5]，舟始发去。至平羌[6]，酒解[7]，得大轴[8]于舟中，则伯浑醉书，纸穷墨燥[9]，如春龙奋蛰[10]，奇鬼搏[11]人，何其壮也！后四年，伯浑得疾不起⑫，子怀祖集伯浑文章，移书走八千里⑬乞予为序。

呜呼！伯浑自少时名震秦蜀⑭，东被吴楚⑮，一时高流⑯皆尊慕之，愿与交。方宣抚使临边⑰，图复中原，制置使并护梁益兵民⑱，皆巨公大人⑲，闻伯浑名，将闻于朝⑳，而卒为忌者所沮㉑。夫伯浑既决不肯仕，即无沮者，不过有司岁时奉粟帛牛酒劳问㉒，极则如孔旼、徐复㉓辈，赐"散人"号㉔，书其事于史㉕而已，于伯浑何失得㉖？而忌已如此！向使伯浑出而事君㉗，为卿为公㉘，则忌者当益众㉙，排击沮挠，当不遗力㉚，徙比景㉛，输左校㉜，殆㉝未可知，安得㉞如在眉山，躬耕妇织，放意山水，优游以终天年㉟耶？则伯浑不遇㊱，未见可憾。或曰："伯浑之才气，空㊲海内无与比，其文章英发巨丽，歌之清庙㊳，刻之彝器㊴，然后为称㊵；今一不得施㊶，顾退而为山巅水涯娱忧纾悲之言㊷，岂不可憾哉！"予曰："是则有命。识者为时㊸惜，不为伯浑叹也！"淳熙某月某日山阴陆某㊹序。

【注释】

① 乾道癸巳：乾道九年（1173）。乾道，宋孝宗赵眘（shèn）的年号（1165—1173）。
② 适：往。　犍为：今四川省犍为县。
③ 眉山：今四川省眉山市。
④ 青衣江：在四川省中部。
⑤ 夜且半：将近半夜。
⑥ 平羌：在今四川省乐山市北。
⑦ 酒解：酒醒了。
⑧ 大轴（zhóu）：条幅。
⑨ 纸穷墨燥：用干枯的笔触写了满满一张纸。穷，尽。
⑩ 春龙奋蛰（zhé）：冬眠的龙在春天奋醒。蛰，动物冬眠。
⑪ 搏：击。

⑫ 不起：病不能愈。
⑬ 移书走八千里：远在八千里外写信来。
⑭ 秦蜀：今的陕西、四川一带。
⑮ 东被：(名声)向东传扬到。　吴楚：今江苏、安徽、浙江、湖南、湖北等地。
⑯ 高流：名望高的人。
⑰ 方：正当。　宣抚使：统率军队、负责征战的长官。　临边：到边疆地区来。
⑱ 制置使：掌管边防军务的长官。　并护梁益兵民：兼保护梁、益两州军民的职务。梁、益两州，在今陕西、四川一带。
⑲ 巨公大人：高官显贵。
⑳ 闻于朝：推荐到朝廷。
㉑ 卒：终于。　沮：作梗。
㉒ 有司：负有专责的官吏。　岁时：逢年过节。　奉粟帛牛酒劳（lào）问：送些粮食衣酒等礼物作为慰问。
㉓ 极则：充其量不过。　孔旼（mín）：宋朝隐士，性情孤高，讲究礼法，闻名乡里，朝廷赐他粟帛，授予秘书省校书郎（校对书籍的官吏），后来辞职。徐复：宋朝人，精通《易经》，宋仁宗叫他做官，他不肯去。
㉔ 赐"散人"号：朝廷赐给一个名号，承认他是闲散清淡的"散人"。
㉕ 史：正史。

㉖ 失得：复合偏义词，就是"得"的意思。
㉗ 向：以前。　出而事君：出来做官。
㉘ 卿、公：都是古代高级的官职。
㉙ 益：更加。　众：多。
㉚ 不遗力：尽全力。
㉛ 徙比景：泛指流放到遥远地方。语出《后汉书·阎皇后纪》。徙，流放。比景，古地名，在今越南境内。
㉜ 输左校：贬为小官。左校，管理营建宫室工人的小官，汉朝官吏犯法，常贬为此职。
㉝ 殆（dài）：或许、大概。
㉞ 安得：怎能。
㉟ 以终天年：善终。天年，天然的年寿。
㊱ 不遇：没有做官的机会。
㊲ 空：找遍，整个。
㊳ 清庙：宗庙。
㊴ 彝（yí）器：祭器。
㊵ 称（chèn）：相称。
㊶ 一不得施：没有能够施展到上述的任何一个方面去。
㊷ 顾：但。　娱忧纾悲之言：解除忧愁、发抒悲伤的文字。
㊸ 识者：有见识的人。　时：当时的社会。
㊹ 淳熙：宋孝宗年号（1174—1189）。陆某：陆游自称。这是在草稿或文集里代替自己名字的，在正式的文章里，就要写上"陆游"字样。

【简析】

　　师伯浑是当时一位未能施展抱负的有才能的人。陆游怀着为国家痛惜人才的心情来为他的文集写这篇序。序文前段的描写，似乎信手画上几笔，留下人物的一些身影，但把师伯浑狂放豪壮的精神面貌，写得力透纸背，生动鲜明。

姚平仲小传

　　姚平仲，字希晏，世为西陲①大将。幼孤，从父②古养为子。年十八，与夏人③战臧底河，斩获甚众，贼莫能枝梧④。宣抚使童贯⑤召与语，平仲负气⑥不少屈，贯不悦，抑其赏，然关中豪杰皆推⑦之，号"小太尉"。睦州盗⑧起，徽宗遣贯讨贼，贯虽恶⑨平仲，心服其沉勇，复取以行。及贼平，平仲功冠军⑩，乃见贯曰："平仲不愿得赏，愿一见上⑪耳。"贯愈忌之。他将王渊、刘光世皆得召见，平仲独不与⑫。钦宗在东宫⑬知其名，及⑭即位，金人入寇，都城受围，平仲适在京师，得召对福宁殿，厚赐金帛，许以殊赏⑮，于是平仲请出死士斫营擒虏⑯帅以献。及出，连破两寨，而虏已夜徙去。平仲功不成，遂乘青骡亡命，一昼夜驰七百五十里，抵邓州⑰，始得食。入武关⑱，至长安⑲，欲隐华山⑳，顾以为浅㉑，奔蜀㉒，至青城山㉓上清宫，人莫识也。留一日，复入大面山㉔，行二百七十余里，度㉕采药者莫能至，乃解纵所乘骡，得石穴以居。朝廷数下诏物色㉖求之，弗得也。乾道、淳熙之间㉗，始出，至丈人观道院，自言如此。时年八十余，紫髯郁然㉘，长数尺，面奕奕㉙有光；行不择崖堑㉚、荆棘，其速若奔马；亦时为人作草书，颇奇伟，然秘不言得道之由云。

【注释】

① 西陲：西部的边疆。
② 从父：伯父或叔父。
③ 夏人：西夏党项族人。
④ 枝梧：抗拒。
⑤ 宣抚使：统率军队、负责征战的长官。 童贯：北宋著名的奸恶宦官，他曾任陕西、河东、河北宣抚使，负责西北和北部地区军事。
⑥ 负气：自恃意气，不肯屈居事人。
⑦ 关中：指今陕西省一带地区。 推：推崇。
⑧ 睦州盗：对方腊起义军的诬蔑称呼。睦州，今浙江省建德市。
⑨ 恶（wù）：厌恶。
⑩ 功冠军：是全军中功劳最大的。
⑪ 上：皇帝。
⑫ 与：参加（召见）。
⑬ 在东宫：做太子的时候。东宫，太子的居处。
⑭ 及：等到。
⑮ 殊赏：厚赏。
⑯ 斫营：袭击敌营。 虏：对敌人的贱称。
⑰ 邓州：今河南省邓州市。
⑱ 武关：在今陕西省商南县西北。
⑲ 长安：今陕西省西安市。
⑳ 华山：在今陕西省华阴市。
㉑ 顾：但。 浅：不够幽深。
㉒ 蜀：今四川省一带。
㉓ 青城山：在四川省灌县西南。
㉔ 大面山：不详。
㉕ 度（duó）：猜测。
㉖ 物色：找寻。
㉗ 乾道、淳熙之间：公元1165至1189年之间。乾道、淳熙，都是宋孝宗赵昚（shèn）的年号。
㉘ 郁然：浓密的样子。
㉙ 奕（yì）奕：有神采的样子。
㉚ 崖堑（qiàn）：山崖和山沟。

【简析】

　　这篇文章揭露了朝廷的昏庸和腐败，把一位英勇有为的人物加以种种压抑和迫害，使他不能在抗击金兵、恢复中原的事业中发挥作用。和前篇文章一样，陆游是怀着痛惜抗金人才被埋没的心情来写的。

跋李庄简公①家书

李丈参政②罢政归乡里时，某年二十矣。时时来访先君③，剧谈④终日。每言秦氏⑤，必曰"咸阳"⑥，愤切慨慷，形于色辞。

一日平旦⑦来，共饭，谓先君曰："闻赵相⑧过岭，悲忧出涕；仆⑨不然，谪命⑩下，青鞋布袜行矣。岂能作儿女态耶？"方言此时⑪，目如炬，声如钟，其英伟刚毅之气，使人兴起。

后四十年，偶读公家书，虽徙海表⑫，气不少衰，叮咛训戒之语，皆足垂范百世⑬，犹想见其道"青鞋布袜"时也。

淳熙戊申五月己未⑭，笠泽陆某⑮题。

【注释】

① 李庄简公：李光，字泰发，上虞（今浙江省上虞县）人。宋徽宗崇宁间进士。宋高宗时，任吏部尚书（掌管任免和升降官吏的中央机关的长官）、参知政事（副宰相）等职，因与秦桧政见不合，被罢职。庄简，是他的谥号。
② 丈：对长辈的尊称。　参政：参知政事的简称。
③ 先君：称死去的父亲，这里指陆宰。
④ 剧谈：畅谈。
⑤ 秦氏：指秦桧。
⑥ 咸阳：秦国的首都，在今陕西省咸阳市东北，这里用来代指秦桧。
⑦ 平旦：早晨。
⑧ 赵相：赵鼎，字元镇。宋徽宗崇宁间进士。他随宋高宗南渡以后，任尚书右仆

射、同中书门下平章事（宰相）兼枢密使（掌握全国军政的长官）等职，立志复兴，与秦桧不合，贬谪岭南。
⑨ 仆：自称的谦词。
⑩ 谪命：贬谪的命令。
⑪ 方言此时：正当说这话时。
⑫ 徙：迁谪。　海表：海外，指琼州（今海南省）。
⑬ 垂范百世：作为后代的典范。
⑭ 淳熙戊申五月己未：公元1188年6月20日，即淳熙十五年五月二十四日。
⑮ 笠泽：太湖。陆游祖籍甫里，就是今江苏省苏州市吴中区的甪（lù）直，地近太湖，所以这样称呼。

【简析】

　　这篇文章只用少量的文字，就生动地刻划出李光那种英伟刚毅的性格，而且也把自己的感情充分地表达出来，具有较强的感染力。

今又提一旅孤军,振起宜兴、建康之城,一鼓败虏,恨未能使匹马不回耳。

(岳飞《五岳祠盟记》,见第三七六页)

(清)佚名 岳飞像

武夷山在闽粤直北,其山势雄深盘礴,自汉以来,见于祀事。……其峰之最大者,丰上而敛下,岿然若巨人之戴弁,缘隙磴道,可望而不可登;世传避秦而仙者蜕骨在焉。

(韩元吉《武夷精舍记》,见第三七八页)

(元)方从义　武夷放棹图(局部)

（元）盛懋　三峡瞿塘图

二十六日，发大溪口，入瞿唐峡。两壁对耸，上入霄汉，其平如削成。仰视天如匹练然。

（陆游《入蜀记》三则之三，见第三九二页）

夷、齐虽不仕周,食西山之薇,亦当知武王之恩;四皓虽不仕汉,茹商山之芝,亦当知高帝之恩;况羹藜含粝于大元之土地乎?

(谢枋得《却聘书》,见第四一八页)

(元)佚名 商山四皓图(局部)

入 蜀 记 三则

一

九日①，微雪，过扇子峡②。重山相掩，政如③屏风扇，疑以此得名。登虾蟆碚，《水品》④所载第四泉是也。虾蟆在山麓⑤，临江，头鼻吻颔绝类⑥，而背脊疱⑦处尤逼真，造物之巧有如此者！自背上深入，得一洞穴，石色绿润。泉泠泠⑧有声，自洞出，垂虾蟆口鼻间，成水帘入江⑨。是日极寒，岩岭有积雪，而洞中温然如春。碚洞相对。稍西有一峰，孤起侵云⑩，名天柱峰。自此山势稍平，然江岸皆大石堆积弥望⑪，正如浚渠积土状⑫。晚次⑬黄牛庙，山复高峻。村人来卖茶菜者甚众。其中有妇人，皆以青斑布帕首⑭，然颇白晰⑮，语音亦颇正。茶则皆如柴枝草叶，苦不可入口。庙曰灵感⑯，神封嘉应保安侯，皆绍兴以来制书也⑰。其下即无义滩。乱石塞中流⑱，望之可畏，然舟过乃不甚觉，盖操舟之妙也。传云：神佐夏禹治水有功，故食⑲于此。门左右各一石马，颇卑小，以小屋覆之。其右马无左耳，盖欧阳公⑳所见也。庙后丛木，似冬青而非，莫能名者。落叶有黑三月庚寅按魯直初謫黔南以紹聖二年過此歲在乙亥今云辛亥者誤也泊石牌峽石穴中有石如老翁持魚竿狀略無少異九日微雪過扇子峽重山相擁政如屏風扇疑以此得名登蝦蟆碚水品所載第四泉是也蝦蟆在山麓臨江頭鼻吻頷頰而背脊疱處尤逼真造物之巧有如此者自肯上深入得一洞宂石色綠潤泉泠泠有聲自洞出墜

蝦蟆口鼻間成水簾入江是日極寒巖有積雪而洞中溫然如春碚洞相對稍西有一峯孤起侵雲名天柱峯自此山勢稍平然江岸皆大石堆積彌望正如澥渠積土狀晚次黃牛廟山復高峻村人來賣茶菜者甚衆其中有婦人皆以青斑布帕首然頗白皙語音亦頗正茶則皆如柴枝草葉苦不可入口廟靈感神封嘉應保安侯皆紹興以來制書也

渭南文集　　　卷四十六

文,类符篆㉑,叶叶不同,儿辈亦求得数叶。欧诗刻石庙中。又有张文忠㉒一赞,其词曰:"壮哉黄牛,有大神力,辇㉓聚巨石,百千万亿。剑戟齿牙㉔,碌碡㉕江侧,壅激波涛,险不可测。威胁舟人,骇怖失色,刲羊酾酒㉖,千载庙食。"张公之意,似谓神聚石壅流以胁人,求祭飨。使神之用心果如此,岂能巍然庙食千载乎㉗?盖过论也㉘。夜,舟人来告,请无击更鼓,云:"庙后山中多虎,闻鼓则出。"

二

十一日,过达洞滩。滩恶㉙,与骨肉㉚皆乘轿陆行过滩。滩际多奇石,五色粲然㉛可爱,亦或有文㉜成物象及符书者。犹见黄牛峡庙后山。太白诗云:"三朝上黄牛,三暮行太迟。三朝又三暮,不觉鬓成丝。"㉝欧阳公云:"朝朝暮暮见黄牛,徒使行人过此愁。山高更远望犹见,不是黄牛滞客舟。"㉞盖谚谓"朝见黄牛,暮见黄牛。一朝一暮,黄牛如故。"故二公皆及之。欧阳公自荆渚赴夷陵㉟而有《下牢》、《三游》及《虾蟆碚》、《黄牛庙》诗者,盖在官时来游也。故《忆夷陵山》诗云:"忆尝祗吏役,巨细悉经觏。"㊱其后又云:"荒烟下牢戍,百仞塞溪漱。虾蟆喷水帘,甘液胜饮酎。亦尝到黄牛,泊舟听猿狖"也㊲。晚泊马肝峡口,两山对立,修耸摩天㊳,略如庐山。江岸多石,百丈萦绊㊴,极难过。夜小雨。

三

二十六日，发大溪口，入瞿唐峡⑩。两壁对耸，上入霄汉，其平如削成。仰视天如匹练⑪然。水已落，峡中平如油盎⑫。过圣姥泉，盖石上一罅⑬。人大呼于旁则泉出，屡呼则屡出，可怪也。晚至瞿唐关，唐故夔州，与白帝城⑭相连。杜诗云："白帝夔州各异城"，盖言难辨也⑮。关西门正对滟滪堆⑯。堆，碎石积成，出水数十丈。土人⑰云："方夏秋水涨时，水又高于堆数十丈。"肩舆⑱入关，谒白帝庙，气象甚古，松柏皆数百年物，有数碑，皆孟蜀⑲时所立。庭中石笋⑳，有黄鲁直建中靖国元年㉑题字。又有越公堂，隋杨素㉒所创。少陵为赋诗者㉓，已毁。今堂，近岁所筑，亦甚宏壮。自关而东，即东屯㉔，少陵故居也。

【注释】

① 九日：乾道六年十月九日。
② 扇子峡：在今湖北省宜昌市西。
③ 政如：正如。
④《水品》：记载各地水味的书籍，现已失传。
⑤ 山麓：山脚。
⑥ 头鼻吻颔绝类：头、鼻、嘴、下巴颏都非常像癞虾蟆。
⑦ 疱（pào）：皮肤上长的像水泡似的小疙瘩。
⑧ 泠泠（líng）：形容水声清越。
⑨ 这几句说：泉水从洞中流出，经由虾蟆的口鼻间垂下，像水帘子，注入长江。
⑩ 孤起侵云：孤峰独起，高入云霄。
⑪ 皆大石堆积弥望：满眼都是堆积的大石头。弥望，满眼。
⑫ 正如浚（jùn）渠积土状：好像开掘水渠时堆在渠边的土堆一样。浚，疏浚，挖掘。
⑬ 次：停留。
⑭ 青斑布：黑底白花的布。 帕（mò）首：裹头。
⑮ 白晳（xī）：白。
⑯ 庙曰灵感：灵感庙，即黄牛庙。
⑰ 绍兴：宋高宗（赵构）的年号（1131—1162）。 制书：皇帝诏书的一种。

⑱ 中流：江心。
⑲ 食：指享受祭祀。
⑳ 欧阳公：欧阳修。
㉑ 落叶有黑文，类符箓：落叶上有黑色的纹理，像道士符箓（lù）上的文字一样。符箓，旧时道士使用一种相传是神的文字，骗人可以驱鬼、治病。其笔画屈曲，类似篆字，所以也叫符箓。
㉒ 张文忠：张商英，宋徽宗（赵佶）时曾官尚书右仆射（宰相），文忠是他的谥号。
㉓ 辇（niǎn）：指牛车。这里作动词用，用车拉（石）来。
㉔ 剑戟（jǐ）齿牙：形容滩石形状险怪锐利。戟，古代的一种兵器。
㉕ 礧硊（lěi wēi）：高耸重叠的样子。
㉖ 刲（kuī）羊醨（shī）酒：宰杀羊，斟下酒。
㉗ 这句说：假如神的用意果真这样（坏），哪能在这里享受祭品一千多年呢？
㉘ 盖过论也：该是过分、偏激的言论了。
㉙ 恶：指地势险恶。
㉚ 骨肉：至亲。
㉛ 粲然：鲜明的样子。
㉜ 文：纹理，花纹。
㉝ 这是李白《上三峡》诗。李白这四句诗大意是说，三天的水程，每个早晨和傍晚，都见到黄牛山。旅途之苦使人愁得连鬓发都变白了。以下欧阳修诗和民谚所说都是这同样的意思。　太白：李白的字。　黄牛山：在今湖北省宜昌市西。山上有巨石，像人背刀牵牛的形状。由于山高和江流盘旋曲折，舟行途中，几天里总是能望见此山。
㉞ 这是欧阳修《黄牛峡祠》诗。　滞：滞留。
㉟ 荆渚：指荆州，治所在今湖北省江陵市。　夷陵：欧阳修曾贬官峡州夷陵（今湖北省宜昌市东）县令。
㊱ 祇（zhī）：恭敬。　觏（gòu）：遇见，

阅历。　欧阳修这两句诗是说，回想过去对公务兢兢业业，不论大事小事都经历过。
㊲ 下牢戍：指下牢关，即在黄牛山附近。戍，戍守，这里作名词讲，指守望者的城堡。　百仞（rèn）：形容极高。仞，古时长度单位，一仞是七尺（一说是八尺）。　漱（shù）：水冲石上。　酎（zhòu）：质地纯厚的酒。　狖（yòu）：黑色长尾猿。这六句诗大意是说，下牢关上一片荒烟，高大的岩石堵塞了江流，虾蟆碚喷流形成水帘状，甜甜的泉水胜过饮美酒。也曾到过黄牛峡，停下船听那猿猴凄厉的叫声。
㊳ 修耸摩天：高高耸起，好像碰到了天。
㊴ 百丈：指牵船的纤缆。　萦（yíng）绊：缠绕牵绊。
㊵ 瞿唐峡：在今四川省奉节县东，是长江三峡之一。大溪口是从东进入瞿唐峡的门户。
㊶ 练：精美的丝织品。
㊷ 这句说：瞿唐峡的形状像油盎的纵断面。油盎（àng）：油瓶。盎是一种腹大口小的盛器。
㊸ 罅（xià）：裂缝。
㊹ 白帝城：故址在今重庆市奉节县东白帝山。上有白帝庙，原是祭祀东汉末人公孙述的庙宇。
㊺ 杜甫这句诗见于《夔州歌十绝句》其二。意思是说，白帝城、夔州城并不是一座城。陆游把这句诗解释为两城相连难辨，清朝浦起龙认为陆游误解了杜诗的原意。
㊻ 滟滪（yàn yù）堆：在瞿唐峡峡口，是江心突出的巨石。
㊼ 土人：当地人。
㊽ 肩舆：轿子。
㊾ 孟蜀：五代时十国之一。孟知祥于公元934年在四川建立蜀国，历史上称后蜀。

393

(50) 石笋：一种直立如笋的石灰质体，由溶有碳酸钙的水长期流滴，经水分蒸发后淀积而成。

(51) 黄鲁直：黄庭坚，字鲁直，北宋诗人。 建中靖国元年：公元1101年。建中靖国，宋徽宗（赵佶）的年号（1101）。

(52) 杨素：隋朝执掌朝政的大官，封越国公。

(53) 少陵为赋诗者：杜甫有《陪诸公上白帝城头，宴越公堂之作》诗。少陵，原是汉宣帝许后的葬地（比汉宣帝的葬地杜陵规模小，所以叫少陵），在今陕西省西安市南。杜甫曾在其附近居住，所以他自称“少陵野老”，世称杜少陵。

(54) 东屯：在今奉节县，离白帝城仅五里。

【简析】

宋孝宗乾道五年（1169），陆游被任命为夔州（治所在今重庆市奉节县）通判（相当于州府的副长官）。次年闰五月他离山阴（今浙江省绍兴市）入蜀，于十月到达任所。他在沿途写成日记体游记《入蜀记》六卷。这里选了卷五里的三则。文中写景物，记古迹，叙风俗，作考证，抒感慨，笔法自由潇洒，不拘一格，很能代表笔记文的特点。

王　质

王质（1127—1189），字景文，号雪山，兴国（今江西省兴国县）人。宋高宗（赵构）时进士，曾做过当时枢密使（掌管全国军政的长官）张浚和宰相虞允文的幕僚。

游东林①山水记

绍兴二十八年八月三日欲夕②，步自阛阓③中出，并溪④南行百步，背溪而西又百步，复并溪南行。溪上下色皆重碧，幽邃靖深⑤，意若不欲流。溪未穷⑥，得支径，西升上数百尺。既竟⑦，其顶隐而青者，或远在一舍⑧外，锐者如簪，缺者如玦⑨，隆者如髻，圆者如璧。长林远树，出没烟霏⑩，聚者如悦，散者如别，整者如戟⑪，乱者如发，于冥濛⑫中以意命之。水数百脉⑬，支离胶葛⑭，经纬⑮参错，迤⑯者为溪，漫者为汇⑰，断者为沼⑱，涸者为坳⑲。洲汀岛屿，向背离合⑳，青树碧蔓，交罗蒙络㉑。小舟叶叶，纵横进退，摘翠者菱，挽红者莲，举白者鱼，或志得意满而归，或夷犹容与㉒若无所为者。山有浮图宫[23]，长松数十挺，俨立[24]门左右，历历如流水声从空中坠也[25]。既暮不可留，乃并山[26]北下，冈重岭复[27]，乔木苍苍。月一眉挂修[28]岩巅，迟速若与客俱[29]。尽山足，更换二鼓[30]矣。

翌日[31]，又转北出小桥，并溪东行，又西三四曲折，及[32]姚君贵聪门。俯门而航，自柳竹翳密间，循渠而出[33]。又三四曲折，乃得大溪，一色荷花，风自两岸来，红披绿偃[34]，摇荡葳蕤[35]，香气勃郁[36]，冲怀胃[37]袖，掩苒不脱[38]。小驻[39]古柳根，得酒两罂[40]，菱芡[41]数种。复引舟入荷花中，歌豪笑剧，响震溪谷。风起水面，细生鳞甲，流萤班班[42]，若骇若惊，奄忽[43]去来。夜既深，山益高且近，森森欲下搏[44]人。天无一点云，星斗张明，错落水中，如珠走镜，不可收拾。隶而从者[45]：曰学童[46]，能嘲哳[47]为百鸟音，如行空山深树间，春禽一两声，翛然[48]使人怅而惊也；曰沈庆，能为歌声，回曲宛转，嘹亮激越，风露助之，其声愈清，凄然使人感而悲也。

追游不两朝昏[49]，而东林之胜殆[50]尽。同行姚贵聪、沈虞卿、周辅及余四人。三君虽纨绮世家[51]，皆积岁[52]忧患；余亦羁旅[53]异乡，家在天西南隅[54]，引领[55]长望而不可归，今而遇此，开口一笑，不偶然矣。皆应曰："嘻！子为之记。"

【注释】

① 东林：山名，在浙江省吴兴县西南。
② 绍兴二十八年：公元 1158 年。绍兴，宋高宗（赵构）的年号（1131—1162）。　欲夕：傍晚。
③ 阛阓（huán huì）：市区。
④ 并溪：沿溪。
⑤ 幽邃（suì）靖（jìng）深：幽雅、深远和恬静。
⑥ 穷：尽。
⑦ 既竞：走完。
⑧ 一舍：三十里。
⑨ 玦（jué）：环形有缺口的佩玉。
⑩ 出没烟霏（fēi）：忽隐忽现在烟云之中。
⑪ 戟（jǐ）：古代的一种兵器。
⑫ 冥濛：迷茫。
⑬ 脉：支流。
⑭ 支离：散乱。　胶葛：纵横交叉。
⑮ 经纬：直线和横线。
⑯ 迤（yǐ）：伸延。
⑰ 漫：水流四溢。　汇：众水围聚之处。
⑱ 沼（zhǎo）：池塘。
⑲ 涸（hé）者为坳（āo）：水干的地方成了低坑。
⑳ 洲汀岛屿，向背离合：水上的岛屿，有的相对，有的相背，有的分离着，有的连在一起。
㉑ 青树碧蔓，交罗蒙络：青色的树和碧绿的蔓藤，互相交结纠缠。
㉒ 夷犹：逗留。　容与：舒展放任。
㉓ 浮图宫：佛寺。浮图，梵文（印度古文字）的译音，也译作“浮屠”，有佛、佛教徒、佛塔等不同意义。这里指佛。
㉔ 俨（yǎn）立：庄严地立在。
㉕ 这句是形容松树被风吹动的声音，好像流水的声音从空而降。历历，分明清楚的样子。
㉖ 并山：沿山。
㉗ 冈重岭复：冈岭重迭。
㉘ 一眉：一弯。　修：长。
㉙ 迟速若与客俱：月亮好像跟着人们走，走的快慢都一样。
㉚ 更换二鼓：已经二更时分。
㉛ 翌（yì）日：第二天。
㉜ 及：到。
㉝ 这两句说：在柳树、竹子的遮蔽之中，沿着水渠划船出来。
㉞ 红披绿偃：指荷花和荷叶被风吹斜。红，指荷花。绿，指荷叶。
㉟ 葳蕤（wēi ruí）：茂盛的样子。
㊱ 勃郁：浓郁。
㊲ 罥（juàn）：牵挂，这里是“沾”的意思。
㊳ 掩苒不脱：香气袭人，摔也摔不掉。
㊴ 小驻：暂时停留。
㊵ 罂（yīng）：酒器。
㊶ 芡（qiàn）：一年生水草，茎叶都有刺，叶圆，浮出水面，开紫花，果实叫芡实，可吃。
㊷ 班班：明亮的样子。
㊸ 奄忽：迅速。
㊹ 森森：阴森森地。　搏：击。
㊺ 隶而从者：跟随的人。
㊻ 曰学童：名叫学童的人。
㊼ 嘲哳（zhāo zhā）：鸟鸣声。
㊽ 翛（xiāo）然：孤独无依的样子。
㊾ 追游不两朝昏：游玩了不到两天。
㊿ 殆（dài）：几乎。
(51) 纨绮世家：世代相传的贵放家庭。
(52) 积岁：连年。
(53) 羁旅：作客。
(54) 家在天西南隅：王质的故乡在江西南部，正好位于吴兴的西南方。
(55) 引领：伸着脖子。

【简析】

　　这篇游记写了两天游程的见闻。

　　第一天,作者以轻灵飞洒的笔墨,铺写了各种各样的峰峦,变幻无常的烟霏,形形式式的水脉;并描写了人们在江上摘菱、采莲和捕鱼的情景。

　　介绍第二天时,他的笔致似更凝练集中。略叙路径以后,就在荷溪处展开了一个爽心快目的天地。色、香、饮、歌、縠纹、流萤,构成一幅清丽诱人的画面,充满着诗情。接着写萧森清澈的夜景,着笔不多,而形象突出。后面人事的点缀也和全文的情调和谐、统一。

朱　熹

朱熹（1130—1200），字元晦，婺源（今江西省婺源县）人。他是著名的哲学家，宋朝理学（即道学）的集大成者。他在宋高宗（赵构）时考中进士，以后在中央和地方做官。在政治上他主张抗金，反对议和屈服。

百丈山①记

登百丈山三里许，右俯绝壑②，左控③垂崖，垒石为磴④，十余级乃得度⑤。山之胜，盖⑥自此始。循磴而东，即得小涧，石梁⑦跨于其上，皆苍藤古木，虽盛夏亭午⑧无暑气，水皆清澈，自高淙⑨下，其声溅溅然。度石梁，循两崖，曲折而上，得山门⑩，小屋三间，不能容十许人⑪。然前瞰⑫涧水，后临石池，风来两峡间，终日不绝。门内跨池，又为石梁，度而北，蹑⑬石梯，数级入庵。庵才老屋数间，卑庳迫隘⑭，无足观。独其西阁为胜，水自西谷中循石罅⑮奔射出阁下，南与东谷水并注池中，自池而出，乃为前所谓小涧者。阁据其上流，当水石峻激相搏处,最为可玩,乃壁其后[16]无所睹,独夜卧其上,则枕席之下,终夕潺潺,久而益悲[17],为可爱耳。出山门而东十许步,得石台。下临峭岸,深昧[18]险绝。于林薄[19]间,东南望,见瀑布自前岩穴潢涌[20]而出,投空下数十尺,其沫乃如散珠喷雾,日光烛[21]之,璀璨[22]夺目,不可正视。台当山西南缺,前揖[23]芦山,一峰独秀出,而数百里间峰峦高下亦皆历历在眼。日薄西山[24],余光横照,紫翠重迭,不可殚数[25]。旦起下视,白云满川,如海波起伏,而远近诸山,出其中者,皆若飞浮来往,若涌若没,顷刻[26]万变。台东径断,乡人凿石容磴以度,而作神祠于其东,水旱祷焉。畏险者或不敢度,然山之可观者,至是则亦穷[27]矣。

余与刘充父、平父、吕叔敬、表弟徐周宾游之,既皆赋诗以纪其胜,余又叙次其详如此,而其最可观者,石磴、小涧、山门、石台、西阁、瀑布也。因各别为小诗以识其处[28],呈同游诸君,又以告夫欲往而未能者。

【注释】

① 百丈山:在福建省建阳县东北七十里,接崇安、浦城县界。
② 绝壑(hè):深谷。
③ 控:控制,这里是靠临的意思。
④ 磴(dèng):石级。
⑤ 度:过去。
⑥ 盖:大概是,表示推测语气。
⑦ 石梁:石桥。
⑧ 亭午:正午。
⑨ 淙:灌。
⑩ 山门:寺庙的门。
⑪ 十许人:约莫十个人。
⑫ 瞰(kàn):向下看。
⑬ 蹑(niè):踩。
⑭ 卑庳(bēi)迫隘:指房屋矮小狭窄。
⑮ 罅(xià):裂缝。

400

⑯ 壁其后：它后面是石壁。
⑰ 久而益悲：愈听愈凄清。
⑱ 深昧：深暗。
⑲ 林薄：草木丛生的地方。
⑳ 潢（fèn）涌：喷涌。
㉑ 烛：照。
㉒ 璀（cuǐ）璨：灿烂。
㉓ 前揖：前面正对着。
㉔ 日薄（bó）西山：指傍晚。薄，迫近。
㉕ 不可殚（dān）数：数不尽。
㉖ 顷刻：一会儿。
㉗ 穷：尽。
㉘ 识（zhì）其处：记述那些地方。

【简析】

　　这篇记偏重于对自然景物的客观描绘，简洁地介绍了百丈山的六处胜景。作者的描写是有主有宾、层次分明的，而且愈向前走，愈有兴味，最后到了瀑布、石台之处，更是色彩绚烂。文字由简约到繁复，境界由平淡到奇幻多变，很能掌握逐步深入的技巧。

陆九渊

陆九渊（1139—1192），字子静，抚州金溪（今江西省金溪县）人。南宋著名哲学家。曾一度出来做官。一生以讲学授徒著名，又称象山先生。

送宜黄何尉①序

民甚宜②其尉，甚不宜其令③；吏④甚宜其令，甚不宜其尉，是令、尉之贤否不难知也。尉以是⑤不善于其令，令以是不善于其尉，是令、尉之曲直⑥不难知也。东阳何君坦尉⑦宜黄，与其令臧氏子不相善⑧，其贤否曲直，盖不难知者。夫二人之争，至于有司⑨，有司不置白黑于其间，遂以俱罢⑩。县之士民，谓臧之罪，不止于罢，而幸其去；谓何之过，不至于罢，而惜其去。臧贪而富，且自知得罪于民，式遄⑪其归矣；何廉而贫，无以振其行李⑫，县之士民，哀其穷而为之裹囊以钱⑬之，思其贤而为之歌诗以送之，何之归亦荣矣！

比干剖心⑭，恶来知政⑮；子胥鸱夷⑯，宰噽谋国⑰。爵刑舛施⑱，德业倒植⑲，若此者班班⑳见于书传，今有司所以处臧、何之贤否曲直者，虽未当㉑乎人心，然揆㉒之舛施倒植之事，岂不远哉？况其民心士论，有以慰荐扶持㉓如此其盛者乎？何君尚何憾！

鲁士师如柳下惠㉔，楚令尹如子文㉕，其平狱治理之善，当不可胜㉖纪，三黜三已㉗之间，其为曲直多矣！而《语》《孟》所称㉘，独在于遗逸不怨㉙，厄穷不悯㉚，仕㉛无喜色，已无愠色㉜。况今天子重明丽正㉝，光辉日新。大臣如德星御阴辅阳，以却氛祲㉞。下邑一尉，悉力㉟卫其民，以迕墨令㊱，适用吏文㊲，与令俱罢，是岂终遗逸厄穷而已者乎㊳？何君尚何憾！

虽然，何君誉处若此其盛者�439，臧氏子实为之也。何君之志，何君之学，讵可如是而已乎㊵？何君是举亦勇矣！诚率是勇以志乎道㊶，进乎学，必居广居、立正位、行大道，使富贵不能淫，贫贱不能移，威武不能屈㊷，此吾所望于何君者。不然，何君固无憾，吾将有憾于何君矣！

【注释】

① 宜黄：今江西省宜黄县。　尉：县的副长官。
② 宜：投合、爱戴。
③ 令：县令。
④ 吏：书吏，官府的僚属。
⑤ 是：指上述民、吏对尉、令的不同态度。
⑥ 曲直：是非。
⑦ 东阳：旧郡名，治所在今浙江省金华市。　尉：这里作动词用。
⑧ 臧氏子：姓臧的人。　不相善：关系

处不好。
⑨ 有司：负有专责的官，这里指何坦的上司。
⑩ 俱罢：两人都遭罢职。
⑪ 式：发语辞。 遄（chuán）：迅速。
⑫ 振其行李：置办行李。
⑬ 饯：设宴话别。
⑭ 比干剖心：比干是商朝贵族，纣王的叔父，因屡次劝谏纣王，竟被纣王剖心而死。
⑮ 恶来：殷纣王宠信的佞臣。 知政：掌权。
⑯ 子胥鸱（chī）夷：伍子胥，名员，春秋楚人，后为吴国大夫，因劝吴王夫差拒绝越国求和、停止伐齐，被夫差赐剑自刎，死后又把他的尸体盛在皮囊中丢到河里。鸱夷，皮囊。
⑰ 宰嚭（pǐ）：伯嚭，吴王夫差的太宰。夫差打败越国后，勾践对伯嚭进行贿赂和收买，于是达成和议，使越国得到复国图强的机会。 谋国：主持国政。
⑱ 爵刑舛（chuǎn）施：赏罚乱用不公。
⑲ 德业倒植：道德、事业都倒行逆施。
⑳ 班班：明白的样子。
㉑ 当：合。
㉒ 揆（kuí）：衡量。
㉓ 慰荐扶持：慰问帮助。
㉔ 柳下惠：名展禽，春秋时鲁大夫。曾任士师（掌管刑狱的官），三次被贬职。
㉕ 子文：名榖於菟，春秋楚国令尹（大夫），也曾三次被贬，但能不喜不怒。
㉖ 胜（shēng）：尽。
㉗ 已：罢免。
㉘ 《语》《孟》：《论语》和《孟子》。 称：对上述两人的称道。
㉙ 遗逸不怨：被朝廷抛弃而不怨。
㉚ 厄穷不悯：遭遇贫困而不自伤。
㉛ 仕：做了官。
㉜ 已无愠（yùn）色：撤了职也不生气。愠，发怒。
㉝ 重明丽正：光明正大。
㉞ 这句说：大臣们好像德星一样，调理阴阳，驱退邪气。德星，星名，表示吉祥。祲（jìn），妖气，古人以为它是阴阳两气交侵的结果。
㉟ 悉力：全力。
㊱ 以迕（wǔ）墨令：因此触犯了贪赃枉法的县令。
㊲ 适用吏文：恰好援用了监司条例。
㊳ 是岂终遗逸厄穷而已者乎：难道会永远被朝廷抛弃、一直贫困下去吗？
㊴ 何君誉处此其盛者：（使得）何君得到这样大的声誉的。
㊵ 这句说：何坦的志向和学力，难道可以到此为止境吗？讵（jù），难道。
㊶ 诚率是勇以志乎道：真能把这股勇气用在道德修养上。
㊷ 这几句是孟子所提出的"大丈夫"的标准。广居，指仁；正位，指礼；大道，指义。

【简析】

县尉何坦由于维护县民的利益，跟县令不和，并因此免职，陆九渊写了这篇文章表示慰问和勉励。这里的"县民"，主要指包括中小地主在内的社会中下层。文章劈头就从正反两面提出检验官吏贤否的标准：县民的向背和僚属的好恶。他进一步对比了县民对令、尉的不同态度，认为何坦能得县民的爱戴，便是最大的光荣。文章的第二、三段，分别引用史实，说明何坦的遭贬没有什么遗憾，而且还有再被起用的希望，在慰勉之中微含不平与愤慨。最后一段是对他的更严格的要求和更殷切的期待，谆谆告诫，语重心长。

辛弃疾

辛弃疾（1140—1207），字幼安，号稼轩，济南（今山东济南）人。他是南宋最杰出的爱国词人。青年时在山东金占领区曾参加耿京的抗金起义军。南渡后，曾任一些州郡的刺史和安抚使（掌管一路军、政的长官）。一生坚决主张抗金，但为当时主和派所排斥，闲居信州上饶（今江西上饶）达二十年。晚年又被起用，仍未能施展抱负。

美芹①十论·审势

用兵之道，形与势二②。不知而一之③，则沮于形、眩于势④，而胜不可图，且坐受其毙矣。何谓形？小大是也。何谓势？虚实是也。土地之广，财赋之多，士马⑤之众，此形也，非势也。形可举以示威，不可用以必胜⑥。譬如转嵌岩于千仞之山，轰然其声，嵬然其形，非不大可畏也，然而堑留木拒，未容于直，遂有能迂回而避御之，至力杀形禁，则人得跨而逾之矣⑦。若夫势则不然：有器必可用，有用必可济⑧。譬如注矢石于高墉之上⑨，操纵自我，不系于人，有轶⑩而过者，抨击中射惟意所向，此实之可虑也。自今论之：虏人[11]虽有嵌岩可畏之形，而无矢石必可用之势，其举以示吾者，特以威而疑我也[12]；谓欲用以求胜者，固知其未必能也[13]。彼欲致疑，吾且信之以为可疑；彼未必能，吾且意其或能；是亦未详夫形、势之辨耳[14]。臣请得而条陈[15]之：

虏人之地，东薄[16]于海，西控于夏[17]，南抵于淮[18]，北极于蒙[19]，地非不广也；虏人之财，签兵[20]于民而无养兵之费，靳恩于郊而无泛恩之赏[21]，又辅之以岁币之相仍[22]，横敛之不恤[23]，则财非不多也；沙漠之地马所生焉，射御长技人皆习焉，则其兵又可谓之众矣。以此之形，时出而震我[24]，亦在所可虑，而臣独以为不足恤者，盖虏人之地虽名为广，其实易分[25]，惟其无事，兵劫形制，若可纠合[26]，一有惊扰，则忿怒纷争，割据蜂起。辛巳之变[27]，萧鹧巴反于辽[28]，开赵反于密[29]，魏胜反于海[30]，王友直反于魏[31]，耿京反于齐、鲁[32]，亲而葛王又反于燕[33]，其余纷纷所在而是，此则已然之明验。是一不足虑也。

虏人之财虽名为多，其实难恃[34]，得吾岁币惟金与帛，可以备赏而不可以养士[35]；中原廪窖[36]，可以养士，而不能保其无失。盖虏政庞[37]而官吏横，常赋供亿民粗可支，意外而有需，公实取一而吏七八之[38]，民不堪而叛，叛则财不可得而反丧其资[39]。是二不足虑也。

若其为兵，名之曰多，又实难调而易溃[40]。且如中原所签、谓之"大汉军"者[41]，皆其父祖残于蹂践之余，田宅罄于槌剥[42]之酷，怨愤所积，其心不一；而沙漠所签者越在万里之外，虽其数可以百万计，而道里辽绝[43]，资粮器甲一切取办于民，赋输调发非一岁而不可至。始逆亮南寇之时，皆是诛胁酋长、破灭资产[44]、人乃肯从，未几中道窜归者已不容制[45]，则又三不足虑也。

又况虏廷今日用事之人，杂以契丹、中原、江南之士，上下猜防，议论龃龉[46]，非如前日粘罕、兀朮辈之叶[47]。且骨肉间僭弑成风[48]。如闻伪许王以庶长出守于汴，私收民心，而嫡少尝暴之于其父，此岂能终以无事者哉[49]？我有三不足虑，彼有三无能为，而重之以有腹心之疾，是殆自保之不暇，何以谋人[50]？

臣抑闻古之善觇[51]人国者，如良医之切脉，知其受病之处而逆其必殒之期[52]，初不为肥瘠而易其智[53]。官渡之师，袁绍未遽弱也[54]，曹操见之以为终且自毙者，以嫡庶不定[55]而知之。咸阳[56]之都，会稽之游[57]，秦尚自强也，高祖见之以为当如是矣[58]，项籍见之以为可取而代之者[59]，以民怨已深而知之。盖国之亡，未有如民怨、嫡庶不定之酷[60]，虏今并有[61]之，欲不亡何待[62]？臣故曰"形与势异"。惟陛下实深察之。

【注释】

① 美芹：即"芹献"的意思。《列子·杨朱》中说，有个乡下人以芹菜为美味，献给乡豪，乡豪尝后大倒胃口。后用以自谦所献微薄、简陋不足道。

② 道：方法，法则。　形与势二："形"与"势"这两方面。
③ 不知而一之：不知道区别"形"与"势"，而把二者混同起来。
④ 沮于形、眩（xuàn）于势：慑于"形"的（强大），又被"势"所迷惑。
⑤ 士马：士兵和马匹。
⑥ 这两句说："形"只能拿来摆摆威风，而不能光凭它来获得胜利。
⑦ 这几句说：譬如有块大石头从极高的山上滚下来，它的声音轰轰作响，它的形体又高又大，不是不可怕的；然而（石头）遇到壕沟和树木阻挡，使它不能一直滚下去，人们就能绕着躲避它，等到石头的冲力一完，停止住了，那么人们就可以跨过它去了。　嵌（qiàn）岩：形状像张着口的岩石，这里泛指险峻的巨石。　千仞（rèn）：形容极高。仞，古时长度单位，一仞是七尺（一说是八尺）。　嵬（wéi）然：高大的样子。　堑（qiàn）：壕沟。　力杀（shài）：指石头的冲力竭尽。
⑧ 这两句说：有器物一定可以使用，能使用一定可以成功。　器：泛指有形的具体事物，相当于现在所说的物质条件。　济：成功。
⑨ 注：射击、投掷。　矢石：箭和礌（léi）石，古时守城的武器。　高墉（yōng）：高的城墙。
⑩ 轶（yì）：出击，侵越。
⑪ 虏人：对敌人的贱称。这里指金统治者。
⑫ 特以威而疑我也：只不过用表面的威势来使我疑惧而已。
⑬ 这两句说：讲到用以求胜的"势"（或"器"），可以确知他们未必具备。
⑭ 这几句说：他们打算使我们疑惧的，我们相信了以为确实可疑；他们未必具备的，我们却猜测他们可能已经具备；这是没有对"形"和"势"的情况加以详细考辨的缘故。
⑮ 条陈：分条陈述。
⑯ 薄：逼近。
⑰ 控：据有。　夏：西夏党项族所占有的地区，在今宁、陕、甘、青、内蒙一带地区。
⑱ 淮：淮河。
⑲ 蒙：蒙古。
⑳ 签兵：征兵。
㉑ 靳（jìn）恩于郊而无泛恩之赏：金朝廷只在郊祀祭天地时才给臣下一些有限的赏物，而没有广赐恩宠。靳，吝惜。郊，郊祀，古时祭祀天地的仪式。
㉒ 辅：附加，补助。　岁币：公元1141年宋金第二次"和议"，规定南宋每年向金进贡银二十五万两，绢二十五万匹。　相仍：源源不断的意思。
㉓ 横敛之不恤：对人民横征暴敛而不顾惜。
㉔ 震我：威吓我们。
㉕ 其实易分：其实是容易分裂的。
㉖ 兵劫于制，若可纠合：部队局限于体制，好像可以结集在一起。
㉗ 辛巳之变：宋高宗（赵构）绍兴三十一年（1161），金朝国主完颜亮征调契丹、汉等各族丁壮六十万人，大举攻宋。完颜雍却乘机自立为王，即金世宗。完颜亮不久被部下杀死。
㉘ 萧鹧巴：《金史·叛臣传》作撒八，西北路契丹族人。辽（契丹）被金灭亡后，他任金朝的招讨司译史（翻译官）。完颜亮南侵，下令征发西北路契丹族全部丁壮，撒八聚众反金。　辽：指辽地，在今河北、山西、内蒙一带地区。
㉙ 开赵：金占领区抗金起义军首领，曾率领部队与耿京、魏胜等联合作战。　密：密州，治所在今山东省诸城市。
㉚ 魏胜：金占领区抗金起义军首领。他

409

曾攻占海州（治所在今江苏省连云港市西南），并在海州大败完颜亮南侵的部队。

㉛ 王友直：金占领区抗金起义军首领。 魏：魏州，治所在今河北省大名县。

㉜ 耿京：金占领区抗金起义军首领。辛弃疾曾率二千人投他部下。王友直也派人来表示愿意听他节制。后被叛徒杀害。 齐、鲁：春秋时齐、鲁两国所在地，在今山东省西部和胶东半岛地区。

㉝ 葛王：完颜雍。公元1161年，他乘完颜亮南侵之际，在辽阳（今辽宁省辽阳市）自立，即金世宗。 燕：战国时燕国所在地，在今河北省北部和辽宁省西部地区。

㉞ 难恃：很难靠得住。

㉟ 这两句说：金朝获得南宋的“岁币”，只是钱和绢，这些东西可以供赏赐用，却不能作为军队的给养。

㊱ 中原廪窖：中原地区的粮仓。

㊲ 政庞：政府机构庞大。

㊳ 这几句说：经常性的赋税、供给，老百姓还勉强可以缴纳，遇到额外的需求，再向老百姓去征收，往往官府只收到一成而官吏却中饱七八成。供亿，供给。

㊴ 反丧其资：反而丧失了全部资财来源。

㊵ 难调而易溃：难于调遣，易于溃乱。

㊶ 中原所签，谓之“大汉军”者：金朝有所谓签军制度，每遇战事，强行签发汉人当兵，每家丁壮，都被征入伍，号“大汉军”。

㊷ 罄（qìng）：尽。 槌剥：敲诈勒索。

㊸ 辽绝：辽远。

㊹ 诛胁酋长、破灭资产：完颜亮为南侵准备兵力和物力，对契丹族等部落头目诛杀、胁迫，搞得他们倾家荡产。

㊺ 制：制止。

㊻ 龃龉（jǔ yǔ）：意见不合，争吵。

㊼ 粘罕：完颜宗翰，金军的统帅。曾与斡离布攻陷汴京（今河南省开封市），灭北宋。 兀术：完颜宗弼，先随从粘罕灭北宋，后任金军统帅，渡长江与南宋作战。 叶：时期，时世。

㊽ 骨肉：至亲。 僭弑（jiàn shì）：地位在下的人谋杀地位在上的人，如子杀父，弟杀兄，庶杀嫡等。僭，超越自己的身份。

㊾ 许王：完颜永中。他是金世宗的庶出长子，完颜胡土瓦（金显宗）是嫡少子，法定的王位继承人。完颜永中曾任大兴（今北京市）尹，收买人心，大兴府竟没有犯法入狱的人。完颜胡土瓦就向金世宗说他的坏话。后来，完颜胡土瓦之子章宗当国，于公元1195年以谋反罪将完颜永中处死。 汴：汴州，治所在今河南省开封市，是北宋国都的所在地区。这里借指金中都所在地区的大兴府。

㊿ 这几句说：而又加上有嫡庶之争等心腹之患，几乎连自保都来不及，凭什么去谋取别国呢？ 殆：几乎。

(51) 抑：表示转折的连结词，“却”的意思。 觇（chān）：暗中察看。

(52) 逆其必殒（yǔn）之期：推断他必将死去的时间。逆，推测，预料。殒，死亡。

(53) 初不为肥瘠而易其智：不为病人眼前的或胖或瘦而改变他的诊断。

(54) 官渡：今河南省中牟县东北。东汉末年，曹操在此歼灭袁绍的主力。袁绍，东汉末北方大军阀，曾据有冀、青、幽、并等州（今河北、山东、山西一带），一度是北方最强大的割据势力。 遽弱：指袁绍的军力没有马上就衰弱。

(55) 嫡庶不定：袁绍宠爱庶子袁尚，打算立他为继承人，而不立长子袁谭。他死后，袁氏兄弟互相攻击，结果被曹操各个击破。

(56) 咸阳：秦国国都，在今陕西省咸阳市东北。

(57) 会稽之游：秦始皇曾于公元前 210 年去会稽山巡游，祭祀夏禹，并树碑立石，歌颂自己的功德。会稽，山名，在今浙江省绍兴市南。

(58) 高祖：汉高祖刘邦。他有一次在咸阳看到秦始皇，感叹说："大丈夫当如此也！"表示出灭秦称帝的意愿。

(59) 项籍：项羽。他遇见秦始皇游会稽回来，说："彼（指秦始皇）可取而代也。"

(60) 这句说：国家的灭亡，以民怨和嫡庶争权这两项原因最为重大。 酷：最，极。

(61) 并有：两者兼有。

(62) 何待：有何期望。

【简析】

宋孝宗隆兴元年（1163），南宋张浚北伐军队在淮北军事重镇符离（今安徽省宿县）溃败，主和派的活动和舆论又甚嚣尘上。辛弃疾在 1165 年左右写了《美芹十论》（又名《御戎十论》）进呈宋孝宗，力驳主和派的谬论，积极主张备战抗金。

《审势》是第一篇。在这篇文章中，作者首先提出"形"和"势"不同的命题，指出不应被敌人的貌似强大所吓倒，应该看到敌人内在的虚弱；接着分析了敌方土地、财力、兵力的情况，明确提出"三不足虑"的结论；最后又揭露金朝朝廷内部分崩离析、争权夺利的矛盾，指明其必然灭亡的前途。文章条分缕析，结构谨严，论证有力。

陈 亮

陈亮（1143—1194），字同甫，婺州永康（今浙江省永康市）人，是一位才气纵横、文武兼备的学者。宋孝宗（赵昚 shèn）初年，他向朝廷提出《中兴五论》，主张坚持抗战，但未被采纳；愤而回家治学十年，成为著名的哲学家，创立了重视事业功利的"永康学派"。光宗（赵惇）时，考中状元，得了个建康府判官（府署僚属）的小官，还未到任就死去了。

中兴①遗传序

初，龙可伯康游京师②，辈饮市肆③，方叫呼大噱④。赵九龄次张⑤旁行过之，雅⑥与伯康不相识，俄追⑦止次张，牵其臂，迫与共饮。次张之父，时守官河东⑧，方以疾闻⑨，次张以实告。伯康曰："毋苦⑩！乃翁疾行瘳⑪矣。子可人意者⑫，为我姑⑬少留。"次张不得已从之。箕踞⑭笑歌，恢谐纵谑，旁若无人，次张固已心异。一日，行城外过麻村，观大阅之所⑮。伯康勃然曰："子亦喜射乎？"次张曰："颇亦好⑯之，而不能精也。"伯康曰："姑试之！"

次张从旁取弓挟矢以兴[17]，十发而贴中者六七，次张心颇自喜。伯康拾矢而射，一发中的[18]，矢矢相属[19]，十发无一差者。次张惊曰："子射至此乎？"伯康曰："此亦何足道，千军万马，头目[20]转动不常，意之所指，犹望必中，况此定的[21]，又何怪乎？"次张吐其舌不能收。俄指其地而谓次张曰："后三年，此间皆胡人[22]，子姑志[23]之。火龙骑日[24]，飞雪满天，此京城破日之兆。"因嘻吁[25]长叹不能自禁。后三年，京城失守，其言皆验。中原流离，伯康自是不复见矣。岂丧乱之际，或死于兵，抑有所奋而不能成也[26]？次张每念其人，言则叹惜。

绍兴[27]初，韩世忠拒虏于淮西[28]，力颇不敌，次张献言，乞决淮西之水，以灌虏营。朝廷易[29]其言而不之信。已而[30]虏师俄退，世忠力请留战，虏酋使[31]谓曰："闻南朝欲决水以灌我营，我岂能落人计中？"次张言虽不用，犹足以攻敌人之心者类[32]如此。次张尝为李丞相所辟[33]，得承务郎[34]，督府罢[35]，次张亦径归。大驾[36]南渡，次张侨居阳羡[37]。故将岳飞，尝隶丞相军中，次张识其人于行伍，言之丞相，给帖补军校[38]，后为统制[39]，遇大驾巡永嘉[40]，与诸将彷徨江上，莫知攸适[41]；又乏粮，将谋抄掠[42]。次张闻而竟往，说[43]飞移军阳羡，州给之食，飞得无他[44]，而州境赖焉。人有言次张生平于赵丞相[45]者，丞相喜，欲用之。复有谮[46]者曰："此人心志不可保，使其得志，必为曹操。"丞相疑沮[47]而止。次张度时[48]不用，屏居[49]不出，竟死。

昔参政周公葵[50]，屡为余言其人，且曰："我尝荐之朝廷，诸公皆诘[51]我：'子端人正士，胡[52]为余言此等狂生？'我因告之曰：'吾侪平居谈王道[53]，说诗书，一日得用，从容庙朝[54]，执持纪纲[55]可也。至于排难解纷，仓卒万变[56]，此等殆[57]不可少。吾侪既不能辨，而恶[58]他人之能辨，是诬天下以无士，而期[59]国事之必不成也。是乌可哉[60]？'"

余尝大[61]周公之言，异二生之为人，而惜其屈，尝欲传其事而不能详，因叹曰："世之豪伟倜傥[62]之士，沉没于困穷，不能自奋，以为世用，欲用而卒沮于疑忌，如二生者，宁有限哉[63]？然自古乱离战争之际，往往奇才辈出[64]，崭然[65]自赴功名之会，如建炎、绍兴之间[66]，诚[67]亦不少，虽或屈而不用、用不大、大或不终，未四十年，已有不能道其姓字者，记事之文，可少乎哉？"

自是始欲纂[68]集异闻，为《中兴遗传》。然犹恨闻见单寡，欲从先生故老详求其事，故先为之纂例[69]，而以渐足之[70]。其一曰"大臣"，若李纲、宗泽、吕颐浩、赵鼎、张浚；其二曰"大将"，若种师道、岳飞、韩世忠、吴玠、吴璘；其三曰"死节"，若李若水、刘韐[71]、孙傅、霍安国、杨邦乂[72]；其四曰"死事"，若种师中、王禀、张叔夜、何栗、刘韐[73]、徐徽言；其五曰"能臣"，若陈则、程昌禹、郑刚中；其六曰"能将"，若曲端、姚端、王胜、刘光世、刘锐；其七曰"直士"，若陈东、欧阳澈、吴若；其八曰"侠士"，若王友、张所、刘位；其九曰"辩士"，若邵公序、祝子权、汪若海；其十曰"义勇"，若孙韩、葛进、石竫；其十一曰"群盗"，若李胜、杨进、丁进；其十二曰"贼臣"，若徐秉哲、王时雍、范琼。合十二册而分传之，总目曰：《中兴遗传》，聊以发其行事而致吾之意㉔。然其端则起于惜二生之失其传，故序首及之。

昔司马子长㉕周游四方，纂集旧闻，为《史记》一百三十篇。其文驰骋万变，使观者壮心骇目。顾㉖余何人，岂能使人喜观吾文如子长哉？方将旁求广集，以备史氏之缺遗云耳㉗。

【注释】

① 中兴：衰而复兴。这里指金兵南侵、宋高宗（赵构）逃到南方建立小朝廷后的这段时期。
② 龙可伯康：姓龙名可，字伯康。 京师：指北宋都城开封府（今河南省开封市）。
③ 羣饮市肆：与朋友聚饮于酒肆。
④ 大噱（jué）：大笑。
⑤ 赵九龄次张：姓赵名九龄，字次张。
⑥ 雅：平素。
⑦ 俄：等了一会儿。 追：赶上。
⑧ 守官河东：在河东路（辖境在今山西省西部、陕西省东北部一带）做官。
⑨ 方以疾闻：听说正在生病。
⑩ 毋苦：不必着急。
⑪ 乃翁：你的父亲。 行：就要。 瘳（chōu）：病愈。
⑫ 子可人意者：你是很讨人喜欢的人。子，你。
⑬ 姑：姑且。
⑭ 箕：箕坐（古人席地而坐把两脚分开，姿态像畚箕似的）。 踞（jù）：蹲坐。
⑮ 大阅之所：阅兵场。
⑯ 好（hào）：喜欢。
⑰ 兴：干起来。
⑱ 的：箭靶的红心。

⑲ 矢矢相属：一箭接着一箭。
⑳ 头目：头和眼睛，指敌人的头部。
㉑ 定的：固定的目标（箭靶）。
㉒ 胡人：对少数民族的蔑称（这里指女真族）。
㉓ 志：记住。
㉔ 火龙骑日：一种自然变异现象：日赤如火，无光。这里是指公元 1127 年 1 月 13 日。
㉕ 嘻吁（xū）：叹息。
㉖ 抑有所奋而不能成也：或者有所行动而没有成功吧？抑，或是。
㉗ 绍兴：宋高宗（赵构）的年号（1131—1162）。
㉘ 韩世忠：南宋著名的爱国将领，绍兴初年，在今江苏一带抗击金兵。 虏：对敌人的贱称。这里指金兵。 淮西：指江、淮一带地区。
㉙ 易：轻视。
㉚ 已而：不久。
㉛ 虏酋：敌军首领。 使：派使者。
㉜ 类：类似。
㉝ 李丞相：李纲，字伯纪，南宋王朝建立初期，一度出任宰相，有一定的政绩。 辟（bì）：召用。
㉞ 承务郎：从八品的闲散文官。
㉟ 督府罢：指李纲被免职。
㊱ 大驾：指皇帝的车驾。
㊲ 阳羡：在今江苏省宜兴市南。
㊳ 给帖补军校：指任命岳飞为编制以外的军校。军校，下级军官。
㊴ 统制：节制军马、统率诸将的军官。
㊵ 永嘉：今浙江省温州市。
㊶ 莫知攸适：不知所往。攸，所。适，往。
㊷ 抄掠：掠夺。
㊸ 说（shuì）：劝说。
㊹ 无他：不发生意外。
㊺ 赵丞相：赵鼎，字元镇。宋高宗时曾任宰相。
㊻ 谮（zèn）：诬陷。
㊼ 疑沮：疑惑不行。
㊽ 度（duó）：猜测。 时：当时社会。
㊾ 屏（bǐng）居：隐居。
㊿ 参政周公葵：周葵，字立义，宋孝宗时任参知政事（副宰相）。
(51) 诘：责问。
(52) 胡：为什么。
(53) 吾侪（chái）：我辈。 平居：素常。 王道：贤明政治的方略。
(54) 从（cōng）容庙朝：优游于朝廷。
(55) 纪纲：法纪制度。
(56) 仓卒（cù）万变：在仓卒之间来应付千变万化。
(57) 殆（dài）：恐怕，或者。表示不肯定。
(58) 恶（wù）：厌恶。
(59) 期：希望。
(60) 是乌可哉：这怎么可以呢？
(61) 大：钦佩。
(62) 倜傥（tì tǎng）：洒脱超逸。
(63) 宁有限哉：哪里只是少数呢？
(64) 辈出：迭出。
(65) 崭（zhǎn）然：高峻突出。
(66) 建炎、绍兴之间：指南宋初年。建炎，也是宋高宗的年号（1127—1130）。
(67) 诚：确实。
(68) 纂（zuǎn）：编写。
(69) 纂例：编例，编写的体例、原则。
(70) 渐足之：逐渐补成它。
(71) 韐：音 gé。
(72) 乂：音 yì。
(73) 竫：音 jìng。
(74) 致吾之意：表达我的心意。
(75) 司马子长：西汉杰出历史学家司马迁，子长是他的字。
(76) 顾：表示转折的连接词，但是。
(77) 史氏：历史家。 云耳：罢了。

【简析】

　　这篇序文实际上是龙伯康和赵次张两人的小传。作者选择了他们的几个典型事例,突出了龙伯康的性格豪放,射技神奇,赵次张的聪明机智,善于应变。作者对当时统治阶级的漠视人才表示愤慨,对龙、赵的遭遇寄予同情,也为国家救亡事业的损失深表惋惜。陈亮从这些英雄人物身上看到了自己,所以流露在文章里的感情更加充沛。

谢枋得

谢枋（bǐng）得（1226—1289），字君直，别号叠山，信州弋阳（今江西省弋阳县）人。他是宋末的爱国诗人之一。宋理宗（赵昀）时进士。宋恭宗（赵㬎 xiǎn）时，任江东提刑（司法官）、江西招谕使（主要负责了解一个行政区的利弊和地方疾苦），并任信州（今江西省上饶市）地方长官。元兵攻陷信州后，他改名换姓，在福建的一些地方隐居。

却 聘 书

夷、齐虽不仕周，食西山之薇[①]，亦当知武王之恩；四皓虽不仕汉，茹商山之芝[②]，亦当知高帝之恩；况虀藜含粝于大元之土地乎[③]？

大元之赦某屡[④]矣！某受大元之恩亦厚矣！若效鲁仲连蹈东海而死则不可[⑤]。今既为大元之游民矣，庄子[⑥]曰："呼我为马者，应之以为马；呼我为牛者，应之以为牛。"世之人有呼我为宋之逋播臣[⑦]者，亦可；呼我为大元游惰民者，亦可；呼我为宋顽民[⑧]者，亦可；呼我为大元之逸民[⑨]者，亦可。为轮为弹，与化往来；虫臂鼠肝，随天付予⑩。若贪恋官爵，昧于一行⑪，纵大元仁恕，天涵地容⑫，哀怜孤臣，不忍加戮⑬，某有何面目见大元乎？

某与太平草木，同沾圣朝⑭之雨露，生称善士⑮，死表于道⑯曰："宋处士⑰谢某之墓。"虽死之日，犹生之年⑱，感恩感德，天实临⑲之！司马子长⑳有言："人莫不有一死，死或重于泰山，或轻于鸿毛。"先民广其说㉑曰："慷慨赴死易，从容就义难㉒。"公㉓亦可以察某之心矣。

【注释】

① 夷、齐：伯夷、叔齐，殷朝孤竹国（今河北省卢龙县到辽宁省朝阳县一带地方）国君的儿子。他们反对周武王讨伐殷纣王的进步事业，认为这是违背"君臣大义"。周灭商后，他们隐居首阳山（在河南省偃师市西北），采薇而食，不久饿死。 西山：指首阳山。 薇：马齿类草本植物，嫩叶可食。 谢枋得为了强调自己的政治态度，一开始就借用典故。现在来看，伯夷、叔齐反对周武王进行的正义战争，是不应该肯定的。
② 四皓（hào）：指汉朝的东园公、绮里季、夏黄公、甪（lù）里先生四位隐士，他们隐居商山（在陕西省商县东南），采芝而食，汉高祖请他们出仕，不就。 茹：吃。
③ 况羹藜含粝（lì）于大元之土地乎：何况（我）在大元土地上吃野菜羹和粗粮的呢？（更应知道大元的恩德了。）这是反话。
④ 某：作者自指。 屡：次数很多。

⑤ 这两句说：我受元朝的恩德是很厚重的了，若仿效鲁仲连的行为而不承认元朝，那是不恰当的。鲁仲连，战国时著名的辩士，齐人。他曾以利害说服赵、魏大臣，劝他们不要尊秦昭王为帝。他声称，自己宁愿"蹈东海而死"也不肯承认秦王为帝。
⑥ 庄子：名周，战国时期著名的唯心主义哲学家。
⑦ 逋（bū）播臣：逃亡的臣子。
⑧ 宋顽民：忠于宋朝、不服元朝统治的遗民。
⑨ 逸民：隐士。
⑩ 这句也是引用《庄子》的话，原意是说：如果死后造物主把我的臀部化成车轮，反而可以乘着跑路；如果把我的右臂化成弹丸，反而可以打鸟吃。化成虫腿，化成鼠肝，也都可以。这是安时处顺、无所不可的意思。作者借以表示把名誉、荣禄、生死置之度外了。
⑪ 昧于：迷惑于。 一行：一时的行为。

⑫ 天涵地容：包涵的度量像天地一样大。
⑬ 戮（lù）：杀害。
⑭ 圣朝：指元朝。
⑮ 善士：良士，正派守法的知识分子。
⑯ 死表于道：死后在墓道上立碑。
⑰ 处士：隐居的知识分子。
⑱ 虽死之日，犹生之年：虽然是死的日子，还像是得到了重生一样。
⑲ 临：照临。
⑳ 司马子长：西汉杰出历史学家司马迁，子长是他的字。下面这句话是他在《报任少卿书》中说的。
㉑ 先民：以前的人。 广其说：补充他的见解。
㉒ 这两句说：慷慨激昂地迅速一死，是容易的；要忍住长期的折磨，从从容容地就义，这就比较难了。这里着重在前一句，言外之意是，你如果强迫我的话，我就把生命豁出去了。
㉓ 公：指留梦炎。

【简析】

　　谢枋得是位坚持民族气节的宋末遗民。蒙古统治者在统一中国的过程中，对汉族官员采取了笼络的政策，曾经多次征召谢枋得出来做官，都遭到他的拒绝，本文就是他给当时已经降元的留梦炎（谢枋得的老师）劝降书的复信（这是一般流行的节录本）。

　　谢枋得这封信，表面上写得委婉恭顺，实际上充满着凛然不屈的骨气，那些感"恩"戴"德"的话头，正是旁敲侧击的激愤语。在信末作者又表示了誓死保卫名节的决心。后来他果然用生命实践了这个庄严的誓言：至元二十六年（1289），福建地方长官挟持谢枋得北上，逼他事元，他绝食而死。

文天祥

文天祥（1236—1283），字履善，又字宋瑞，自号文山，吉水（今江西省吉安市）人，是我国历史上著名的民族英雄。宋理宗（赵昀）时考中状元，在地方和中央历任要职。元兵渡江，他积极图谋恢复国势。但因众寡悬殊，为元兵所败，他也不幸被俘。元朝统治者把他囚在大都（今北京市），百般威胁利诱，要他投降，都被严词拒绝，四年后慷慨就义，至死不屈。

指南录后序①

德祐二年正月②十九日，予除右丞相兼枢密使③，都督④诸路军马。时北兵已迫修门⑤外，战、守、迁皆不及施⑥。缙绅、大夫、士，萃于左丞相府⑦，莫知计所出⑧。会使辙交驰⑨，北邀当国者⑩相见。众谓予一行为可以纾祸⑪。国事至此，予不得爱身，意北亦尚可以口舌动也⑫。初⑬，奉使往来无留北者⑭，予更欲一觇⑮北，归而求救国之策；于是辞相印不拜⑯。翌日⑰，以资政殿学士行⑱。

初至北营，抗辞慷慨，上下颇惊动。北亦未敢遽⑲。

文天祥《指南录后序》《宋丞相文山先生全集》书影（清刻本）

轻吾国。不幸吕师孟构恶[20]于前,贾馀庆献谄[21]于后,予羁縻[22]不得还国。事遂不可收拾。予自度[23]不得脱,则直前诟虏帅[24]失信,数吕师孟叔侄为逆[25],但欲求死,不复顾利害。北虽貌敬[26],实则愤怒。二贵酋名曰"馆伴"[27],夜则以兵围所寓舍,而予不得归矣。

未几[28],贾馀庆等以祈请使诣北[29]。北驱予并往,而不在使者之目[30]。予分当引决[31],然而隐忍以行,昔人云:"将以有为也[32]。"至京口[33],得间奔真州[34],即具以北虚实告东西二阃[35],约以连兵大举[36]。中兴[37]机会,庶几[38]在此。留二日,维扬帅下逐客之令[39]。不得已,变姓名[40],诡踪迹[41],草行露宿,日与北骑相出没于长淮[42]间。穷饿无聊,追购[43]又急,天高地迥[44],号呼靡及[45]。已而[46]得舟,避渚洲[47],出北海[48],然后渡扬子江,入苏州洋[49],展转四明、天台[50],以至于永嘉[51]。

呜呼!予之及于死者,不知其几矣[52]。诋大酋[53]当死;骂逆贼[54]当死;与贵酋处二十日,争曲直[55],屡当死;去京口,挟匕首以备不测,几自到死[56];经北舰[57]十余里,为巡船所物色[58],几从鱼腹死[59];真州逐之城门外,几徬徨死;如扬州[60],过瓜州、扬子桥[61],竟使[62]遇哨,无不死;扬州城下,进退不由[63],殆例送死[64];坐桂公塘[65]土围中,骑数千过其门,几落贼手死;贾家庄几为巡徼所陵迫死[66];夜趋高邮[67],迷失道,几陷死[68];质明[69]避哨竹林中,逻者[70]数十骑,

423

几无所逃死;至高邮,制府檄⁷¹下,几以捕系⁷²死;行城子河⁷³,出入乱尸中,舟与哨相后先⁷⁴,几邂逅⁷⁵死;至海陵⁷⁶,如高沙⁷⁷,常恐无辜死;道海安、如皋⁷⁸,凡三百里,北与寇⁷⁹往来其间,无日而非可死;至通州⁸⁰,几以不纳死⁸¹;以小舟,涉鲸波出⁸²,无可奈何,而死固付之度外⁸³矣。呜呼,死生昼夜事也⁸⁴,死而死矣,而境界危恶,层见错出,非人世所堪。痛定思痛,痛何如哉⁸⁵!

予在患难中,间以诗纪所遭,今存其本⁸⁶不忍废。道中手自抄录。使北营,留北关外⁸⁷为一卷;发北关外,历吴门、毗陵⁸⁸,渡瓜州,复还京口为一卷;脱京口,趋真州、扬州、高邮、泰州、通州为一卷;自海道至永嘉,来三山⁸⁹为一卷。将藏之于家,使来者⁹⁰读之,悲予志焉。

呜呼,予之生也幸,而幸生也何所为?求乎为臣,主辱臣死,有馀僇⁹¹;所求乎为子,以父母之遗体,行殆而死,有馀责⁹²。将请罪于君,君不许,请罪于母,母不许,请罪于先人之墓。生无以救国难,死犹为厉鬼以击贼,义也。赖天之灵,宗庙之福,修我戈矛⁹³,从王于师⁹⁴,以为前驱,雪九庙⁹⁵之耻,复高祖⁹⁶之业。所谓"誓不与贼俱生",所谓"鞠躬尽力,死而后已"⁹⁷,亦义也。嗟夫,若予者,将无往而不得死所⁹⁸矣!向也使予委骨于草莽⁹⁹,予虽浩然无所愧怍¹⁰⁰,然微以自文于君亲¹⁰¹,君亲其谓予何!诚不自意返吾衣冠⑩²,重见日月⑩³,使旦夕得正丘首⑩⁴,复何憾哉!复何憾哉!

是年夏五,改元景炎⑩⁵。庐陵⑩⁶文天祥自序其诗,名曰《指南录》。

【注释】

① 《指南录》:宋恭帝德祐二年(1276),元丞相伯颜举兵进逼南宋的首都临安(今浙江省杭州市),文天祥奉命到元营谈判,被扣押,后来乘隙逃归福州。《指南录》就是他出使、被扣和逃归途中的纪行诗集。他有诗句说:"臣心一片磁针石,不指南方誓不休",这就是诗集命名的来由。 后序:《指南录》前面已有自序两篇,本文是《后序》。
② 正月:原文作"二月",有错误,根据《指南录·自序》订正。
③ 除:被任命。 枢密使:掌管全国军务的长官。
④ 都督:统领监督。
⑤ 北兵:指元兵。 修门:国都的城门。
⑥ 战、守、迁皆不及施:(因为时局紧迫,)无论抗战、守城或迁都,都来不及进行了。
⑦ 缙绅:指一般官僚。 萃:会集。 左丞相府:左丞相吴坚的府中。
⑧ 莫知计所出:不知道怎么办好。
⑨ 会使辙交驰:当时双方使者的来往十分频繁。会,当时,恰遇。辙,车辙,代指车子。
⑩ 北:指元朝统治者。 当国者:执政的人。
⑪ 众谓予一行为可以纾祸:大家认为我作为使节去一次,就可以解除祸患。
⑫ 意北亦尚可以口舌动也:估计元人也还是可以用言语打动的。

⑬ 初:以前。
⑭ 奉使往来无留北者:使节来往从来没有被元人扣留的。
⑮ 一觇(chān):暗中察看一下。
⑯ 辞相印不拜:不就宰相职。
⑰ 翌日:第二天。
⑱ 以资政殿学士行:用资政学士名义出发。资政殿学士,宋朝特置的一种荣誉官衔,常用以授给罢政的宰相或其他大臣。
⑲ 遽(jù):立即。
⑳ 吕师孟:本是宋朝的兵部尚书(中央掌管军务的长官),是个亲敌派,文天祥曾上书要求斩他。他曾在德祐元年(1275)出使元军求和,提出愿意向元称侄纳币。这次,正当文天祥在元营中谈判元军退兵、相持不下的时候,吕师孟却带来降表。 构恶:做坏事。
㉑ 贾余庆:本是宋朝的同签书枢密院事、知临安府,随文天祥一起出使元营,却暗中和元军统帅伯颜商定了宋朝投降的事,并唆使元军扣留文天祥。 献谄:讨好。
㉒ 羁縻:扣押。
㉓ 度(duó):估计。
㉔ 诟:责骂。 房帅:指伯颜。
㉕ 数(shǔ):数说,斥责。 吕师孟叔侄为逆:吕师孟叔父是降元的襄阳守将吕文焕。
㉖ 貌敬:表面上恭敬。

㉗ 贵酋：高级头目。　馆伴：来宾馆陪伴使臣的人。
㉘ 未几：不久。
㉙ 祈请使：求和的专使。　诣（yì）北：到北方去。指到元朝的首都大都（今北京市）。
㉚ 不在使者之目：不算使节之列。
㉛ 分（fèn）当：本当。　引决：自杀。
㉜ 昔人：指唐朝名将南霁云。他的这句话见韩愈写的《张中丞传后叙》。　有为：有所作为。
㉝ 京口：今江苏省镇江市。
㉞ 得间（jiàn）：得到机会。　真州：郡名，治所在今江苏省仪征市。
㉟ 东西二阃（kǔn）：指淮东、淮西制置使（掌管边防军务的长官）李庭芝和夏贵。阃，在朝廷外负责军事专职的将帅。
㊱ 约以连兵大举：约定李庭芝、夏贵和真州守将苗再成联兵攻元。
㊲ 中兴：衰而复兴。
㊳ 庶几：差不多，几乎。
㊴ 维扬帅：指李庭芝。　下逐客之令：指李庭芝听信谣言，以为文天祥是元人派来说降的，就密令苗再成，把他处死，幸得苗再成把他放走。
㊵ 变姓名：当时文天祥称自己为刘洙。
㊶ 诡踪迹：行动秘密。
㊷ 长淮：淮河流域，这里指当时的淮东路（辖境在今江苏省中部）。
㊸ 追购：指元人对文天祥的悬赏缉捕。
㊹ 迥（jiǒng）：远。
㊺ 号呼靡及：叫天不应、叫地不应。
㊻ 已而：后来。
㊼ 避渚洲：避开渚洲。渚洲，长江中的沙洲，为元军所占领，因而文天祥不能直接渡江。
㊽ 北海：淮海，是东海的里海。
㊾ 苏州洋：长江口外偏南的一片海面。
㊿ 四明：指明州，郡治在今浙江省宁波市。　天台：指台州，郡治在今浙江省天台县。
㉛ 永嘉：今浙江省温州市。
㉜ 及于死者，不知其几矣：不知多少次面临死亡了。
㉝ 诟：辱骂。　大酋：指伯颜。
㉞ 逆贼：指吕文焕、吕师孟叔侄。
㉟ 争曲直：争论是非。
㊱ 几自刭死：几乎刎颈自尽。
㊲ 北舰：元兵的船队。
㊳ 物色：寻找，这里是"搜捕"的意思。
㊴ 从鱼腹死：投水淹死，葬身鱼腹。
㊵ 如：到。　扬州：今江苏省扬州市。
㊶ 瓜州：今江苏省扬州市南四十里。扬子桥：扬州市南地名。
㊷ 竟使：假使。
㊸ 不由：不由自主。
㊹ 殆例送死：几乎等于去送死。例，类乎，都。
㊺ 桂公塘：小丘名，在扬州城外，山腰有土围墙。
㊻ 贾家庄：在扬州北门外。　巡徼（jiào）：指宋朝的巡逻兵。　陵迫：欺侮迫害。文天祥在贾家庄遇到宋朝的骑兵，他们挥刀要杀，文天祥只好贿以钱财，才免害手。
㊼ 趋：快步走。　高邮：今江苏省高邮市。
㊽ 陷死：陷入敌手而死。
㊾ 质明：黎明。
㊿ 逻者：指元军巡逻兵。
㉛ 制府：制置使的官署。当时李庭芝是淮东路制置使。　檄（xí）：命令。
㉜ 捕系：捕捉。
㉝ 城子河：在高邮附近。
㉞ 舟与哨相后先：乘的船和元军哨兵险些遭遇。
㉟ 邂逅（xiè hòu）：不期而遇。
㊱ 海陵：今江苏省姜堰市。
㊲ 如高沙：到海陵后的情况，犹如在高邮时那样危险。高沙，在高邮西南城

⑦⑧ 道：路过。 海安：今江苏省海安县。 如皋：今江苏省如皋市。
⑦⑨ 寇：土匪。
⑧⑩ 通州：今江苏省南通市。
⑧① 不纳：不准入城。
⑧② 涉鲸波出：指出海。鲸波，大浪。
⑧③ 付之度外：不去考虑。
⑧④ 死生昼夜事也：生死就是早晚间事了。
⑧⑤ 痛定思痛，痛何如哉：事后追想当时所受的痛苦，又是怎么样的痛苦呵！
⑧⑥ 本：底稿。
⑧⑦ 北关外：指临安北门外明因寺，文天祥在这里会见伯颜。
⑧⑧ 吴门：吴县，今江苏省苏州市。 毗（pí）陵：今江苏省常州市。
⑧⑨ 三山：指福州（城中有三座山）。
⑨⑩ 来者：后人。
⑨① 主辱臣死，有馀戮：国君受到污辱，臣子理应效死，（今"幸生"），是有馀罪的。戮，罪。
⑨② 所求乎为子，以父母之遗体，行殆而死，有馀责：讲到做儿子的道理吧，把父母留给自己的身体，去冒极大的危险而死，（今"幸生"），是要受到重责的。
⑨③ 修：整治。 戈矛：泛指武器。
⑨④ 从王于师：跟随国君到军队里去。
⑨⑤ 九庙：指被破坏的皇家宗庙。
⑨⑥ 高祖：开国皇帝称高祖，这里指宋太祖赵匡胤。
⑨⑦ 鞠躬尽力，死而后已：敬谨地屈曲着身子，尽自己的全部力量，到死方休。
⑨⑧ 无往而不得死所：在任何地方都可能是我的死地。
⑨⑨ 向：以前。 使予委骨于草莽：使我的尸骨抛弃在荒草丛中。
⑩⓪ 浩然：正大光明。 无所愧怍（zuò）：没有惭愧的地方。
⑩① 微以自文于君亲：在君王和父母的面前无法文饰自己的过失。
⑩② 不自意：自己没有料到。 返吾衣冠：使自己重新穿起宋朝的官服、意思是重返南宋任职。
⑩③ 日月：喻指南宋的皇帝、皇后。
⑩④ 旦夕：早晚之间。 正丘首：古代传说，狐狸在洞穴外死去时，一定把头朝向它洞穴所在的土丘，表示对老巢的依恋。因用"正丘首"比喻死于故乡或故国。
⑩⑤ 是年夏五，改元景炎：宋端宗赵昰（shì）在公元1276年夏五月即位，改元景炎。
⑩⑥ 庐陵：今江西省吉安市。

【简析】

　　这篇文章的前三段是自叙出使元营的始末，文字简明扼要；第四段，一连例举二十种面临死亡的险境，说明万死一生的情况，交织着作者的悲愤和忠诚；第五段介绍诗集的内容和编次；最后又是一番充满血和泪的感叹，发抒了这位忧患余生的民族英雄的救国宏愿。文章气势奔放，激昂慷慨。

林景熙

林景熙（1242—1310），字德旸，号霁山，温州平阳（今浙江省平阳县）人。曾任泉州（治所在今福建省泉州市）教授（州学中的学官）、礼部架阁（保管文书档案的官员，礼部是主管考试、教育等工作的中央机关）等职。宋亡后，隐居家乡，教书为生。当时被称为霁山先生。

蜃　说

尝读《汉·天文志》①，载"海旁蜃气象楼台"，初未之信。

庚寅季春②，予避寇海滨③。一日饭午④，家僮走报怪事，曰："海中忽涌⑤数山，皆昔未尝有。父老观以为甚异。"予骇而出。会颍川主人走使⑥邀予。既至，相携登聚远楼东望。第见沧溟⑦浩渺中，蠢如奇峰，联如叠巘⑧，列如崒岫⑨，隐见不常⑩。移时⑪，城郭台榭⑫，骤变歘起⑬，如众大之区⑭，数十万家，鱼鳞相比⑮，中有浮图老子之宫⑯，三门嵯峨⑰，钟鼓楼翼其左右⑱，檐牙历历⑲，极公输巧不能过⑳。

又移时，或立如人，或散如兽，或列若旌旗之饰，甕盎㉑之器，诡异万千。日近晡㉒，冉冉漫灭㉓。向之有者安在？而海自若也㉔。《笔谈》纪登州"海市"事㉕，往往类此，予因是始信。

噫嘻！秦之阿房㉖，楚之章华㉗，魏之铜雀㉘，陈之临春、结绮㉙，突兀凌云者何限㉚，运去代迁㉛，荡为焦土，化为浮埃，是亦一蜃也。何暇蜃之异哉㉜！

【注释】

① 《汉·天文志》：《汉书》是东汉班固所著，其中《天文志》由马续续成。
② 庚寅：元世祖忽必烈至正二十七年（1290）。 季春：春末。
③ 海滨：指仙口，在今浙江省平阳县东，面临东海。
④ 饭午：吃午饭时。
⑤ 涌：涌现。
⑥ 会：适逢，恰巧碰到。 颍川主人：指姓陈的人家。陈姓是颍川（郡名，治所在今河南省许昌市）的大族，所以用颍川代指姓陈。 走使：派遣仆人。
⑦ 第见：但见，只见。 沧溟：大海。
⑧ 叠巘（yǎn）：重叠的山峰。巘，原指大小成两截的山。
⑨ 崒岫（zú xiù）：高峻而险要的山峰。
⑩ 隐见不常：忽隐忽现，没有固定。见，现。
⑪ 移时：过了一会儿。
⑫ 榭（xiè）：建造在高台上的敞屋。
⑬ 欻（xù）起：忽然出现。
⑭ 众大之区：人口稠密、建筑宏伟的地区。
⑮ 鱼鳞相比：形容房屋的整齐、密集，像鱼鳞般密密地排列着。相比，互相并列、紧靠。
⑯ 浮图老子之宫：指佛寺、道观。浮图，梵文（印度古文字）的译音，也译作"浮屠"，有佛、佛教徒或佛塔等不同意义，这里指佛。老子，相传为道家的祖师。
⑰ 三门：寺庙一般开设三座门。 嵯（cuó）峨：高峻的样子。
⑱ 翼其左右：像两翅坐落在寺观的左右。
⑲ 檐牙：屋檐边的饰物，突出像牙齿形。 历历：分明的样子。
⑳ 极公输巧不能过：充分发挥公输班的高度技巧，也不能超过它。公输，公输班，即鲁班，春秋时鲁国的巧匠。
㉑ 盎（àng）：一种腹大口小的盛器。
㉒ 晡（bū）：黄昏。
㉓ 冉冉：慢慢地。 漫灭：消失。
㉔ 海自若也：大海还是原来的样子。
㉕ 《笔谈》纪登州"海市"事：沈括《梦溪笔谈》卷二十一"异事"类，曾记载登州（治所在今山东省蓬莱市）有"海市"的情况。海市，实际上是渤海庙岛群岛的幻景。
㉖ 阿房（ē páng）：秦时建造的宫殿，规模宏大，至秦亡时还未全部完工。故

址在今陕西省西安市西北。
㉗ 章华：春秋时楚灵王建造的宫名和台名。故址在今湖北省监利县西北。
㉘ 铜雀：三国时曹操建造的台名。故址在今河北省临漳县西南。
㉙ 临春、结绮：南朝陈后主（陈叔宝）建造的楼阁。故址在今江苏省南京市。
㉚ 突兀凌云者何限：高耸入云的宫殿楼台不计其数。
㉛ 运去代迁：时运一去，朝代改换。
㉜ 何暇蜃之异哉：哪有闲工夫来为海市蜃楼的幻象来表示惊异呢！

【简析】

　　海市蜃楼是一种自然界的幻景。光线经过不同密度的空气层，发生显著折射时，把远处景物显示在空中或地面。但古人误以为是蜃（大蛤，一说是蛟龙类动物）吐气而成。

　　作者在本文中记录了他一次在浙东海滨所见的这种现象，并借题发挥，把人间的繁华比作蜃楼的虚幻，以此来抒发对宋朝覆亡的感慨。

邓　牧

邓牧（1247—1306），字牧心，自号三教（儒、佛、道）外人，浙江钱塘（今浙江省杭州市）人。他是一位进步的思想家，不满现实政治的腐败，幻想一个没有剥削和压迫的社会。三十二岁时，宋亡，他怀着悲愤的心情漫游名山大川，和民族志士谢翱、周密等亲密往还，对元朝统治者表示了消极的反抗。

吏　道

　　与人主①共理天下者，吏而已。内九卿、百执事②，外③刺史、县令，其次为佐，为史，为胥徒④。若是者，贵贱不同，均吏也。

　　古者君民间相安无事，固不得无吏，而为员不多。唐、虞建官⑤，厥可稽已⑥，其⑦去民近故也。择才且贤者，才且贤者又不屑为⑧。是以上世之士高隐⑨大山深谷，上之人⑩求之，切切然恐不至也⑪。故为吏者常出不得已，而天下阴受其赐⑫。

　　后世以所以害民者牧民⑬，而惧其乱，周防不得不至⑭，禁制⑮不得不详，然后小大之吏布于天下。取民愈广,害民愈深,才且贤者愈不肯至,天下愈不可为矣。今一吏,大者至食邑数万⑯,小者虽无禄养⑰,则亦并缘为食以代其耕⑱,数十农夫力有不能奉⑲者,使不肖游手往往入于其间⑳。率虎狼牧羊豕㉑,而望其蕃息㉒,岂可得也?天下非甚愚,岂有厌治思乱,忧安乐危者哉?宜若㉓可以常治安矣,乃至有乱与危,何也?夫夺其食,不得不怒;竭其力,不得不怨。人之乱也,由夺其食;人之危也,由竭其力。而号为理民者,竭之而使危,夺之而使乱。二帝三王㉔平天下之道,若是然乎?天之生斯民也,为业不同,皆所以食力㉕也。今之为民不能自食㉖,以日夜窃人货殖㉗,搂㉘而取之,不亦盗贼之心乎?盗贼害民,随起随仆㉙,不至甚焉者,有避忌故也。吏无避忌,白昼肆行㉚,使天下敢怨而不敢言,敢怒而不敢诛。岂上天不仁,崇淫长奸㉛,使与虎豹蛇虺均为民害邪㉜!

然则如之何?曰:得才且贤者用之;若犹未也㉝,废有司㉞,去县令,听天下自为治乱安危,不犹愈乎㉟?

【注释】

① 人主:国君。
② 内:朝廷内,指中央政权机构。 九卿:泛指中央各部门的长官。 百执事:指其他大小百官。
③ 外:朝廷外,指各级地方政权机构。
④ 佐:辅助刺史(州郡的长官)、县令(县的长官)的官员。 史:掌管文书的官员。 胥:胥史,书办之类的僚属。 徒:差役。
⑤ 唐、虞:古代传说中的两个国君唐尧、虞舜。 建官:设立官制。
⑥ 厥:虚词,没有实在意义。 稽:考查。 已:同"矣"。
⑦ 其:指尧、舜。
⑧ 不屑为:不值得做官。
⑨ 高隐:远远地隐居。

⑩ 上之人：指国君。
⑪ 切切然：迫切的样子。 恐不至也：唯恐"士"不肯出来做官。
⑫ 这句说：所以做官的人大都是出于不得已才做官的，天下的百姓就暗中得到他们的好处了。
⑬ 这句说：后世用那些害民的办法来治理百姓。牧，治理。
⑭ 周防：严密防范。 至：指防范周密之极。
⑮ 禁制：禁令。
⑯ 食邑数万：收取几万户的租赋。邑，采邑，是古时国君封赏臣下的封地，封地内的租赋归受封者所有，其多少按民户的数目计算。
⑰ 禄养：指采邑的供养，不作"俸禄"讲。
⑱ 这句说：小官也可依靠（官衔）吃饭，不用自己参加农业劳动。缘，依靠。
⑲ 奉：奉养。
⑳ 不肖：不贤的人。 游手：游手好闲的人。 入于其间：混入官吏的行列。

㉑ 率：率领。 豕（shǐ）：猪。
㉒ 蕃息：繁殖。息，滋生。
㉓ 宜若：似乎应该。表示推测语气。
㉔ 二帝：尧、舜。 三王：夏禹、商汤、周文王。一说指夏禹、商汤、周文王武王。
㉕ 食力：自食其力。
㉖ 为民：为百姓办事（的人），指官吏。自食：自食其力。
㉗ 货殖：财物。
㉘ 搂（lōu）：搜刮。
㉙ 随起随仆：刚起来又跌倒，指刚发生就消灭。
㉚ 白昼肆行：意思是明目张胆地胡作非为。
㉛ 崇淫长（zhǎng）奸：推重贪婪的人，助长奸佞的人。
㉜ 虺（huǐ）：毒蛇。 邪：疑问词。
㉝ 若犹未也：如果还不能做到呢。
㉞ 有司：负有专责的官，这里指百官。
㉟ 不犹愈乎：不是还要好一些吗？愈，较好，胜过。

【简析】

本篇对当时的官吏残害人民的罪行，提出了愤怒的谴责。他指出，这些"号为理民"的官吏，实际上是吮吸人民血汗的"虎豹蛇虺"，是比"盗贼"还要贪婪凶狠的"盗贼"，是导致天下危乱的祸根。但作者提出的解决办法，即选择贤明有才干的官吏，甚或索性取消一切官僚机构，都只是一种幻想。为了批判黑暗的现实，他又美化了远古时代的官僚制度，认为那时的官吏是帮助国君管理公共事务的人，而不是像现在这些贪官污吏。

雪窦①游志

　　岁癸巳春暮②，余游甬东③，闻雪窦游胜最诸山④，往观焉。

　　廿四日，由石湖登舟，二十五里下北口堰⑤达江。江行九折，达江口。转之西，大桥横绝溪上，覆以栋宇⑥。自桥下入溪行，九折达泉口。凡舟楫⑦往还，视潮上下⑧，顷刻⑨数十里；非其时，用人力牵挽，则劳而缓焉。初⑩，大溪薄山转⑪，岩壑深窈⑫，有曰"仙人岩"，巨石临水，若坐垂踵者⑬；有曰"金鸡洞"，相传凿石破山，有金鸡鸣飞去，不知何年也。水益涩⑭，曳舟⑮不得进，陆行六七里，止药师寺。寺负⑯紫芝山，僧多读书，不类城府⑰。

　　越信宿⑱，遂缘⑲小溪，益⑳出山左，涉溪水，四山回环，遥望白蛇蜿蜒下赴大壑，盖涧水尔。桑畦麦陇，高下联络，田家隐翳㉑竹树，樵童牧竖相征逐㉒，真行画图中！欲问地所历名，则舆夫㉓朴野，不深解吴语㉔，或强然诺㉕，或不应㉖所问，率㉗十问仅得二三。次㉘度大溪，架木为梁，首尾相啮㉙，广三尺余，修且二百跬㉚，独野人㉛往返捷甚。次溪口市，凡大宅多废者，间有诵声出廊庑㉜，久听不知何书，殆所谓《兔园册》㉝耶？

渐上，陟林麓㉞，路益峻，则睨㉟松林在足下。花粉逆风起为黄尘，留衣襟不去，他香无是清㊱也。

越二岭，首有亭当道，鬃书㊲"雪窦山"字。山势奥㊳处，仰见天宇㊴，其狭若在陷井；忽出林际，则廓然开朗，一瞬㊵百里。次亭曰隐秀，翳万杉间，溪声绕亭址出山去。次亭曰寒华，多留题，不暇读；相对数步为漱玉亭，复泉，窦㊶虽小，可汲，饮之甘。次大亭，值㊷路所入，路析㊸为两。先朝御书㊹"应梦名山"其上，刻石其下，盖昭陵㊺梦游绝境，诏图天下名山以进，兹山是也。左折松径，径达雪窦。自右折入，中道因桥为亭，曰锦镜。亭之下为圆池，径余十丈，植海棠环之，花时影注水涘㊻，烂然疑乎锦㊼，故名。度亭支径亦达寺，而缭曲㊽。主僧少野，有诗声㊾，具觞豆㊿劳客，相与道钱塘㉛故旧，止㉜余宿；余度诘旦且雨㉝，不果留。

出寺右偏登千丈岩，流瀑自锦镜出，泻落绝壁下潭中，深不可计；临崖端，引手援树下顾，率目眩心悸㊴。初若大练㊵，触崖石，喷薄㊶如急雪飞下，故其上为飞雪亭。憩㊷亭上，时觉霖醉㊸，清谈玄辩㊹，触喉吻动欲发，无足与云者㊺；坐念平生友，怅然久之。寺前秧田羡衍㊻，山林所环，不异平地。然侧出见在下村落，相去已数百丈；仰见在上峰峦，高复称此㊼。

次妙高台，危石突㉖岩畔，俯视山址环凑，不见来路㉔。周览诸山，或绀或苍㉕，覆盂㉖者，委弁㉗者，蛟而跃，兽而踞㉘者，不可殚状㉙。远者晴岚㉚上浮，若处子光艳溢出眉宇㉛，未必有意，自然动人。凡陵登㉜，胜观花焉。

土人云，又有为小雪窦，为板锡寺，为四明洞天。余亦兴尽，不暇登陟㉝矣。

【注释】

① 雪窦（dòu）：山名，今浙江省奉化市西。
② 癸巳：指元世祖（忽必烈）至元三十年（1293）。 春暮：晚春。
③ 甬东：今浙江省定海县。
④ 游胜最诸山：风景在众山之中是最好的。
⑤ 北口堰：中缺一字。
⑥ 栋宇：房屋。
⑦ 舟楫（jí）：指船只。楫，划船的工具。
⑧ 视潮上下：顺着潮水的涨落。视，这里有利用的意思。
⑨ 顷刻：一会儿。
⑩ 初：起先。
⑪ 薄（bó）山转：紧沿着山转。
⑫ 壑（hè）：山谷。 深窈（yǎo）：幽深。
⑬ 若坐车踵（zhǒng）者：好像坐着垂下脚的样子。踵，脚跟。
⑭ 涩：不滑润，这里指潮落时水越来越浅。
⑮ 曳舟：撑船。
⑯ 负：背靠着。
⑰ 不类城府：不像城市（里的寺僧）。
⑱ 越信宿：过了两夜。再宿叫信。
⑲ 缘：沿。
⑳ 益：更。
㉑ 隐翳（yì）：隐蔽。
㉒ 牧竖：牧童。 相征逐：互相招呼，互相追逐。
㉓ 舆夫：轿夫。
㉔ 吴语：江浙一带方言。（邓牧讲杭州话，与宁波话的语音有差别。）
㉕ 强然诺：勉强地答应。
㉖ 应：符合。
㉗ 率：大抵。
㉘ 次：随又。
㉙ 首尾相啮（niè）：首尾相连。啮，咬。
㉚ 修：长。 跬（kuǐ）：旧时以一举足为跬，两举足为步，故半步叫跬。
㉛ 野人：当地土人。
㉜ 间（jiàn）：偶或。 廊庑（wǔ）：走廊、廊房。庑，旧式建筑中堂下周围的屋子。
㉝ 殆（dài）：大概。 《兔园册》：即《兔园策》，原是唐朝虞世南编纂的集录古今史事的书，后在民间广泛流行，用为课本。原书已佚。这里作为乡间书塾教的通俗课本的代称。
㉞ 陟林麓：越过树林。麓，生在山脚下的树林。
㉟ 睨（nì）：斜视。
㊱ 他香无是清：别种香气没有这么清。
㊲ 髹（xiū）书：用红漆漆字。

㊳ 奥：幽深。
㊴ 天宇：天空。
㊵ 一瞬：一眨眼。
㊶ 窦：洞穴。
㊷ 值：正当。
㊸ 析：分。
㊹ 先朝：指宋朝。 御书：指宋理宗赵昀亲笔写的字。
㊺ 昭陵：指宋理宗。
㊻ 花时：开花时节。 水涘（sì）：水边。
㊼ 烂然疑乎锦：光彩灿烂的样子，像是锦帛一样。乎，语助词。锦，有彩色花纹的丝织品。
㊽ 缭曲：曲折。
㊾ 诗声：诗名。
㊿ 觞（shāng）豆：酒器和盛菜器。这里指酒和食物。
㊶ 钱塘：指南宋国都临安（今浙江省杭州市）。
㊷ 止：留。
㊸ 度（duó）：估计。 诘旦：明晨。且雨：将要下雨。
㊹ 目眩心悸：眼花心跳。
㊺ 练：白帛。

㊶ 喷薄：喷射。
㊷ 憩（qì）：休息。
㊸ 霑（zhān）醉：醉醺醺。
㊹ 清谈玄辩：漫无边际地谈话，辩论玄妙的哲理。
㊺ 触喉吻动欲发，无足与云者：有话在喉头，要想讲出来，但没有足以对谈的人。
㊻ 羡衍：广阔平坦。
㊼ 称（chèn）此：和这相当（也有"数百丈"）。
㊽ 突：突出在。
㊾ 俯视山址环凑，不见来路：朝下看山脚，山路从四面八方聚拢在一起，辨认不出刚才来的那条山路。
㊿ 绀（gàn）：红黑色。 苍：青色。
㊶ 覆盂：覆盖着的盂。盂，圆口器皿，如水盂、钵盂。
㊷ 委弁（biàn）：遗弃的帽子。
㊸ 踞（jù）：蹲坐。
㊹ 不可殚状：不能一一描述。
㊺ 晴岚（lán）：晴天山上的水蒸气。
㊻ 处子：处女。 眉宇：眉际。
㊼ 凡陵登：凡是在此登山（观赏）。
㊽ 登陟（zhì）：登临。

【简析】

　　这篇游记的笔法很轻松自然，文势也像山水一样曲折迂回。文章的主要部分是写景，偶尔点缀一些人事，如轿夫的答话，野僧的留客，也烘托出一种淳朴深厚的气氛，和整篇游记的基调是统一的。

谢 翱

谢翱（áo）(1249—1295)，福州长溪（今福建省霞浦县）人，是宋末著名的爱国志士。壮年时，他曾尽捐家财募集乡兵，投入文天祥部下，任谘议参军。宋亡后，他用皋父、皋羽、晞发子、晞发道人等化名，继续进行抗元活动，并组织具有浓厚政治色彩的诗社"月泉吟社"和"汐社"，联合了一批正直的知识分子，像郑思肖、邓牧等，互相唱和，发抒亡国之痛。

登西台[①]恸哭记

始[②]，故人唐宰相信公开府南服[③]，予以布衣从戎[④]。明年，别公漳水湄[⑤]。后明年，公以事过张睢阳庙及颜杲卿[⑥]所尝往来处，悲歌慷慨，卒不负其言而从之游[⑦]，今其诗具在[⑧]，可考也。

予恨死无以藉手见公[⑨]，而独记别时语，每一动念，即于梦中寻之。或山水池榭[⑩]，云岚[⑪]草木，与所别之处及其时，适相类[⑫]，则徘徊顾盼，悲不敢泣。又后三年，过姑苏[⑬]。姑苏，公初开府旧治也[⑭]，望夫差之台[⑮]而始哭公焉。又后四年，而哭之于越台[⑯]。

睦州詩派以示翱翱曰子睦人也請歸而求之女弟

皇甫氏所云含近而尋遠則詩或在是矣癸巳夏五

書雙杵精舍

登西臺慟哭記

始故人唐宰相魯公開府南服余以布衣從戎明年

別公章水湄後明年公以事過張睢陽及顏杲卿所

嘗往來處悲歌慷慨卒不負其言而從之今其詩

具在可考也余恨死無以藉手見公而獨記別時語

每一動念即於夢中尋之或山水池榭雲嵐草木與

所別之處及其時適相類則徘徊顧盼悲不敢泣又

後三年過姑蘇姑蘇公初開府舊治也望夫差之臺

而始哭公馬之後四年而哭之於越臺又後五年及

今而哭於子陵之臺先是一日與友人甲乙若丙約

越宿而集午雨未止買榜江涘登岸謁子陵祠憩祠

旁僧舍毀垣枯甃如入墟墓還與榜人治祭具須史

雨止登西臺設主於荒亭隅再拜跪伏祝畢號而慟

者三復再拜起又念余弱冠時住來必謁拜祠下其

始至也侍先君馬令余且老江山人物眜眜若失復

東望泣拜不已有雲從南來淒泊鬱氣薄林木若

相助以悲者乃以竹如意擊石作楚歌招之曰魂朝

又后五年及今⑰而哭于子陵之台。

先是一日，与友人甲乙若丙⑱约，越宿⑲而集，午雨未止，买榜江涘⑳。登岸谒子陵祠，憩㉑祠旁僧舍。毁垣枯甃㉒，如入墟墓㉓。还，与榜人㉔治祭具。须臾㉕雨止，登西台，设主㉖于荒亭隅，再拜跪伏，祝毕，号而恸㉗者三，复再拜，起。又念予弱冠㉘时，往来必谒拜祠下。其始至也，侍先君焉㉙。今予且老，江山人物，眷焉若失㉚。复东望，泣拜不已。有云从西南来，滃泹浡郁㉛，气薄㉜林木，若相助以悲者。乃以竹如意㉝击石，作楚歌㉞，招㉟之曰："魂朝往兮何极㊱？暮归来兮关塞㊲黑，化为朱鸟兮有啄焉食㊳？"歌阕㊴，竹石俱碎，于是相向感唶㊵。复登东台㊶，抚苍石，还憩于榜中。榜人始惊予哭，云："适有逻舟㊷之过也，盍移诸㊸？"遂移榜中流，举酒相属㊹，各为诗以寄所思。薄暮㊺，雪作㊻风凛，不可留，登岸宿乙家，夜复赋诗怀古。明日，益风雪，别甲于江。予与丙独归。行三十里，又越宿乃至。其后甲以书及别时诗来，言是日风帆怒驶㊼，逾久而后济㊽，既济，疑有神阴相以著兹游之伟㊾。予曰：呜呼！阮步兵㊿死，空山无哭声且[51]千年矣，若神之助，固不可知；然兹游亦良伟，其为文词，因以达意，亦诚可悲已。

予尝欲仿太史公，著《季汉月表》，如《秦楚之际》[52]。今人不有知予心，后之人必有知予者。于此宜得书㊾,故纪之,以附《季汉》事后。时,先君登台后二十六年也。先君讳某㊿,字某。登台之岁在乙丑云㊶。

【注释】

① 西台:在今浙江省桐庐县附近,是东汉著名隐士严子陵的钓鱼台,下文中也称作"子陵之台"。
② 始:当初。
③ 故人:老朋友。 唐宰相信公:指文天祥。他官至宰相,这里称唐宰相,是假托前朝。信公,文天祥的封号。 开府南服:文天祥在宋恭宗德祐二年(1276)七月在南剑(今福建省南平市)成立府署,聘选僚属。南服,南方。
④ 以布衣从戎:以平民身份参加军队。
⑤ 别公漳水湄:指文天祥率兵赴漳州(今福建省漳州市)。湄,水滨。
⑥ 以事:指文天祥被俘北行(这是忌讳之辞)。 张睢阳庙:张巡庙。张巡是唐玄宗时睢阳(今河南省商丘市)的守将,安禄山叛乱,包围睢阳,他奋勇抗敌,不幸城破被俘,慷慨殉难。 颜杲(gǎo)卿:安禄山叛乱时,他任常山(今河北省正定县)太守,城陷,在敌人面前坚贞不屈,严辞责骂,安禄山残忍地割去他的舌头,他仍骂不绝口。
⑦ 卒:终于。 从之游:指追随于张巡、颜杲卿这些烈士之后。
⑧ 其诗:文天祥被俘北上,曾有《睢阳》《颜杲卿》等诗,吊唁张、颜。 具在:都还存在。
⑨ 死:文天祥死于公元1283年1月9日,即元世祖至元十九年十二月初九日。 无以藉(jiè)手见公:找不到机会和办法见到文天祥。藉手,凭借。
⑩ 榭(xiè):建造在高台上的敞屋。
⑪ 云岚(lán):山上水蒸气聚结成的云彩。
⑫ 适相类:正好相似。
⑬ 姑苏:今江苏省苏州市。
⑭ 文天祥曾任浙西江东制置使(掌管边防军务的长官)知平江府事,守吴门(今江苏省苏州市)。
⑮ 夫差之台:即姑苏台,在苏州市。夫差,春秋时吴国国王。
⑯ 越台:在今浙江省绍兴市。
⑰ 及今:指元世祖至元二十七年的冬天(1291)。
⑱ 友人甲乙若丙:指谢翱的朋友吴思齐、严侣、冯桂芳。在元朝残酷统治下,谢翱有所忌讳,常以甲乙丙来代称人名。若,和。
⑲ 越宿:过了一夜。即阴历十二月初九日,文天祥的忌日。
⑳ 买榜:雇舟。 江涘(sì):江边。
㉑ 憩(qì):休息。
㉒ 毁垣(yuán):倒毁的墙。 枯甃(zhòu):枯干的井。
㉓ 墟墓:废墓。
㉔ 榜人:船夫。
㉕ 须臾(yú):一会儿。
㉖ 主:牌位。
㉗ 号而恸(tòng):悲声痛哭。
㉘ 弱冠:二十岁左右。
㉙ 这句说:第一次,是跟随父亲来的。先君,已去世的父亲,指谢钥。
㉚ 江山人物,眷焉若失:这是悲痛宋朝江山人物的沦亡。眷,回顾,怀念。

㉛ 湙（yǎn）浥（yì）浡（bó）郁：形容云气的润湿和蕴积。
㉜ 薄：逼近。
㉝ 如意：原为搔背的器物，后演变为供玩赏之物，用竹、玉、骨等制成，头部作成灵芝或云叶形状，柄稍微弯曲。
㉞ 作楚歌：采用《楚辞》的声调。
㉟ 招：招魂。
㊱ 何极：到哪里为止。
㊲ 关塞：关口。
㊳ 化为朱鸟兮有咮焉食：（文天祥的灵魂）化成南方的鸟形星宿，有嘴向哪里去吃呢？言外之意是，宋朝已亡，不能为文天祥立庙祭祀。朱鸟，南方七个星宿的总称，形状如鸟。
㊴ 歌阕（què）：唱歌完毕。
㊵ 相向感喈（jiè）：与朋友们相对叹惜。喈，叹声。
㊶ 东台：和西台相对。
㊷ 逻舟：巡逻船。
㊸ 盍（hé）：何不。　诸：之乎。
㊹ 相属（zhǔ）：互相敬酒。
㊺ 薄（bó）暮：傍晚。
㊻ 雪作：下雪。
㊼ 怒驶：急驶。
㊽ 逾久：过了很久。　济：渡。
㊾ 阴相以著兹游之伟：暗地里帮我们来表彰这次出游的不平凡的意义。
㊿ 阮步兵：阮籍，魏晋时诗人，做过步兵校尉，一生狂傲，反抗礼教。有一天，他驾车外出，随意奔驰，到了没有路可去时，放声大哭。
(51) 且：已近。
(52) 太史公：西汉杰出历史学家司马迁。他在《史记》里写了《秦楚之际月表》，按月纪事，适应当时纷争的形势。宋亡之际，各地抗元斗争风起云涌，谢翱想仿效《史记》作《月表》，以便记录这些光辉事迹。不说“季宋（宋末）”而称“季汉”，也是假托前朝。
(53) 宜得书：应该记录下来。
(54) 讳某：指死者的名。
(55) 登台之岁在乙丑云：指谢翱在宋度宗咸淳元年（1265），曾随他的父亲谢钥第一次登西台凭吊（与这次登台相距26年）。这是照应前面“其始至也，侍先君焉”的话。

【简析】

公元1283年初，我国著名的民族英雄文天祥英勇就义，在广大爱国人士和人民中间引起了巨大的悲愤和深切的哀悼。谢翱曾是文天祥的部下，和他一起转战闽、粤、赣各地，对他的人格和气节深为景仰。在这篇记叙登台哭祭的文章中，作者的悲愤抑郁之情勃勃于言表。

这时，元朝的统治已经逐渐趋向稳定，所以这篇文章在某些地方不免隐约其辞，这就更加重了深沉的气氛。